그 시간 속

국제PEN한국본부 창립70주년기념 산문선집 05

International PEN—Korea Center

김건중 소설집

교음사

국제PEN헌장

국제PEN은 국제PEN대회 결의에 따라 다음과 같이 헌장을 선포한다.

1. 문학은 각 민족과 국가 단위로 이루어지나, 그 자체는 국경을 초월하여 그 어떤 상황 변화 속에서도 국가 간의 상호 교류를 유지해야 한다.
2. 예술 작품은 인간의 보편성에 바탕을 두고 길이 전승되는 재산이므로 국가적 또는 정치적 권력으로부터 간섭을 받아서는 안 된다.
3. 국제PEN은 인류 공영을 위해 최대한의 영향력을 발휘해야 하며 종족, 계급 그리고 민족 간의 갈등을 타파하는 동시에 전 세계 인류가 평화롭게 살아갈 수 있다는 이상을 실현하기 위하여 최선을 다해야 한다.
4. 국제PEN은 한 국가 안에서나 또는 세계 여러 나라에서 사상의 교류가 상호 방해 받지 않는다는 원칙을 준수하며, PEN 회원들은 각자 국가나 지역사회에서 어떤 형태로든 표현의 자유를 억압하는 데 반대할 것을 선언한다. 또한, PEN은 출판 및 언론의 자유를 주창하며 평화시의 부당한 검열을 거부한다. 아울러 PEN은 정치와 경제의 올바른 질서를 지향하기 위해 정부, 행정기관, 제도권에 대한 자유로운 비판이 필수적이고 긴요하다는 사실을 확신한다. 이와 함께 PEN 회원들은 출판 및 언론 자유의 오용을 배격하며, 특정 정치 세력이나 개인의 부당한 목적을 위해 사실을 왜곡하는 언론 자유의 해악을 경계한다.

   이러한 목적에 동의하는 모든 자격 있는 작가들, 편집자들, 번역가들은 그들의 국적, 언어, 종족, 피부 색깔 또는 종교에 관계없이 어느 누구라도 PEN 회원이 될 수 있다.

국제PEN한국본부 연혁

국제PEN본부는 1921년에 창립되어 2022년 3월 현재 145개국 154개 센터가 회원으로 가입돼 있는 세계적인 문학단체이다. 국제PEN본부는 영국 런던에 본부를 두고 있으며 특히 UN 인권위원회와 유네스코 자문기구로 현재 전 세계 문인, 번역가, 편집인, 언론인들의 표현의 자유를 옹호하고 인권 문제를 다루고 있는 단체이다.

한국PEN은 1954년 9월 15일 변영로·주요섭·모윤숙·이헌구·김광섭·이무영·백철 선생 등이 발기하여 같은 해 10월 23일 당시 서울 소공동 소재 서울대학교 치과대학 강당에서 창립총회를 열고 국제펜클럽한국본부로 공식 출범하였다. 국제펜클럽한국본부는 그 이듬해인 1955년 6월 비엔나에서 열린 제27차 세계대회에서 정식회원국으로 가입하고 그해 7월에 인준을 받아 오늘에 이르렀으며 2022년 3월 현재 회원 수는 4,000여 명이다.

사)국제PEN한국본부(International PEN Korea Center)는 역사와 권위를 자랑하는 국제적 문학단체로서 회원들의 양심과 소신에 따른 저항권과 표현의 자유를 옹호하고 구속 작가들의 인권문제를 다루며 한국의 우수 문학작품을 번역, 세계 각국에 널리 알리고 우리 민족의 고유문화와 전통문화 등을 해외에 소개하는 한편 세계 각국과 문화 교류 및 친선을 도모하는 데 주도적 역할을 담당하고 있다

1954. 10. 23.	국제펜클럽한국본부 창립
1955.	제27차 국제PEN비엔나대회에서 회원국 가입
	『The Korean PEN』영문판 및 불어판 창간
1958.	국내 최초 번역문학상 제정
1964.	PEN 아시아 작가기금 지급(1970년 제6차까지)
1970.	제37차 국제PEN서울대회 개최(60개국 참가)
1975.	『PEN뉴스』창간. 이후 『PEN문학』으로 제호 변경
1978.	한국PEN문학상 제정
1988.	제52차 국제PEN서울대회 개최
1994.	제1회 국제문학심포지엄 개최
1996.	영문계간지 『KOREAN LITERATURE TODAY』 창간
2001.	전국 각 시도 및 미주 등에 지역위원회 설치
2012. 9.	제78차 국제PEN경주대회 개최
2015. 9.	제1회 세계한글작가대회 개최
2016. 9.	제2회 세계한글작가대회 개최
2017. 9.	제3회 세계한글작가대회 개최
2018. 11. 6~9.	제4회 세계한글작가대회 개최
2018. 8. 22.	정관개정에 의해 국제PEN한국본부로 개명
2019. 2.	PEN번역원 창립
2019. 11. 12~15.	제5회 세계한글작가대회 개최
2020. 10. 20~22.	제6회 세계한글작가대회 개최
2021. 11. 2~4.	제7회 세계한글작가대회 개최
2022. 11. 1~4.	제8회 세계한글작가대회 개최

국제PEN한국본부 창립 70주년 기념 선집을 발간하며

국제PEN한국본부는 1954년에 창립되고 이듬해인 1955년 6월 오스트리아의 빈에서 열린 제27차 국제PEN세계대회에서 회원국으로 가입되었다. 초대 이사장은 변영로 선생이 맡고 창립을 주선했던 모윤숙 시인이 부이사장을 맡았다. 이하윤, 김광섭, 피천득, 이한구 등과 함께 창립의 중심 역할을 했던 주요섭이 사무국장을 맡았다.

6·25한국전쟁이 휴전된 지 겨우 1년이 되는 시점에 이루어 낸 국제PEN한국본부의 창립은 매우 깊은 의미를 담은 거사였다. 그동안 국제PEN한국본부는 세 차례의 국제PEN대회와 8회의 세계한글작가대회를 개최하며 수많은 국내외 행사를 주최해 왔다. 이에 내년 2024년에는 창립 70주년을 맞이하게 되어 그 기념사업의 일환으로 PEN 회원들의 작품 선집을 발간하기로 하였다.

여러 가지 기념사업을 진행하지만 회원들의 주옥같은 작품집을 선집으로 집대성하여 남기는 일은 가장 중요하고 의미 있는 일이라 생각한다.

  시와 산문으로 구성되는 선집은 우리 한국 문학사의 중요한 족적을 남기는 귀중한 역사 자료로서의 가치를 갖게 되리라고 믿으며 겸허한 마음으로 70주년을 자축하는 주요 사업으로 진행하게 된다.
  참여해 주신 회원들께 감사하며 어려운 여건 속에서도 기꺼이 출판을 맡아 준 기획출판 오름의 김태웅 대표와 도서출판 교음사 강병욱 대표에게 심심한 감사를 드린다.

2023년 3월
국제PEN한국본부 이사장 김용재

책을 내며

소설을 쓴다는 것이 겁이 난다.

1966년 처음 장막희곡 『폭설』을 출간했을 때는 개선장군처럼 으쓱했었다. 그리고 1979년 장편소설 『모래성을 쌓는 아픔』이 발간되고, 열흘 만에 완판되었을 때는 더욱 그랬다. 그 후 30년 간은 그야말로 왕성하게 작품 활동과 문학 활동을 거침없이 전개했다.

그러나 시간이 흘러 40년쯤 지나며 글을 쓴다는 것이 엄청 어렵다는 생각과 함께 두려워졌다. 그것은 지금까지 써왔던 나의 작품이 독자에게 조금이라도 영향을 주었는가 하는 일말의 작가적 양심과 더욱 좋은 작품을 써야 한다는 강박관념 때문이었다. 또한, 그것은 견디기 힘든 내 가슴속에서 일어나는 거센 바람이었다.

사람은 저마다 갖가지 사연을 갖고 살아가고 있다. 나 또한 마찬가지로 그렇다. 생각해보면 자의였건 타의였건 나의 작품도 내가 살아온 삶의 영향권에서 벗어날 수 없는 노릇이다. 그러면 나의 삶과 작품은 얼마나 인간의 삶 속에 깊이 들어갔는가 스스로에게 묻고 싶다.

    결국, 소설은 사람이 살아가는 이야기이고, 올바른 가치관으로 그 이야기를 작품화해야 한다는 생각이다. 그러기 위해서 작가는 이 세상의 어둡고 그늘진 곳에서 고뇌하고, 보다 인간적인 충실한 삶을 살아야 한다는 자존감과 앞서 말한 작가적 양심이 있다 보니 글을 쓴다는 것이 점점 힘들게 느껴질 수밖에 없었다.

    하지만 소설만이 이제껏 살아온 내 인생을 그나마 나를 구원할 수 있다는 유일한 생각에서 그 두려운 마음을 접고 작품을 써서 소설집으로 출간하게 되었음을 밝힌다.

저자 김건중

차례

▸ 책을 내며

회항 … 16

길은 달라도 … 44

무거운 짐 … 66

갈 수 없는 땅 … 90

쥐새끼 … 116

뭉게구름 … 140

장손(長孫) … 164

빨간 밑줄 … 188

허구한 날 … 208

그 시간 속 … 228

회항

비행기가 이륙했다.

하얀 솜을 깔아 놓은 듯 하늘은 온통 하얀 구름밭이었다.

남편과 함께 미국으로 가는 비행기에 탑승한 유세라의 가슴은 온통 설레임에 가득 차 있었다. 분명 꿈이 아닌 현실임에도 흡사 꿈을 꾸는 것만 같았다.

남편 이장오 아니, 제임스 리를 처음 만난 것도 미국에서 한국으로 오는 비행기 안이었다. 사람의 인연이라는 것이 묘하기도 했다.

1년 전 그날, 한국행 비행기에서 옆자리에 앉은 것이 두 사람 인연의 시작이었다. LA에서 한국까지 10시간이 넘는 탑승 시간은 지루하다 보니 승객들은 앞좌석 뒤에 붙은 TV를 보거나 잠을 자는 것이 대부분의 모습이었다.

유세라도 마찬가지로 영화 한 편을 다 보고 나서 잠을 청하기 위해 눈을 감았지만 잠이 오질 않아 몸을 약간 뒤치락거렸다.

그때였다.

"전, 제임스 리라고 합니다."

옆자리에 앉아있던 남자가 유세라를 향해 말을 걸었다.

"아, 네에…."

그녀는 마지못해 버금청으로 인사를 받았다. 그건 낯선 남자에 대한 무관심이거나 아니면 경계심에서 비롯된 것

회항 17

같았다.

"저를 경계하지 마십시오. 저도 쓸 만한 사람입니다."

상대방의 마음속까지 꿰뚫어 본 듯 말을 이어가는 제임스 리의 화술은 부드러웠으나 상당한 흡입력이 있었다.

"미국에는 무슨 일로…?"

"엘에이에 회사업무가 있어서요."

채근하듯 캐어묻는 그에게 굳이 숨길 것도 없었고, 대꾸를 하지 않으면 약간은 치근덕거릴 것 같다는 예상 때문에 그녀는 단답형으로 말을 잘랐다. 그러나 이렇게 시작된 대화는 그의 말솜씨에 끌려 들어가 한 시간 넘게 계속되었다. 그쯤 시간이 흐르자, 어느새 두 사람을 서로를 탐색하여 점점 친숙해지는 느낌이 들었다.

"그럼 재미교포시군요. 사시는 곳은 어디예요?"

"엘에이 오렌지카운티 한인타운에 있는 얼바인에서 살고 있습니다. 물론 대학도 캘리포니아주 노워크에 있는 세리토스 대학을 나왔지요. 그 왜 한국에 유명한 여배우가 다녔다는 대학 거깁니다."

그는 곁들이지 않아도 될 부연설명까지 하며 그녀에게 너울가지 있게 다가왔다.

"저는 에스그룹 홍보실에 근무해요."

상대가 자신에 대해 마음을 열었는데 예의상 그 정도까지는 괜찮다 싶었다.

깊은 마음 밑은 알 수 없었으나 대충은 서로를 파악할 즈음 비행기가 인천공항에 도착했다. 여행 가방을 끌고 공항을 빠져나오는데 제임스 리가 커피 한잔을 제안해 왔다. 아직도 못다 한 이야기도 있고, 이렇게 만난 것도 인연인데 이대로 헤어진다는 게 아쉽다면서 그녀를 이끌었다. 아니, 어찌 보면 그녀 또한 이끌려 가 주고 싶었던 것 같았다.

제임스 리의 훤칠한 키에 조각 미남 같은 외모가 백마 탄 왕자처럼 느껴졌고, 특히나 유세라 그녀의 마음을 휘어잡은 것은 제임스 리가 마흔 살 노총각이라는 점과 미국의 명문대학은 아닐지라도 대학을 나와 아이티 계통의 회사에 근무하는 건실한 남자라고 생각되었으며 그녀 또한 자신도 딱 서른다섯의 올드미스가 되다 보니 막연했지만 뭔가 미래를 그려볼 수 있겠다는 생각이 문득 스쳤기 때문이다.

아메리카노 두 잔을 놓고 마주한 두 사람은 점점 익숙한 사이가 되어갔다.

"그럼, 회사일 보다는 한국 여자와 결혼하기 위해 한국에 오신 거네요."

눈시울에 엷은 웃음기를 머금고 장난기 있는 말투로 유세라가 던지듯 물었다.

"그렇다니까요. 저희 부모님은 반드시 한국 여자한테서 손주를 낳아야 된다는 아주 봉건적인 사고를 지닌 분들입니다."

"어찌보면 조국에 대한 큰 애국이네요."

그녀가 배시시 웃으며 맞장구를 쳤다. 벽시계가 직각을 이루는 밤 9시를 가리키고 있었다. 두 사람은 서로 연락처를 주고받으며 헤어졌다.

그날 이후, 두 사람은 급격히 가까워졌다. 사흘이 멀다 하고 만났다. 이런 만남은 서로가 서로에게 이끌리고 있다는 점을 반증하는 것이기도 했다.

혼기를 앞둔 남자와 여자 그것도 철부지를 벗어난 연령의 사람들로서는 진지한 만남이 아닐 수 없었다. 그보다는 서로가 결혼 상대로 어떨까 하는 주사위를 던지기 위한 깊은 탐색 행위였다. 그래서 이런저런 상황을 가정해서 또는 비유해서 묻고 답하는 대화를 이어갔다.

이런 만남이 지속되면서 유세라는 점점 제임스 리에게 빨려 들어가기 시작했다. 그것은 평소 솔직히 유세라가 꿈꾸어오던 신세계 아메리카에 대한 열망 때문이었다. 대학 시절 미국으로 유학을 가고 싶었으나 가정 형편상 갈 수 없었고, 대학 졸업 후 직장에 매달려 그저 삶에만 매달려 있다 보니 자신에게 남은 것은 아무것도 없다는 생각이 들었기 때문이었다. 모르는 주위 사람들은 겉만 보고 좋은 회사에 다니는 알찬 여자로 보고 몇 번 중매가 들어오기도 했으나 눈 아래 보이는 정도라 거절하다 보니 어느새 세월에 밀려 혼기를 놓친 올드미스가 된 것이다.

그런 차에 제임스 리를 사귀게 되었으니 유세라는 그를 놓치고 싶지 않았다. 제임스 리도 마찬가지였다. 연예인은 아닐지라도 버금가는 세련된 외모와 인성이 바르고 이해심이 많은 여성이라 생각되어 유세라를 잡고 싶었다. 처음 비행기에서 볼 때부터 이미 그는 유세라를 마음에 품고 있었던 것 같았다. 어쨌거나 두 사람은 점점 밀착되는 관계로 발전되어 갔다.

처음 만났던 때가 지난해 가을이었는데 어느새 봄이 되었으니 반년이 흐른 셈이었다. 그 사이 두 사람은 마음속에 품고 있던 미래를 향한 말들이 진하게 오고 갔다.

그런 어느 날 봄. 두 사람은 봄뜻을 머금은 아지랑이가 피어오르는 한강변을 걷고 있었다. 이런저런 사랑을 꽃피우는 행동과 대화가 오가던 중, 팔짱을 끼고 걷던 세라를 제임스 리는 낚아채듯 자신의 품으로 끌어당겼다.

"세라 씨, 사랑해요."

"……."

갑작스런 제임스 리의 태도에 그녀는 당황하면서도 할 말을 잃은 채 그의 품에 안겨있을 뿐이었다.

"그동안 많은 생각을 했는데 더 이상 망설이기 싫어요."

"그럼?"

그녀는 그가 무슨 의미의 말을 하는지 알고 있었기에 반문했다.

"우리 함께해요. 아니, 결혼해요. 제가 정식으로 프러포즈합니다."

끌어안았던 팔을 풀며 서 있는 세라 앞에서 한쪽 무릎을 꿇으며 이미 준비했던 반지를 내밀었다. 햇살을 받아 유난히 반짝이는 반지를 바라본 그녀는 자신의 앞날도 그렇게 빛날 것만 같았다.

"…네에, 곱게 봐줘서 감사합니다."

그 후 한 달쯤 되어 두 사람은 결혼을 전제로 동거에 들어갔다.

꿈꾸듯 행복한 시간이 계속되었다. 유세라는 이제껏 맛보지 못했던 시간들이 펼쳐졌다. 행복이 이런 것이구나라는 환상에 취해 제임스 리와 영원히 함께하고픈 마음이었다.

"오빠, 결혼식은 미국 가서 한다니까 우리집에서 그렇게 허락은 했지만 꽤나 서운한가 봐, 특히 엄마가…."

"그렇겠지. 하지만 우리집에서는 미국에서 하길 바래."

"부모들 욕심은 다 그런가 봐."

심드렁하게 대꾸하는 유세라의 눈빛은 한국에서 화려한 결혼식을 갖고 싶었는데 서운하다는 생각에 젖어 있었다. 그러나 앞으로 미국에서의 삶을 그려보면 덮을 수 있는 서운함이었다.

아메리카에 대한 꿈, 그녀는 평소부터 그려왔던 신세계에 대한 신비한 꿈이었고 늘 잠재의식 속에 자리하고 있던 세계였다. 한국에서의 복작거리는 삶이 아닌 광활한 터전에서 큰 그림을 그리며 큰 꿈을 그리고 싶었던 것이 우연히 제임스 리라는 사내를 만나 이루게 될 줄은 꿈에서도 생각하지 못했던 일이다. 그런데 이렇게 눈앞에 아니, 현실적으로 다가온 사실 앞에서 주체할 수 없는 감정에 젖어 있는 것이다.

그런 시간이 하루 이틀 그리고 석 달이 흘렀다. 아무리 생각해봐도 유세라 자신이 이렇게 변하리라는 것은 상상도 못한 일이었다. 그녀는 결혼이라는 것을 꼭 해야 한다고 생각지 않았고, 여성도 남성 못지않게 자신의 세계를 구축하는 삶을 살아야 한다는 인생관을 지니고 있었다. 그런데 제임스 리를 만나고 사랑이 익어가면서 그런 인생관은 장마철에 둑이 무너지듯 힘없이 와르르 무너져 버렸다.

이제는 오히려 제임스 리의 영역 안에서 그의 보호를 받으며 함께하는 삶을 통해 인생의 바다를 항해하고 싶을 따름이었다. 이런 생각에 빠지면서 한때 자신이 무엇 때문에 결혼도 출산도 여성에겐 꼭 필요한 것이 아니라고 항변했는지 알 수 없는 노릇이었다.

"오빠 나도 많이 변한 것 같아, 여자의 행복이 혼자보다는 함께가 훨씬 더 크다는 것을 깨달았으니 말이야."

식탁에서 마시던 와인잔을 내려놓으며 제임스 리를 바라보며 입을 열었다.

"나 역시 그래. 세라 만나고 그런 걸 느껴."

"아휴, 정말 다행이네."

미소를 베어 물며 배시시 웃는 그녀의 모습이 행복감에 푹 절어 있었다.

"참 몸이 이상하다며, 산부인과에 다녀왔어?"

"아직 아닐 거야. 며칠 내로 가 볼게."

"혹시 모르니까 내일이라도 다녀와."

"그렇게 아빠가 되고 싶어?"

"그럼, 되고 싶지."

예상대로 임신이었다. 이미 임신 4주를 넘기고 있었다. 그녀는 그녀대로 기쁨을 감추지 못했고, 제임스 리는 그녀보다 더 좋아서 어쩔 줄을 몰라 했다. 어쩌면 이런 결과를 얻기 위해 한국에 온 사람 같았다. 미국 부모님에게 전화로 알리며 흥분을 감추지 못하는 모습이 오히려 이상할 정도였다. 제임스 리의 말대로 사실 그의 부모는 아이만은 어떠한 일이 있어도 한국 여자한테서 낳아야 한다는 신념에 가까운 생각을 하는 사람들이었다.
"이제 빨리 정리해서 미국으로 가야겠네, 안 그래?"
제임스 리 자신은 한국에서 정리할 것이 별로 없지만, 유세라는 직장문제며 살고 있는 집이나 자산문제 등 많은 것들이 있어 최소한 두세 달의 시간은 필요했다.
"알았어요."
부드러운 대답과 동시에 그녀는 제임스 리의 품으로 파고들었다.
계절은 속일 수가 없는 모양이다. 7월 달력이 찢겨 나가며 8월이 되자 푹푹 찌는 더위는 사람들을 늘어지게 만들었다. 이 더위 속에서 유세라는 점점 무거워지는 몸을 이끌고 미국에 가기 위한 정리를 하기에 바빴다. 우선은 부모와 떨어져 살고 있는 전셋집 계약 기간 전이라 이사 올 사람이 있어야 전세금을 받을 수 있을 것이고, 친구들에게 빌려준 돈을 회수하는 것도 쉬운 일이 아니다 보니 바쁠 수밖에 없었다. 그런 틈새 없는 나날 속에서도 그들의 아름다운 애정 행각은 쉬임없이 지속되었다.
세상에 태어나서 이런 행복감에 젖는다는 것을 유세라는 상상도 못했던 일이다. 그저 하루하루가 꿈만 같았다. 서둘러 미국으로 떠날 생각만 가득했고 그 생각만으로도 가슴이 벅차올랐다. 그리고 여자가 남자를 만나 결혼하고 산다는 것은 이런 행복감을 맛보기 때문이라고 생각했다. 물론, 결혼해서 불행한 삶을 이어가는 사람들도 있지만 그것은 서로 깊이 사랑하지 않고 결혼했기 때문이라고 짐작했다.

여름이 꼬리를 감추고 가을이 머리를 들기 시작한 9월이 되자, 이사철 덕분인지 살고 있던 전셋집 계약이 금세 되었다.

드디어 미국으로 출국하는 날이 잡혔다. 하필이면 10월 9일 한글날 떠나기로 했다. 유세라의 가슴은 항공권을 예약하자 더욱 가슴이 들뜨기 시작했다. 불러오는 배를 만지작거리면서 포만된 꿈을 다스렸다.

"아! 이제 정말 가는구나. 꿈에도 그려보던 미국으로….."

얼마쯤 비행했을 때 그녀는 중얼거리며 창밖으로 시선을 던졌다. 인천공항에서 이륙할 때와는 달리 잔뜩 찌푸린 잠포록한 가을 하늘이 보였다. 그녀는 그 하늘을 보며 미래에 다가올 자신의 꿈을 수놓고 있었다.

"무슨 생각을 해."

등 뒤에 다가와 다정히 어깨를 감싸며 묻는 제임스 리의 음성은 참으로 다정다감했다.

"오빠, 이 행복 꿈이 아니지?"

"그러엄…."

출국을 앞두고 그녀는 다니던 직장도 그만두고, 집에서 떠날 준비나 하면서 소일하고 있었으며 제임스 리 또한 한국에 머무는 동안 영어학원에 강사로 나가고 있었으나 그마저도 그만두었으니 자연히 두 사람은 오붓한 시간을 가질 수밖에 없었.

임신 5개월이 되자 유세라의 몸도 무거워짐을 느꼈고 제법 배도 봉긋이 나왔다. 그런 몸을 이끌고 미국으로 가는 비행기에 제임스 리와 함께 탑승했다.

부디 잘 살라는 친정부모의 말을 가슴에 간직했고, 실제 그렇게 잘 살 것임을 믿어 의심치 않았다.
"이제 우리가 살 둥지를 찾아가는거야. 우리 부모님들도 세라 당신 얘기를 했더니 빨리 보고 싶다고 하셨어. 이제 손주 녀석 보기만을 고대하고 계셔."
"손주가 될지 손녀가 될지 어찌 알아요."
여자 승무원이 날라다 준 커피잔을 비우며 그녀는 약간 눈을 흘겼다.
"나야 아무래도 괜찮지만 부모님들 생각은 다르다는 거지."
가만히 생각을 굴려보던 유세라는 비행기에 대한 인연이 묘한 것 같았다. 처음 미국 출장에서 한국으로 돌아오던 비행기에서 제임스 리를 만났고, 이를 계기로 미래를 약속하며 그와 함께 미국으로 가는 비행기에 몸을 싣고 있다는 사실이 그랬다. 다만, 다른 것이 있다면 미국 출장을 가던 때는 직장에서 맡고 있는 분야에서 남들보다 돋보이기 위해 최선을 다했던 것이고, 지금은 그런 것이 아니라 여성으로 돌아와 한 남자의 아내가 되어 가정에 충실한 여성이 되고 아이를 낳아 남편과 함께 아름답고 행복한 인생을 살아가려는 목표가 가슴 깊이 자리할 뿐이었다.
홀몸이 아니다 보니 오랜 비행시간 동안 의자에 앉아 있는 것이 곤혹스러워 잠도 청해보고, 제임스 리에게 이런저런 이야기를 나누어 봐도 쉽게 해소되지 않았다.
"지루하지, 재미난 영화가 있는지 찾아봐."
그녀가 힘들어하는 걸 눈치 챈 제임스 리는 슬며시 그녀의 손을 감싸며 넌지시 말했다.

"액션영화 뿐이에요. 태교에 좋지 않으니 음악이나 들을게요."

조용히 그의 제안을 사양하며 그녀는 약간 의자를 뒤로 젖히며 슬며시 눈을 감았다.

그렇게 지루하던 시간이 10시간을 넘기고 얼마쯤 지나자 LA 공항에 도착한다는 안내방송이 흘러나왔다.

"이제 다 왔군."

승객들은 앞좌석부터 자리에서 털고 일어나 밖으로 나가고 있었다. 그들은 비행기 날개 쪽쯤에 자리했으니 한동안 기다렸다가 밖으로 나갈 수밖에 없었다.

수속을 마치고 공항을 빠져나와 마중 나온 승용차에 올랐다. 얼추 1시간 반쯤 지나자, 제임스 리가 사는 한인타운에 있는 얼바인에 도착했다.

유세라는 장시간 오느라고 피곤기가 겹쳤지만 그보다는 설레임에 가슴이 벅차올랐다.

"반갑다. 오느라고 힘들었지."

걸걸하면서도 굵직한 음성으로 반긴 건 제임스 리의 아버지 이현철이었다. 그리고 함박웃음을 입가에 달고 제임스 리의 어머니도 반가워했다.

여장을 풀고 유세라는 대충 집안을 살펴보았다. 셈평이 궁색한 살림은 아니었으나 그렇다고 부유한 집도 아닌 것 같았다. 한마디로 자신이 생각했던 것에 못 미치는 그런 형편이었다. 그러나 마냥 부풀어 있는 꿈이 사그라든 것은 아니었다.

집은 복층구조로 된 게스트하우스였다. 2층에 마련된 방으로 올라온 제임스 리와 유세라는 행복에 겨운 뜨거운 포옹을 하고 깊은 키스를 하며 앞날의 행복을 기원했다.

유세라의 미국 생활은 단조로웠다.

제임스 리는 한국에 다녀온 뒤 다니던 아이티 계통의 회사를 곧바로 그만두고 직장을 인테리어를 하는 회사로 옮겼다고 했다. 그의 아버지 이현철은 부부가 함께 런드리서비스, 바꿔 말해 세탁소를 운영하고 있었다. 모두 아침이면 제각기 일자리를 찾아 집을 비우면 유세라는 혼자서 집이나 지키는 일상이었으니 무료할 수밖에 없었다.

아는 친구도 없고 친척이나 친지도 없고 보니 어찌 보면 그녀는 감금된 것 같기도 했다. 하지만 꿈을 지니고 있으며 미국 생활에 익숙해지면 친구도 생기고 친지도 생길 것이라는 막연한 생각에 지금은 조금 갑갑하지만, 시간이 해결해 줄 거라는 믿음이 있어 견딜 만했다.

이런 생활로 서너 달이 지나자 겨울의 끝자리로 꽃망울을 터트리는 초봄이 밀고 들어왔다. 유세라의 몸은 만삭이 되어 거동조차도 부자연스러웠다.

그녀는 그 서너 달의 생활을 곰곰이 생각해 보았다. 많은 의문부호의 고리가 머릿속을 휘젓고 다녔다.

우선 제임스 리가 인테리어 회사로 옮긴 뒤부터 잦은 출장을 다녔다. 그것도 인근이 아닌 먼 거리의 출장이었다. 보통 일주일이나 보름씩 그곳 현장에서 숙식을 하는 관계로 집을 비워야 했다. 또한, 무슨 회사가 성과급이라 일정한 보수를 가져오지 않는 점이었다. 물론, 경제적인 것은 그녀 유세라가 한국에서 모든 자산을 정리했기 때문에 가져온 돈이 있어 걱정되지는 않았다.

그러나 뭔가 애정에 금이 간 것 같기도 했으나 의심을 하면 할수록 자신이 자신을 옥죄이는 것 같아 접어두기로 마음을 먹고 말았다. 그리고 더욱 이상한 것은 일을 마치고 집에 들어와도 예전처럼 뜨거운 잠자리는 피하는 눈치 같았다. 물론 그 점은 만삭에 가까운 그녀 자신의 신체조건 때문이라고 할 수도 있겠지만 아무래도 느낌이 아닌 듯싶었다.

봄이 한창 익어가던 4월 하순 LA 흑인 폭동이 일어났다. 그 바람에 시부모가 운영하던 세탁소가 잠시 문을 닫게 되었다. 혼자 집에서 무료한 시간을 보내던 유세라에게는 대화 상대가 생긴 셈이었다.

"어머니, 미국에는 어떻게 오게 되었어요?"

소파에 함께 앉아 있던 시어머니에게 유세라는 진지한 표정을 지으며 물었다.

"그게 다 아들 때문이지."

"아들 때문이라뇨?"

동그랗게 눈을 뜨며 호기심 어린 말투로 유세라가 말꼬리를 잡았다.

"그러니까 미국 온 지도 10년이 훨씬 지났네, 박 대통령 시해 사건 나기 직전에 미국으로 왔어."

시어머니는 반쯤 감은 눈으로 회상하듯 이야기의 실타래를 풀어갔다.

　제임스 리는 한국에서 대학 2년을 마친 이듬해 군에 갔다 복무 기간을 마치고 제대한 후 미국 유학을 떠나게 되었다. 그 후 아들이 기회의 땅 미국으로 이민을 오라고 수없이 졸라댔다. 그것이 계기가 되어 제임스 리의 부모가 미국으로 이민을 오게 되었다. 그러나 미국에서 할 수 있는 사업을 찾다 보니 세탁소를 하게 되었다. 그것도 한인교회의 도움을 받아 가까스로 할 수 있었다.

　"그동안 고생 많이 했지. 여기 미국에선 부부가 함께 벌지 않으면 살기 힘든 곳이야."

　긴 한숨을 내쉬며 시어머니는 말했다.

　"그인 그동안 뭘 했어요."

　"대학교 졸업하고 회사에 다녔지 뭐…."

　시어머니의 대답이 어름더름하며 아들에 대한 자랑스러움이 없어 보였다.

　"어머님은 지금 미국 생활이 안 좋으세요?"

　"좋구 말구를 떠나 한국이 그리워…. 한국에선 내 집 갖고 살았지만 여기서는 월세로 살고 있잖아."

　시어머니는 즉답을 피해 간접적으로 상황을 설명했다.

　머리가 멍멍해짐을 느꼈다. 아니 현기증이 몰려왔다. 유세라는 잠시 눈을 감고 감정을 수습하기에 바빴다. 결국은 가난한 미국의 서민이 되어 힘들게 살아가는 형편이고, 남편 제임스 리 또한 잘 나가는 사람도 아닌 인테리어인가 뭔가 하는 회사에 나가고 있는 상태이니 도대체 어떻게 해석을 해야 할지 갈피를 잡을 수 없었다.

이런 상황이면 그녀가 꿈꾸어 왔던 아메리카의 아름다운 꿈은 산산조각이 나고 그 조각의 파편이 가슴을 찔러대는 아픔이 온 몸으로 전해왔다.

출산을 앞둔 때라 가급적 신경을 쓰지 않으려고 했으나 유세라는 모든 걸 종합적으로 판단해보면 한숨밖에 나오질 않았다.

'내 꿈이 이렇게 무너지는 것인가. 내가 제임스 리를 잘못 본 것일까…. 아니다, 그럴 리 없어.'

부정과 긍정을 가슴에 담고 서로 부딪치는 소리에 귀를 막고 싶은 그녀였다.

LA 흑인 폭동이 막바지에 치달을 때 제임스 리가 출장에서 돌아왔다. 그런데 그 모습에 초췌해 보였다. 처음 한국행 비행기에서 보았던 제임스 리가 아니었다. 그땐 젠틀하고 귀공자 같아 그 어떤 남성보다도 멋진 사내였다.

"내가 본 제임스 리가 아냐."

그녀는 혼잣말로 중얼거리며 넋 나간 사람이 되어 그를 바라보았다.

"왜 그래, 뭐가 잘못됐어?"

제임스 리는 유세라 그녀의 태도가 이상하다 싶었는지 의아한 눈빛으로 물었다.

"아, 아니에요."

그녀는 머리를 도리질치며 디딤말로 자신의 감정을 숨기려했다.

이튿날, 아침 식사를 마치고 얼마 안 돼 유세라는 비릊기 시작했다. 출산을 앞둔 복통이었다.

"어서 병원으로 가자."

시어머니와 제임스 리는 그녀를 부축해 병원으로 갔다. 거의 8시간의 진통 끝에 아이를 낳았다.

"얘야, 수고했다. 아들이다. 아들…."

병원 창을 뚫고 들어오는 해질녘의 길게 가로눕는 햇살을 받으며 감격스런 음성으로 시어머니가 말했다.

"아들이라고요?"

진통을 겪은 탓인지 창백하고 후줄근한 모습으로 유세라는 미소를 지었다.

"정말 고마워."

유세라를 바라보던 제임스 리가 고맙다는 말을 했다. 무슨 의미인지 가볍게 인사말로 넘길 수도 있겠으나 그 의미가 그녀는 목에 걸렸다.

'고맙다니요? 내가 씨받이도 아닌데… 고맙다는 말이 아니라 사랑한다거나 하는 애정 표현을 해야 하는 게 맞는 것 아닌가?'

따져 묻고 싶었으나 시어머니가 곁에 있어 그녀는 못 들은 척했다.

한국과 달리 미국에서는 아이를 낳고 하루 만에 곧바로 퇴원을 시켰다. 산후조리는 집에 가서 하라는 것이었다.

새로 태어난 생명. 유세라는 신기하기도 했고, 이 세상에서 그 무엇과도 바꿀 수 없는 자신의 분신이 생긴 것에 스스로도 감동하고 있었다. 특히 아기에게 젖을 물릴 때는 더욱 그런 감정에 젖어들었다.

　아기 이름은 유유히 흐르는 강처럼 인생이 잘 흘러가 잘 살라고 '리버 리'라고 지었다. 어느새 달포쯤 되니 아기의 귀여움이 점점 드러나기 시작했다. 그동안 아픈데 없이 아기 리버 리는 무럭무럭 자랐다. 유세라는 잠시 남편 제임스 리에 대한 이런저런 생각은 덮어두고 육아에만 신경 쓰고 있었다.

　여름으로 접어드니 햇살이 뜨거웠다. 아침부터 손님 맞을 준비에 바빴다.

　리버 리의 백일잔치 준비 때문이었다. 축하객이라고 해보았자 십여 명이었다. 우선 교회에서 사귄 사람과 이웃집 그리고 세탁소 단골손님으로 시부모와 가까운 사람들이었다.

　뽀얀 살결과 젖살이 올라 통통한 리버 리는 귀엽기 짝이 없었다. 축하객 모두는 어쩌면 이렇게 예쁘냐며 이구동성으로 입을 모으며 차려놓은 케이크 조각과 떡을 먹으며 축하의 덕담을 늘어놓았다.

　엄마가 된 유세라는 그런 분위기에 휩싸여 있으면서도 지금까지 석연치 않았던 점들이 머릿속에서 자꾸자꾸 그려지는 것이었다.

　축하객들이 돌아가고 가족들만 남았다. 이리저리 뒷정리를 마칠 때였다.

　"띵동, 띵동…."

　초인종 소리가 들렸다. 잠시 머뭇하던 시어머니가 문을 열어주자, 유세라는 본 기억이 없는 여자가 성큼성큼 걸어 들어왔다. 약간 흑인의 피가 섞인 40세쯤 되어 보이는 미국 여자였다.

"아니!"
유세라의 시부모는 동시에 놀라는 표정을 지으며 안절부절했다.
"누구예요?"
놀라는 시부모에게 유세라는 의혹의 눈초리로 물었다.
"나, 엠마예요."
"엠마?"
"그래요 내 이름은 엠마이고 제임스 리의 와이프예요."
서슴없이 자신이 제임스 리의 와이프라고 밝히는 태도가 당당했다.
"와이프라니! 어머니 이게 무슨 말이에요 네에?"
뭐가 잘못되어도 한참은 잘못되었다는 생각과 함께 곰비임비 현상이 일며 이게 무슨 상황인지 분간이 되지 않는 유세라는 혀가 오그라드는 느낌 때문에 입술이 바르르 떨리며 미처 말을 이어가질 못했다.
"맞아요, 나 그 사람 와이프예요."
"그럼….'
엠마의 말이 귓전에 들려옴을 느끼며 유세라는 아릿아릿하더니 그 자리에서 쓰러졌다. 혼미한 정신 속에서도 가족이 뭐라고 떠드는 소리는 귓속으로 가늘게 파고 들어왔다.
"엠마 왜 오늘 왔어. 쟤한테 천천히 이야기해 주려고 했는데…."
시어머니가 구슬리는 말투로 말하자 엠마는 뭐가 잘못되었느냐는 투로 항변했다.

"아이만 낳으면 한국에 보낸다고 했잖아요."

제임스 리를 쳐다보며 엠마가 쏘아댔다.

"알았으니까 집으로 가자고…."

서둘러 제임스 리는 엠마를 끌고 밖으로 나왔다.

이튿날.

정신을 수습하고 시부모와 마주한 유세라는 어떻게 이런 일이 벌어진 것인가를 듣고 싶었다.

"솔직히 말씀해 주세요. 전 아직도 뭐가 뭔지 모르겠어요."

슬픈 눈망울로 시부모를 바라보며 묻는 유세라의 모습은 초췌해 보였다. 그러나 입을 앙다물고 있는 걸 보면 큰 결심을 하고 있는 것 같았다.

"이게 모두 당신 때문이에요."

시아버지를 향해 시어머니는 질책하는 말투로 말했다.

"그럼 우리 집안 대가 끊겨도 좋다는 말여. 그리고 손주를 한국 여자한테서 얻어야지. 미국 여자한테서 얻어. 그리구 엠마는 아기를 못 낳는다며…."

시아버지는 오히려 큰 소리로 시어머니의 말을 받았다.

"어쨌거나 당신이 손주 손주 하며 입에 달고 다니더니 이게 무슨 사단이냐 말이에요."

"어허! 차암 나, 그래서 내가 뭐랬어. 애도 못 낳는 엠마하고 그만 갈라서라고 했잖여."

"그게 어디 그렇게 쉬워요."

시부모가 주고받는 평소 우세두세한 말투가 아닌 격한 대화를 통해 어렴풋이 유세라 자신이 어떤 상황에 처해 있는지 짐작되었다. 그러니 무릎맞춤할 필요도 없었다.

그날 오후 해 질 녘이 되어 제임스 리는 창백한 얼굴로 집에 돌아왔다.

"어떻게 된 건지 당신 입으로 말해 봐요."

조용히 입을 열어 물었으나 유세라의 태도는 다그치듯 묻는 어감이었다.

제임스 리의 말을 정리하면, 미국 세리토스대학 동창이었던 엠마가 처음에는 되모시인 줄은 몰랐다. 그런데 그녀와 결혼한 것은 엠마가 초혼에 실패한 것을 안 뒤 몇 년 지나 제임스 리와 재혼을 했다는 것이다. 변명 같았지만 제임스 리는 그 나름의 사연을 장황하게 설명했다.

총각이면서 하필이면 초혼에 실패한 엠마와 결혼한 것은 그만한 이유가 있었다. 대학을 졸업하고 제임스 리는 변변한 직업을 찾지 못한 발록구니였다. 어디서나 그렇겠으나 특히 미국에서는 그런 실업자 생활을 한다는 것은 여간 힘든 것이 아니었다. 그렇게 몇 년을 노라리로 보낼 때 결혼에 실패한 엠마를 만나게 되었다. 그녀는 이혼 때 받은 재산이 있어 그 돈으로 인테리어 사업을 벌였다. 마침 실업자로 있던 제임스 리는 엠마의 사업처에서 명색이 버금지기로 일하다 보니 그만 시민권자인 엠마와 가까워지게 되었고 결혼까지 한 것이었다.

"내가 죽일 놈이지, 그동안 출장 간다고 한 것도 사실은 양쪽 집을 오가려니 어쩔 수 없었어."

고개를 푹 숙이며 제임스 리는 길게 한숨을 토했다.

"아…"

유세라는 제임스 리의 고백 앞에서 할 말을 잃었다.

"사실 엠마와는 헤어지려고 했어. 그래서 다투기도 하고 많은 갈등을 느끼던 때에 바람도 쏘일 겸 한국에 가다가 당신을 만난 거야."

"그래도 지금 이건 아니에요. 내 인생은 당신 때문에 망친 거라구요."

"아냐, 엠마와 이혼하고 당신하고 살 거야. 그땐 시민권도 얻고 혼인신고도 할 테니까 걱정하지마"

"……"

제임스 리의 말이 진실이었건 허위였건 모두 귀에 들어오질 않았다. 그저 현재의 상황을 모면하기 위한 손짭손 같았다. 뿐만 아니라 그의 말대로 엠마와 이혼을 한다면 엠마 그녀의 인생은 또 어떻게 되겠는가. 모두 제임스 리의 잘못된 처신으로 두 여자의 인생이 벼랑으로 떨어지는 문제가 아닐 수 없었다.

유세라는 시간이 흐르면서 자신의 정체성을 찾고 싶었다. 어찌 보면 조선시대에 있었던 씨받이 역할을 하고만 셈이었으니 어이가 없었다. 또한 처음 제임스리를 만났을 때 이런 남자인 줄도 모르게 자신의 소중한 인생을 걸고 모든 걸 주어버린 자신이 미웠다. 사회생활에서 그 누구보다도 재기롭고 똑똑하고 현명해서 회사에서나 친구들 사이에서나 심지어 집안 친척들에게도 괜찮은 여자로 평가 받았던 것인데 이렇게 한 남자에게 감쪽같이 속아서 허망하게 무너지는 자신을 생각하면 되우 분통이 터져 미칠 것만 같았다.
'아! 나는 이제 어찌해야 하는가?'
아무리 생각을 굴려봐도 쉽게 답이 나오질 않았다. 차라리 죽고 싶은 마음이 스멀스멀 차올랐다.
큰 꿈을 지니고 아메리카의 광활한 영토에서 제임스 리와 펼치고 싶었던 그 아름다운 꿈은 산산조각이 났고 그 파편은 유세라를 괴롭혔다.
이리저리 생각을 굴려봐도 시원스러운 답이 나오질 않았다. 이대로 제임스 리의 집을 뛰쳐나와 혼자 미국에서 정착하려 해도 이미 불법체류자 신분이니 그것도 불가능한 일이었다. 그렇다고 리버 리를 데리고 한국으로 간다고 해도 아비 없는 자식을 혼자서 감당하는 것도 문제지만, 집안이나 친지들의 따가운 시선을 받아들일 자신이 없었다. 그렇다고 리버 리를 제임스 리에게 맡기고 홀로 떠난다는 것도 그녀로서는 용납되지 않는 일이었다.
이제 방긋방긋 웃는 리버 리, 어미를 알아보는 어린애를 떼어놓고 떠난다는 것은 상상도 하기 싫었다.
밤잠을 제대로 이루지 못한 그녀는 핼쑥해진 모습으로 창가에 앉아 하염없이 밖에다 시선을 꽂고 침묵을 지킬 뿐이었다. 스스로 자신에게 수없이 묻고 물어도 답이 나오질 않았다. 다람쥐 쳇바퀴 돌 듯 반복되는 생각의 늪에서 헤어 나오질 못하고 있었다.
시간이 흐르면서 제임스 리와 산다는 것은 유세라의 자존이 허락하질 않았다. 자신의 인생을 그런 남자에게 맡기고 싶지 않앉다. 과연 제임스 리 말대로 자신을 사랑한 것은 사실일까, 정말 사랑했다면 한국에서 자신의 입장을 털어놓았어야 했다. 하지만 감쪽같이 속이고 문제가 터지니까 그간의 사연을 이야기하고 용서를 빈다는 것은 말이 되질 않았다. 그것도 수만리 이역 땅으로 와서 아이까지 낳게 하고 이중생활까지 한 그를 도저히 용서할 수 없었다.

'그래, 독하게 마음먹자. 내가 바보처럼 잘못한 선택이 아니었던가.'

유세라는 체념 속으로 자신을 몰아넣기 시작했다. 흡사 늪에 빠진 사람이 살기 위해 발버둥 치다 동작을 멈추고 그냥 늪 속으로 빨려 들어가는 사람이 되어가고 있었다.

이제 그녀가 선택할 수 있는 것은 제임스의 말을 믿고 따르느냐 아니면 떠나느냐였다. 그 어느 길이었건 행복해질 수 있는 길은 아닌 것 같았다. 하지만 그 어떤 길이었건 선택하지 않을 수 없는 입장이었다. 이대로 시간만 보낸다고 해결될 성질의 문제가 아니었다.

화창하던 가을 하늘이 먹구름이 드리우더니 갑자기 소나기가 쏟아지고 있었다. 유리창을 타고 흘러내리는 물줄기가 시원스러워 보였다.

커피를 마시며 유세라는 생각을 정리하기 시작했다. 흐르는 물줄기를 막을 수 없듯이 자신의 문제도 결단을 내리지 않으면 안 되는 일이었다.

엊그제 엠마가 다녀갔다. 엠마는 유세라에게 온몸으로 매달리며 설득하려 했다. 자신은 한번 결혼에 실패하여 다시는 이혼을 할 수 없고, 제임스 리를 사랑하고 있다는 것이었다. 그리고 자신은 아이를 낳을 수 없으니 리버 리는 자기 자식처럼 사랑하며 훌륭히 키우겠다는 것이었다. 엠마의 말이 진심이었건 아니었건 유세라는 엠마의 말을 듣고 싶지 않았다. 하지만 자기가 낳은 리버 리 문제는 달랐다. 미국에서 태어나 시민권을 얻은 리버 리에게 이제 자신이 어떤 선택을 해야 하는가를 생각할 수밖에 없었다.

"리버 리, 내 아들 너는 행복해야지. 그래야 이 엄마의 못다 한 꿈이 피어날 수 있는 거야."

커피잔을 내려놓으며 유세라는 넋 나간 사람처럼 중얼거렸다.

엠마의 말이 떠오르며 가슴을 뜨겁게 했다. 리버 리를 자기 자식처럼 사랑하며 훌륭히 키우겠다는 말이 머릿속에서 자꾸 되살아났다.

'정말로 리버 리를 잘 키울 수만 있다면 내가 더 바랄 게 없는데….'

이제 자신은 어찌되었건 리버 리 문제만을 생각하는 유세라였다. 자신은 한국으로 돌아가고 리버 리는 미국에서 훌륭하게 성장해서 성공된 인생을 살 수 있다면 자신의 상처는 치유될 수도 있겠다는 생각이 들었다.

보행기에서 잠들어 있는 리버 리를 한동안 물끄러미 바라보던 유세라는 잠자는 아이의 손을 살며시 잡고는 소리 없이 흐느껴 울었다.

'아가야 미안하다. 이 어미는 너를 두고 떠나야 해, 이것이 너

와 나의 운명인 걸 어쩌겠니. 정말 훌륭하게 커야 해. 그래야 이 엄마가 마음에 평화를 얻을 수 있어.'

그녀의 흐느낌은 길게 지속되었다. 눈이 퉁퉁 부어오를 만큼 복받치는 감정을 자제하지 못하고 있었다. 하긴 이역만리 땅에서 자식을 낳고 사랑하고 믿었던 사람에게 배신을 당하고 이제 제 몸으로 낳은 자식마저 놓고 떠나야 하는 심정을 그 누구인들 쉽게 헤아릴 수 없는 것이었다.

결국 마음이 드솟더니 선택은 결정되었다.

유세라는 마닐마닐한 여자가 아니었다. 리버 리의 장래를 위해서 유세라는 자신이 한국으로 돌아가는 것이 최선이라고 생각했다. 뿐만 아니라 자신이 떠나면 시부모의 마음도 편할 것이고, 엠마는 재혼을 성공한 것이 되고, 제임스 리는 골치 아픈 이중생활이 해결되는 편이니 유세라 자신이 떠나는 것이 모든 사람을 편하게 하는 것이라 여겨졌다. 물론, 유세라 자신도 큰 상처는 입었으나 시간이 흐르면서 서서히 아물 것이라 믿고 싶었다. 다만 걱정되는 것은 리버리였지만, 시부모가 끔찍이 여기는 손자이고, 친자식처럼 키우겠다는 엠마의 말을 드레질할 필요가 없이 액면 그대로 받아들이고 싶었다.

LA공항에서 한국행 비행기에 탑승했다. 창가로 앉은 유세라의 모습은 생각과 달리 단아한 모습이었다. 모든 걸 체념하고 이제 다시 시작해야 하는 그녀의 각오가 차돌같이 단단한 것 같았다.

비행기에 탑승해 창밖을 내다보니 회항한 여객기에서 승객들이 트랩을 내려오는 것이 보였다. 여자 승무원에게 물으니 여객기 날개에 이상이 생겨 방금 회항한 것이라고 했다.
　유세라를 태운 한국행 비행기가 이륙하는가 싶더니 금세 하늘로 높이 올라갔다. 비늘 구름 사이로 내려다보이는 LA의 풍경은 장난감을 풀어 놓은 듯했다. 높은 곳에서 내려다보면 아무것도 아닌데 그곳에 묻혀 있을 땐 그것이 전부처럼 느껴지는 것이 유세라는 우습기도 했다.
　하얀 뭉게구름이 창을 스쳐 가고 있었다. 그녀는 자신의 인생이 살 잡히긴 했어도 그 구름을 따라 한없이 말려 들어가는 느낌이었다. 또한 자신이 화려하게 꿈꾸었던 아메리카는 흔적도 없이 사라져갔다. 그리고 조금 전 비행기 날개에 이상이 생겨 회항했던 여객기 생각이 났다. 어느 한구석이 하나라도 잘못되면 제자리로 돌아가야 한다는 것은 비행기나 사람이나 마찬가지라는 미립을 깨달았다.
　"커피 가져왔습니다."
　주문했던 커피를 가져온 여자 승무원이 미소를 지었다.
　유세라는 여자 승무원의 미소에서 불현듯 자신이 회항한 여객기와 같다는 생각에 쓴웃음을 머금었다.

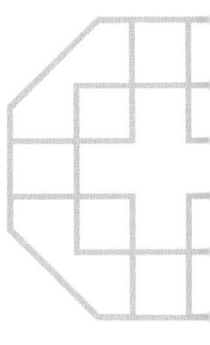
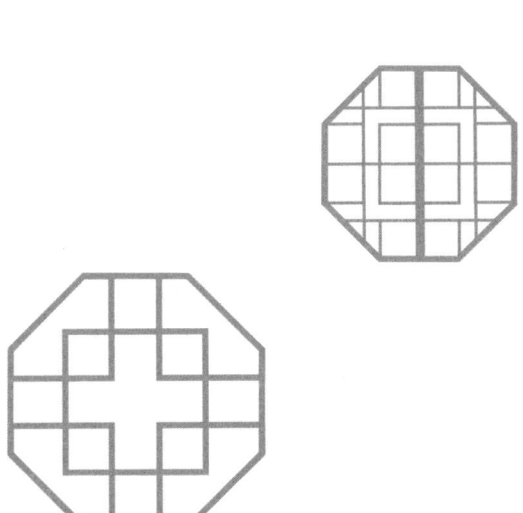

길은 달라도

옛 친구를 만난다는 것은 기쁜 일이었다.

그것도 오십여 년 전의 친구를 만난다는 생각을 하니 더욱 가슴 설레고 기쁜 일이 아닐 수 없었다.

만나기로 약속한 무교동 낙지집 앞에 도착했다. 약속 시간보다 반 시간이나 일찍 왔으니 무교동이나 둘러보자는 심상으로 어슬렁거리며 이리저리 돌아다녔다. 그렇게 시간을 보내고 약속 장소로 갔더니 만나기로 한 친구들이 모두 나와 있었다.

"이야! 너 최고식 맞지?"

친구 네 명이 나를 발견하고 반갑게 다가왔다. 그렇게 함께한 우리들은 누가 뭐라고 할 것도 없이 낙지집으로 들어갔다.

저녁 시간이라 술 손님들이 모여드는 것 같았다. 나를 포함해 우리 다섯 명은 낙지볶음과 소주를 주문했다.

둥그런 식탁을 가운데 두고 빙 둘러앉았다. 팔십을 바라보는 나이는 참으로 속일 수가 없는 모양이다. 모두 머리는 허옇게 변해 서리가 내린 듯했고, 늘어진 얼굴에 주름살이 가득했다. 그래도 음성만은 그 특색이 그대로 살아있었다.

나를 빼고 네 명의 친구들은 그동안 서로 가끔씩 연락해서 만난다고 했다. 그러나 나는 우연찮게 연락이 되어 오십 년이 지나서 만나게 된 것이었다. 그것은 그들은 대학을 같은 시기에 졸업을 했지만 나는 군에 다녀와 복학을 하지 않았기에 그들을 만날 수가 없었다.

나로서는 그동안 함께하지 못했으니 그들과 내가 살아온 이야기가 산더미처럼 쌓여 있었다.

우리는 모두 국어국문학과 출신들이었다. 그러함에도 각자 살아온 계통이 달라도 너무 달랐다. 국문과 출신이면 거의 세 군데의 길로 살아가는 게 일반적인데 우리들은 그렇지가 않았다.

얼핏 생각해도 국문과 출신은 교사나 언론 계통 기자 또는 잡지나 출판 계통의 일이거나 하다못해 인쇄소 같은 문화사업에 종사하는 것이 대부분인데 그렇지 못한 것이 우리들의 인생길인 것 같았다.

"너 우리가 어드렇게 살았나 모르지? 우린 윤모범이 빼고 모두 전공과목과는 다르게 살았드랬어."

건축사업을 하는 강원도 출신 양대길이 걸걸한 음성으로 입을 열었다.

"뭐가 어떻게 다른데 그래. 나이 먹고 이제 생각해 보니 인생 거기서 거기지 뭐 별거 있냐 싶어."

군인으로 살아온 나로서는 그리 생각되어 허허 웃으며 말했다. 그러자 교장선생으로 정년퇴임한 경기도 토박이 윤모범이 말을 받았다.

"아냐, 여기 우리 친구들 모두 다른 세상을 살아왔어. 여기 양대길은 건설업자로 이름을 날렸지. 그리고 조운영 쟤는 시의원에서 도의원까지 한 정치적인 인물이지. 그뿐인가 안성춘이는 모텔 사업을 하는 문화적 인사 아냐. 하하하… 그리고 넌 중령으로 예편했으니 나라 지킨 충신 아니냐. 나야 뭐 선생이나 했으니 훈장이지."

"차암, 다양하네. 우찌하다 우리 친구들이 이리 출세했노."

정치를 했다는 경상도 출신 조운영이 우리들을 휘둘러 보더니 윤모범의 말을 받았다.

"뭘 해서 살았건 이리 건강하게 살아서 만나니 반갑다. 안 그래? 그나저나 난 우리가 각자 살아온 세계가 궁금해. 그 다른 세계들은 어떠했는지 말야."

호기심 어린 말투로 내가 화두를 꺼냈다.

"내가 먼저 말해볼까."

시의원도 하고 도의원도 했다는 경상도 출신 조운영이 소주잔을 단숨에 비우더니 입을 열었다.

"봐라. 봐라. 느그덜 정치가 어쩌니 뭐니 해도 다 그 아래서 놀아났던 것 아이가. 본디 정치라는 거이 무리를 잘 다스려 보다 잘 살게 하는 거이 제대로 된기야 한데, 정치하는 자덜 선거 때만 되면 유권자들 앞에서 그럴싸하게 씨부렁거린다 아이가. 내도 그리했으니까 하는 말 아이가. 그러나 선거 끝나봐라 하이고, 그땐 지가 한 말은 다 이자버리는 기라. 그거이 그러고 싶어서가 아니고 좋다는 거는 다 끌어다 공약이랍시고 해싸니 그걸 우이다 한다 말이가. 내도 사실 그랬다 말이다. 정치락 카몬 다 그런가보다 하고 생각하는 거이 속 편한기라 이기야. 내가 정치에 발 담근 건 아이엠에프인가 뭐가 끝나니까 내 나이 사십 넘어 늦긴 했어도 그때 시의원에 나와서 당선되고, 그다음 도의원까지 하다 보니 내 맘과는 다른 인생을 살게 되었제. 그런데 내 취향이 아닌지 몰라도 못하겠더라. 사람 사는 거 같지가 않아. 겉으로는 예의 바른척 아님, 누가 부탁하면 안 되는 걸 뻔히 알면서도 알겠닥 하거나 그케 하도록 한다거나 최소한 고려해 보겠다고 새빨간 거짓뿌렁을 해싸니 기게 어디 사람 사는 긴가 말이야. 그리고 선거 때가 되면 당협위원장한테 공천을 받아야 카니까 개도 그런 개가 없지. 신주단지 모시듯 그저 굽실굽실거려야 하고, 에라이 쓰발, 이거 몽할 짓이다 싶어 때려 치아 버렸다 아이가. 그라고 정치다 뭐다 신물이 나서 퍼떡 떠났다 아이가. 마 이젠 나이가 있으니 조용히 살제. 그래도 정치에 관심이 업딱하지만 돌아가는 꼴 보면 내도 저랬나 싶어 웃음이 난다 아이가. 하하하…"

너털웃음을 날리며 말을 끊더니 이내 술 한잔을 홀짝 비워냈다.

"야! 너 정치만 더러운 줄 아니?"

옆에 있던 전라도 출신 안성춘이 불쑥 나섰다.

"이거 보더라고. 하이고 내가 말이제 모텔을 해 보니 정말 더럽고 더럽더라. 무슨 말이고 하니 세상에 그런 꼴을 보고도 목구멍이 포도청이라고 먹고 살려니까 참은 거지. 그게 사람들이 아니랑께."

"돈 벌면 됐지. 무신 소리야."

얼큰히 취해 말하는 것 같아 자제시키려고 내가 나섰지만 그는 막무가내로 떠들기 시작했다.

"하이고, 돈이고 지랄이고 그 꼴을 안 봐서 하는 소리랑께. 내가 숨이 뽀듯이 차도 참고 견딘 사람이여."

"뭔데 그래?"

"들어보더라고 잉. 그 간통죄가 없어지고 나니 웃기지도 않는당께. 뭐시냐 하면 딸내미 같은 어린 여자를 데리고 오는 영감탱이가 있는가 하면 모텔에 못온 것이 한이 됐는가, 남사스럽게 껴안고 쪽쪽 입맞추는 걸 보면 당췌 기가차고도 남는당께."

마신 소주 때문인지 아님 흥분해서인지는 몰라도 목청을 돋구는 안성춘을 보며 친구들은 모두 웃음을 날렸다.

"뭐가 어드래서 정치가 그렇고 모텔이 어떻다 하는데 건설업계는 노가다판이라 그냥 확 해 버리지 않으면 안된다야. 나도 처음엔 밑천이 없어 그저 집수리부터 시작했는데 어데 그게 돈이 되냐 말야. 그래서 큰 회사에서 입찰 받은 빌딩 짓는 거 하청 받아서 일을 했는데, 자재비다 인건비다 뭐다 해서 죄다 빼고 나면 겨우 월급쟁이 수준이니 해먹겠냐고…. 그래서 엎어지나 자빠지나 마찬가지라고 건설회사를 내서 아파트 건설사업도 해 봤지. 좀 크게 공사를 하려면 관공서를 끼지 않으면 인허가 받기가 힘들어서 안 돼. 그러다 보니 차 떼고 포 떼고 뭐가 있어. 아주 크게 하면 몰라도 개털이더라고. 만약 공사하다 실수로 사람이라도 죽게 되면 그땐 망하는 거야. 겉보기엔 크게 남는 장사 같지만 낮은 가격으로 입찰을 잘못 받으면 그땐 엄청난 손해를 보니까 어쩔 수 없이 부실공사가 되드라고. 그러니 이 사업도 힘든 사업이지. 어드래, 이래도 좋은 사업이야? 건설사업으로 돈을 번 놈들은 아주 큰 그룹 계열 건설회사로 아파트나 고속도로 건설 정도에 매달린 그런 놈들이야. 그러니 나 정도 건설사업 규모를 가진 놈들은 죄다 까져 나가지 않았으면 다행인겨. 이젠 뭐 기력이 떨어져 큰 거라고 손에 쥐어 주어도 못한다 야."

강원도가 고향인 양대길은 자신이 건설업에 종사하며 열심히 살아왔지만 돈을 버는 데는 현실적으로 실패했다는 이야기를 입에 거품을 물고 이야기했다.

"야 모두 직업마다 특징이 있구나. 나도 군바리였지만 나름 기쁜 일도 있었지만 애로사항도 많았어. 알오티시 장교로 갔으면 중위 달고 군대 생활 마치고 나올 텐데 너희들 알다시피 난 대학을 중퇴했으니 알오티시는 할 수가 없잖니. 그래서 육군장교 만드는 삼사관학교를 갔지. 거 훈련이 얼마나 빡센지 중간에 퇴교하는 애들이 많았어. 나야 이를 악물고 죽기 아니면 까무러치기로 버텨냈지. 소위로 임관해서 중령으로 제대했는데 차암 우여곡절이 많았다. 느그덜도 군대 생활 해 봐서 잘 알겠지만 소대장은 소대에서 중대장은 중대에서 대대장은 대대에서 사고가 없어야 되는 거야. 만약 사고가 있다 하면 진급은 고사하고 문책을 받으니 내 마음대로 되는 게 아냐. 소속 부대원들을 잘 만나야 된다니까. 그뿐이야 나도 상관을 잘 만나야 모든 게 쉽게 풀리거든… 지랄 같은 놈 만나면 그땐 미치고 환장하지. 거 참! 어떤 때는 총으로 확 해 버리고 싶을 때도 있어. 그건 그렇다치고 내가 왜 중령으로 예편했는지 알아. 육군사관학교 출신도 별을 달기 힘든데 삼사관학교 출신은 별을 단다는 것은 그야말로 하늘에 별 따기야. 그런데다 사고가 있어서 중령으로 예편해도 살아갈 수 있으니까 예편한 거지. 군대 생활, 단순한 것 같아도 조직 사회다 보니 그 생활이 쉽진 않아. 특히 힘든 것은 근무지 이동에 따라 집을 옮겨 다녀야 하는 것도 한몫을 하지."

나는 충청도가 고향이긴 해도 늘어지지 않는 어감으로 마치 차분하게 상관에게 브리핑하듯이 내가 겪은 군대 생활 이야기를 요약했다.

"언니, 여기 낙지볶음 한 접시에다 소주 두 병 더 주세요."

내 말을 듣고 있던 교장 출신 윤모범이 술과 안주를 추가 주문 하더니 이제 자신이 말할 차례가 되었다며 자세를 고쳐 앉았다.

"나야 훈장질이나 했으니 그렇고 그런 얘기밖에 없지만 친구들 모르는 얘기도 있는 거야. 뭐냐, 그것이 궁금하지 않아?"

친구들을 휘둘러 보더니 입을 열었다.

"마, 우덜이 알라도 아닌데 뜸들이지 말고 퍼떡 말해봐라."

아직도 경상도 사투리를 버리지 못한 조운영이 채근하듯 말했다.

"우리들이 학교 다닐 때와 요즘과는 선생에 대한 권위가 아주 달라. 예전에는 선생님 그러면 존경하고 감히 선생님 앞에서는 학생들이 꼼짝도 못했잖아. 그러나 요즘은 달라졌어. 선생이 학생들 눈치를 봐야 하니 기막힌 노릇아냐? 그럼 왜 그렇게 됐느냐, 전교조에서 학생 인권이니 뭐니 하고 떠들더니 그게 이런 현상을 가져온 거지. 내가 교장으로 정년퇴직을 했지만 옛날 교장처럼 그런 권위는 눈 씻고 봐도 찾을 수가 없어. 막말로 교장이나 평교사나 공립학교에서는 그저 직책에 불과한 거야. 그러니 교장하겠다고 노력한 것이 아깝지. 평교사로 시작해서 교장까지

하려면 얼마나 힘든 줄 알아. 점수를 따기 위해 힘지에 가거나 낙도에 있는 분교에서 근무해야 하고, 강습이나 교육대학원이다 뭐다 해서 교육 받는 걸 하다보면 여름방학이고 겨울방학이고 제대로 내 시간으로 보낼 수가 없으니 그 길이 여간 힘든게 아냐. 그래서 아예 평교사로 정년퇴임 하는 선생들도 많아. 그게 어떤면에서는 속 편한지도 모르지. 그렇게 마음먹으면 교육청이나 윗사람에게 손 비빌 일도 없거든…."

술이 들어가니 교장선생다운 포스도 어디로 갔는지 사라지고 윤모범은 지난날에 대한 학교생활을 술술 털어놓고 있었다.

"그건, 우리 정치판에 비하면 양반이다. 마 이놈의 정치판은 의리라는 건 눈 씻고 봐도 없다 아이가. 하이고 어제까지도 약속해 놓고도 이튿날 상황이 달라지면 오뉴월 감주맛 변하듯 싹 변하는 데는 아따 마 할말을 잃는기라. 그래서 정치는 생물이락 카는지 몰라도 내사 마 앞 뒷발 다 들었데이."

"그 동네가 그 정도래?"

강원도 양대길이 입을 벌리며 놀라는 기색을 보이자,

"하모, 하모."

고개를 끄덕이며 조운영이 확인이라도 시키듯이 대꾸했다.

"세상 드럽지 않은 곳이 없더라고. 그래도 모텔하는 내보다도 났제. 잡것들 모텔에 와서 하는 짓을 보면 토악질이 난당께. 그래도 거시길 참고 사업이랍시고 해야 하니 참말로 미치고 환장한당께. 에휴…."

안성춘은 현재도 하고 있는 모텔사업에 대해 큰 회의를 느끼는 듯 말했다.

"아따, 그러면 관두고 다른 걸 하면 되는 거 아녀?"

군인 출신답게 나는 그만 딱 부러지는 말투로 안성춘을 향해 반문했다.

"이보더라고. 자네가 뭘 몰라서 하는 소린데. 내야 그라고 싶제. 그나 우리 할망구가 바꿀 생각을 안 하니 우째겠나 이말이여. 그렇잖아도 그 얘길 몇 번 했는디 씨알도 안 먹혀. 더 얘기했다가는 거 뭐냐. 집에서 쫓겨나기 십상이랑께."

엉구럭을 부리는 아이처럼 몸짓을 해 가며 어쩔 수 없는 상황을 나름대로 설명했다.

"에이 참, 남편 하는 일에 안사람이 그렇게 나선다 이거야? 그카몬 진즉에 개비했어야 안카나. 내는 처음 정치할 때 집사람이 몇 번은 말리더니만 내가 듣질 않으니까 그만 입 다물대. 마 남자는 남자가 하는 일이 있고, 여자는 여자가 하는 일이 있는기라. 니처럼 그카몬 안된데이."

"어 그건 그렇치 않아. 다 개개인 사정이 다른 것이니까. 안성춘이 입장이 되면 그럴 수밖에 없겠네."

윤모범이 안성춘을 두둔하듯 조운영을 향해 말했다.

인생에서 뭘 해 보겠다고 하면 한 번쯤은 위기 상황이나 큰 고비를 맞게 되는데 우리 친구들도 예외는 아니었다.

교장선생으로 정년퇴임한 윤모범도 큰 위기상황이 닥친 적은 없었으나 힘든 고비를 겪은 것 같았다.

우선은 사범대학이 아닌 일반대학에서 교직과목 이수한 학점이 있었으나 그것으로 교사가 될 수는 없고, 교사임용고시에 합격해야 하는 것이었다. 그 시험이 만만치 않아 몇 번의 재수 끝에 합격이 되었으니 그 자체도 힘든 고비가 아닐 수 없었다.

교사로 채용되어 학교에 근무할 때도 교사 초년생이니 많은 수업과 잔무 또한 만만치 않았다. 그건 업무이니 그렇다쳐도 근본적으로 힘든 점이 있었다.

그러다가 한 학교에 근무하던 동료 여교사와 결혼하여 교사 맞벌이 부부가 되어 수입면에서는 그런대로 저축도 하면서 미래를 설계할 수 있어서 좋았다. 그러나 똑같이 학교에 근무하다 보니 아내의 수발을 받는 것은 꿈도 꿀 수 없는 노릇이었다.

아침 8시까지는 학교에 출근해야 했으니 집에서 아침밥을 제대로 먹고 출근한다는 것은 꿈이었다. 그저 간단한 토스트에 우유 한 잔 정도로 해결해야 했다. 또한 점심이라고 해 봤자 구내식당에서 식판에 받아먹는 밥이 입맛에 제대로 맞을 리가 없었다. 겨우 저녁 식사나 아내와 함께 집에서 먹는다고 했으나 그마저도 학교에서 늦는 날이 많아 늦은 저녁 식사 아니면 적당히 사 먹는 형편이었다. 이런 상황에서 아내는 승진을 위해 야간 대학원에 진학을 하다 보니 함께 저녁을 먹는 것 자체가 꿈이었다.

이렇게 바쁘게 살아가는 부부교사의 일상을 겪어보지 않은 사람은 이해하기 힘든 것이었다.

그러나 어쨌거나 윤모범은 별 사고 없이 무난히 교장으로 정년퇴임까지 했고, 이제는 연금으로 안정된 노후를 보내니 어찌보면 우리 친구 가운데서 가장 안정된 생활을 하는 그의 이름대로 모범생인 셈이었다. 하지만 건축업을 했던 양대길의 경우는 달랐다.
 큰 밑천 없이 시작한 건축업이다 보니 늘 은행권에 신세를 져야했다. 큰 건축 일을 맡아 놓고 사업을 시작했을 때 양쪽으로 시달림을 받아야 했다. 우선 건축자재를 제때 공급해야 하고, 인건비 또한 제때에 지급하지 않으면 안 되는 것이 건축사업이다. 그러나 자기 자본이 넉넉하지 않으면 은행 대출에 매달릴 수밖에 없는 노릇이다.
 그런데 큰맘 먹고 아파트 단지 서너 동을 짓기 위해 터파기 작업을 마치자, 동네 주민들이 현수막을 내걸고 죽기 살기로 보상 문제를 들고 나왔다. 그것은 소음과 일조건 문제를 제기한 것이었다. 이미 주민들은 변호사를 선임해 이 문제를 법정까지 끌고 간 상태였다. 생각과 달리 사업비가 추가되고 사업 진행이 늦어지다 보니 그 손해가 이만저만이 아니었다. 그런데다 은행 대출마저 쉽게 이루어지지 않아 어쩔 수 없이 대출이자가 높은 제2 은행권을 통해 대출을 받다 보니 사업을 완성 시켜봤자 별반 이익이 없는데 다 지은 아파트에 입주자가 적어 미분양이 있으니 그냥 파산 지경에 이른 것이었다.
 그때부터 기울기 시작한 그의 사업이 더는 계속할 수 없는 지경이 되었다. 이래서 그는 미련이야 있었지만, 탈탈 털고 건축업계를 떠난 것이었다.
 어떤 일은 쉬운 것이 있을까 마는 그런 시련을 겪은 양대길은 머리를 도리질 치며 다시 태어나도 건축업은 하지 않겠다고 했다. 돈이나 몸이 힘든 것은 그래도 좀 나은 편이나 모텔업을 하는 안성춘은 어쩔 수 없이 묘한 사건에 말려들었다.

성탄 전야였다. 크리스마스이브다 보니 젊은 사람들이 축제 분위기에 들떠 술집을 전전하다 잔뜩 취해 안성춘의 모텔을 찾아왔다. 손님이 젊었거나 늙었거나를 가릴 수 없는 것이 모텔 사업이다. 그저 조용히 잠이나 자고 가면 최고의 손님인 셈이다. 자정을 넘긴 시간이라 안성춘은 눈도 침침하고 그저 젊은 남녀 손님이라고만 생각하고 객실 열쇠를 주었다.

이튿날 점심때가 되어도 그 젊은 남녀는 객실을 비우지 않는 것이었다. 뭔가 이상하다 싶어 노크를 했으나 인기척이 나질 않았다. 이내 그는 또 다른 열쇠를 가져와 방문을 열었다. 그런데 기가 막힌 일이 벌어졌다. 발가벗은 두 남녀가 침대 위에 잠자듯 똑바로 누워 죽어 있었고 머리맡에는 이름을 알 수 없는 약병이 발견되었다.

그후 몇 번인가를 경찰서에 호출을 당해 다녀오고, 뭘 알지도 못하는 그에게 수사과에서는 이런저런 질문을 해 오니 그로서는 답답할 뿐이었다. 영업이니 그저 돈 받고 방이나 빌려준 것뿐이니 그럴 수밖에 없었다.

그러나 문제는 죽은 남녀 중 여자는 숙성해 보였지만 한 해가 모자른 미성년자였다. 그래서 그에게 미성년자를 모텔에서 받아 주었다는 점이 빌미가 되어 수사과에 불려 다닌 것이었다. 또한 그로 인해 많은 고역을 감수했고 모텔업에 환멸을 느껴야 했다. 하지만 다른 사업은 해 보질 않아 엄두가 나지 않았고, 아내가 끝내 고집을 부려 어쩔 수 없이 그 영업을 한다고 했다. 하지만 그는 모텔사업에 대해 많은 부정적 시각을 가지고 있었다. 자기의 직업에 대한 긍지 따위는 눈 씻고 봐도 찾을 수가 없었다. 안성춘은 본디 심성이 착하고 마음이 여린 사람이었다. 그런 성품은 결국 억센 아내를 만나 살다 보니 흔히 말하는 여자에게 잡혀 산다고 하는 그런 부류의 남자가 된 것이었다.

이런 그에게 아무래도 우리 친구들은 용기를 심어주고 싶어 문화사업이니 뭐니 하며 추임새를 넣었다. 그러나 안성춘은 전라도 사투리로 이제 거시기하면 그만둘 거라며 소주잔을 비웠다.

나는 아직 정치 그쪽 방면은 냄새도 맡은 적이 없어 잘 모르는데 조운영의 말을 듣고 보니 그가 엄청난 꿈을 꾸었다는 것을 알게 되었다.

도의원 임기를 끝낼 즈음, 국회의원에 출마하기 위해 중앙당을 찾았다. 물론, 공천을 받기 위해서였다. 그가 출마하려고 했던 지역은 경상도 A지역이었다. 그곳은 당의 공천만 받으면 지역감정이 살아있는 곳이라 말뚝만 박아도 당선된다는 곳이었다.

그는 꿈에 부풀어 있었다. 얼마 전까지만 해도 중앙당에서 힘 있는 사람이 A지역에 공천을 해 주기로 단단한 약속이 있었기 때문이다. 그러나 막상 공천심사에서 이렇다 할 큰 이유도 없이 그는 떨어져 버렸다.

분통이 터지고 헤아릴 수 없는 많은 생각들이 그를 괴롭혔다. 돈 때문일까 아니면 자신의 처세가 밉보여서일까. 그것도 아니면 도대체 무엇 때문에 그랬을까. 그는 괴로움에 용광로처럼 끓어오르는 분노를 삭힐 뿐이었다.

젊은 나이도 아니고 사십 넘어 시작한 정치라 어느새 육십을 넘긴 때이니 국회의원에 계속 도전한다는 것은 무리였다. 더 이상은 허용되지 않은 정치에서의 한계를 그는 뼈저리게 느끼지 않을 수 없었다.

그것이 계기가 되어 정치에서 발을 뺀 조운영은 정치에 대해 별로 호감을 갖지 않게 되었고, 그 누가 정치를 하겠다고 하면 무조건 말리는 사람이 되었다. 그리고 하는 말이 세상 살면서 배신의 맛처럼 쓴맛이 없다고 했다.

친구들이 제각기 살아온 삶이 달랐으나 모두 큰 고비나 위기를 맞은 것은 사실이었다. 그러나 나만큼 큰 위기를 맞지는 않은 것 같았다.

소령 계급장을 떼고 중령으로 진급되어 그 기쁨이 채 가시기도 전에 최전선 비무장지대에서 철책선을 지키는 부대의 대대장으로 부임하게 되었다. 최전방 부대에서 근무한다는 것은 진급하는 데 큰 도움이 되는 일이기에 힘들고 막중한 임무지만 좋은 기회를 부여받은 셈이었다. 물론, 가족들과 떨어져 생활한다는 점이 불편할 수도 있겠으나 군인 생활이라는 것이 다른 직업처럼 그렇게 살아갈 수는 없는 노릇이었다.

비무장지대 철책선 앞에서 바라보는 산야는 늘 적막감이 맴돌았다. 이름 모를 산새들이 날아가고, 무성한 잡초가 키만큼 자라 고즈넉한 분위기로 스산함을 느끼게도 한다. 밤이면 산짐승의 울음소리가 적막을 가르기도 하는 곳이다. 그러나 하루라도 긴장을 풀고 생활할 수 있는 곳이 아니었다.

북녘에서 들려오는 대남방송이 왕왕거리며 들려온다. 그곳이 지상 최대 천국처럼 떠들지만 이곳의 병사들은 믿으려 하질 않는다. 그러나 가끔 흡사, 그곳이 살기 좋은 곳이라 믿게끔 하기 위해 어리석게도 월북한 국군병사를 내세워 방송을 할 때가 많았다. 그럴때는 긴장되지 않을 수 없었다.
　우리 병사들이야 모두 북쪽에서 인위적으로 만들어 방송한다고 생각하기에 큰 염려는 하지 않았다. 그러나 모든 병사들의 속마음을 읽을 수 있는 것은 아니었기에 정훈 교육이나 문제가 있어 보이는 병사가 있으면 개인 면담을 통해 엉뚱한 생각은 하지 않도록 예방하는 것이었다.
　그런데 믿는 도끼에 발등을 찍힌다고 믿고 믿었던 우리 병사 한 명이 철책선을 넘어 월북한 사건이 발생한 것이었다. 그것도 하필이면 내가 대대장으로 있는 2중대 병사가 월북한 것이었다. 넘어간 지 불과 몇 시간 지나지 않아 방송에 그 병사의 음성이 들려오니 나로서는 앞이 캄캄했다.
　뭐가 어찌되었건 일단 월북 병사가 나오면 그 문책은 상상조차도 하기 싫은 것이다. 나의 군대 생활에 커다란 오점이자 지워지지 않는 실책인 것이다. 모든 책임은 나에게 있는 셈이다. 진즉에 문제 사병을 가려내어 조치를 제대로 했어야 하는데 그렇지 못한 것은 이유 여하를 막론하고 처벌을 감수해야 할 사항이었다.
　정말 나로서는 이 상황을 어떻게 대처해야 할지 갈피를 잡을 수 없었다. 헌병대에서 그리고 군 수사기관으로 불려 다니며 고초와 수모를 당할 수밖에 없었다.

결국 나는 그 사건을 계기로 중령에서 예편하고 말았다. 이렇게 아무리 열심히 해도 인생은 내 뜻과는 달리 이루어질 수도 있다는 것을 배운 셈이었다.

우리 친구들 모두 각기 분야는 달랐으나 큰 고난이나 위기를 겪으며 용케도 이 자리까지 온 것이었다.

하지만 그런 안 좋은 일만 있었던 것은 아니었다.

윤모범은 교감에서 교장으로 승진되어 첫 부임할 때 얼마나 가슴 뿌듯하고 기뻤는지 모른다. 이 세상을 다 얻은 듯했고, 자신이 살아온 길이 가장 보람 있는 길이라는 자긍심에 가득 차 있기도 했다. 얼마나 기뻤으면 교장 취임기념으로 아내에게 거금을 들여 5부 다이야 반지까지 선물했다는 것이었다.

다음으로 조운영은 처음 시의원에 당선되었을 때 대통령에 당선된 것처럼 으쓱했다. 시민들이 자기를 인정하고 선택해 주었다는 점에서 눈물이 나올 정도였다. 상대 후보가 자신보다 더 좋은 경력과 재력이 있음에도 자신이 당선된 것에 대한 우월감이 하늘을 찌를 정도였다. 뿐만 아니라 도의원에 당선되었을 때도 마찬가지였다. 선거에서 당선된다는 것을 그 사람을 바꿔놓을 정도로 큰 위력을 발휘하는 것 같았다. 조운영 자신도 그런 점을 인정하면서 사람이기에 그렇게 되는 것 같다고 솔직한 시인을 했고, 또한 주민들의 애로사항이나 숙원사업을 해결해 주었을 때, 자신에 대한 존재감을 느끼기도 했다. 어쨌거나 그도 인생 가운데에서 맛본 최대의 기쁨이었던 시간 같았다.

그래서 그는 지금도 그 당시 당선 화환을 목에 걸고 찍은 사진을 무슨 가보처럼 거실에 걸어 놓고 삶이 힘들 때마다 그 사진을 보며 위로를 받으며 산다고 했다. 비록 정치를 떠났으나 그 기쁨의 순간이 고향을 그리는 향수처럼 가슴에서 영원히 자리하고 있는 것 같았다.

그리고 안성춘은 식당을 하다가 술집을 했고, 그 술집에서 지금의 아내를 만났다. 억척스런 아내 덕분에 돈을 벌어 모텔을 사게 되었다. 그때 모텔을 사서 개업을 했을 때 그는 기쁨이 넘쳐 심장이 터질 것만 같았다.

늘 장사를 해도 남의 건물을 임대를 해서 했는데 이제는 건물을 매입해서 내 건물에서 사업을 한다는 것이 여간 분에 넘치는 일이 아닐 수 없었다. 꼬박꼬박 월세 내가며 장사한다는 것이 쉬운 일이 아니었다. 비록 모텔이지만 내 건물에서 장사를 한다는 것은 경험해보지 않은 사람은 그 기쁨의 척도를 알 수 없는 노릇이다.

그러다 보니 안성춘은 모텔 개업식 때 강아지가 눈이 오면 이리 뛰고 저리 뛰고 하듯이 연신 웃음을 머금고 성큼성큼 잰걸음으로 손님들을 맞이했다. 어쩌면 안성춘의 일생에서 제일 기쁘고 흐뭇했던 일인 것 같았다.

그러나 그 기쁨 위에 자리한 것은 극성스런 아내로 인해 자신은 가정이나 사업의 주도권을 쥐지 못하고 아내의 그늘에서 살고 있는 듯했다. 하지만 그런 아내 덕분에 노후를 잘 보내고 있으니 다행스러운 일이었다.

양대길은 배짱이 큰 친구임에는 틀림없었다. 처음 조그만 사업에서 큰 자본도 없이 건설회사를 내고 그 회사에서 아파트 사업을 벌였으니 웬만한 사람은 엄두도 못 낼 일이었다. 하지만 양대길은 달랐다. 까짓 한 번 죽지 두 번 죽느냐 하는 식으로 겁 없이 대들고 보는 그런 스타일이었다. 그런 추진력과 배짱이 있어 그나마 가능했는지도 모를 일이다.

어쨌거나 건설주식회사를 설립하고, 조그만 빌딩이긴 해도 통째로 얻어 회사 건물로 사용했으니 보통은 넘는 친구였다. 그날, 건설주식회사 간판을 달던 그때 양대길은 사장 책상에 있는 회전의자에 앉아 커다란 웃음을 날렸다.

이 순간이 그에게는 가장 큰 기쁨의 순간 같았다. 그리고 공사가 진행되는 아파트 현장에서 건설 노동자들을 격려하던 순간들이 그에게는 우월감과 성취감을 맛보았던 순간으로 짐작된다. 물론, 사업 실패로 모든 것을 놓아 버렸지만 그래도 그만한 규모의 사업에 손댔다는 것은 그의 스케일이 얼마나 큰 것인가를 간접적으로 설명하는 것이었다.

비록 성공하진 못했어도 부자가 망해도 삼 년 먹을 것은 있다는 식으로 어찌어찌해서 지금도 그렇게 궁색하게 살아가진 않으니 다행스런 일이었다. 하지만 그의 얼굴에는 그가 꿈꾸었으나 이루지 못한 한줄기 아쉬움이 짙게 남아 있었다.

물론, 인생에서 아쉬움이 없는 사람이 어디 있겠느냐마는 윤모범이 빼고는 모두 자신의 길에서 기쁜 순간들이 있다 해도 못내 아쉬움이 자리하고 있는 것 같았다.

정치했던 조운영은 국회의원이 되지 못한 아쉬움이 있었고, 모텔사업을 하는 안성춘은 아내에 주도권을 빼앗긴 점이 아쉬움으로 남아 있고, 건축업자 양대길은 아파트 사업의 실패가 아쉬움으로 남아 큰 상처를 지우지 못하고 있었다.

나 또한 월북한 병사로 인해 곤혹을 치르다 중령으로 예편하는 바람에 대령으로 진급하지 못한 아쉬움이 가슴 밑바닥에 자리하고 있었다.

그러나 사람이 태어나 인생을 산다는 것이 말처럼 쉬운 것은 아닌 것 같다. 순풍에 돛단 듯이 그렇게 항해할 수 있는 것이 인생이라면 이 세상에서 서로 다툼도 배신도 없을 것이고 평화로운 세계만 존재할 것이라 생각되었다. 하지만 그렇지 않기에 사는 것이 녹록지 않아 힘들기도 하고 때론, 기쁨이 넘치기도 하는 롤러코스터 같은 것이 인생 같았다.

어찌 보면 사람 사는 거 거기서 거기고 지나온 세월 지내놓고 보면 다 부질없는 것인데 무엇 때문에 그렇게 바둥거리며 살아왔는지 모르겠다는 나의 말에 친구들은 모두 고개를 끄덕였다. 서로 살아온 길은 달랐어도 결국 삶의 마지막을 향한 종착역은 같다는 생각이 들었다. 그리고 이제는 팔십을 바라보는 노인이 되었으니 앞으로 행복하면 얼마나 행복할 것이고, 힘들면 얼마나 힘들겠는가 싶다면서 인생에서 남은 시간이 많지 않으니 그저 매일매일을 즐거운 시간으로 보내자는 것이 가장 현명한 처사라고 이구동성으로 입을 모았다.

"어! 어느새 열 시가 되었당께."

벽시계를 쳐다보던 안성춘이 너무 오랜 시간 있었다는 듯이 말했다.

"거 마, 우덜이 오랜만에 만났는데 밤을 새우면 누가 뭐랄끼가 아이 그래?"

조운영이 걸걸하게 말을 받았다. 그러자 안성춘은 아내와 모텔 카운터를 교대해야 하니까 아쉽지만 먼저 자리를 뜨겠다고 양해를 구했다.

"마, 그리해야 우짜겠노 사정이 그러하이."

안성춘이 일어나자 우리들도 그만 늦었으니 오늘은 그만 헤어지자고 의견이 모아져 모두 밖으로 나왔다.

다섯 명이 소주 6병을 비웠으니 모두 취해 있는 상태였다.

"야 친구들 오늘 만남으로 끝내지 말고 정기적으로 만나자. 우리가 살아 만나면 얼마나 만나겠나, 안 그래?"

나는 오늘의 만남이 가슴에 깊이 와닿았다. 오랜만에 만났다는 것도 있겠으나 그보다는 친구들의 살아온 인생 속에서 많은 것을 배웠으며 또한 나와는 전혀 다른 인생을 산 것에 대한 일말의 경외심이 발동했기 때문이다.

그저 주어진 틀 속에서 사회와는 전혀 다른 군대라는 조직사회에서 살아온 나로서는 친구들의 삶이 어떤 면에서는 부럽기도 했다. 그것은 자유롭게 살아온 친구들의 삶이 부럽기도 하고 질서가 없어 보이기도 했으나 그런 것은 나만이 느끼는 감정일 뿐 보편적인 생각은 아닌 것이었다. 무엇보다도 친구들에게 고마운 것은 내가 오십여 년 전의 친구임에도 내 이름과 얼굴을 기억해 준 것이었다. 그리고 건강하게 살아 준 친구들이 너무 고마웠다. 술

자리에서 들은 얘기로는 죽은 동창들도 많다고 하며 아쉬워했다.

친구들도 나와 같은 생각이었음인지 헤어지는 악수를 하며 처진 눈시울로 아쉬움을 더하는 것 같았다.

나는 친구들의 눈시울에서 한없는 우정과 변화무쌍한 인생줄에서 곡예하듯 살아온 모습들을 발견했다. 그리고 남자 세계에서의 우정도 그 어떤 인연의 정보다도 진하다는 것도 느낄 수 있었다.

친구들은 각자 가는 곳을 향해 뒷모습을 보이며 걸음을 옮겼다.

그들의 모습이 사라질 때까지 나는 제자리에서 그 뒷모습을 바라보며 망부석처럼 한동안 우두커니 서 있었다.

무거운 집

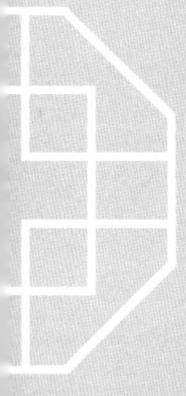

오늘은 가슴 설레이며 기다렸던 결혼식 날이다.

화려한 결혼식은 아닐지라도 그 어느 결혼식보다 경건하고도 품격이 있는 예식이 될 것 같았다. 그것은 내가 다니는 교회에서 목사님의 주례로 예식을 치른다는 사실 때문이다.

나의 인생 계획은 가능하면 서른다섯 살은 넘기지 않고 결혼하겠다는 생각이었다. 그러나 막상 마음에 드는 배우자는 생각처럼 쉽게 찾을 수가 없었다.

결혼이 성사되기 전까지 서너 차례 소위 말하는 맞선 비슷한 만남도 가져 보았지만 내가 생각하던 배우자는 아니라는 생각에서 그동안 모두 거절했었다. 그런데 흡족하지는 않았으나 그래도 단 하나 내가 믿고 있는 기독교 신앙심이 두터운 사람을 만나게 되었다. 그런 점 때문에 선택한 배우자가 바로 오늘 함께 결혼식을 올리는 안동운 씨였다.

설레이는 가슴을 달래가며 주례인 목사님 앞에 그와 함께 섰다. 머릿속에서는 무엇보다도 하객 맨 앞줄에 앉아 있는 어머니의 모습이 왜 그런지 내 마음속에 아픈 화살이 되어 박혀 왔다. 이렇게 나를 키워주기 위해 희생한 분이라는 생각이 머릿속을 휘저었기 때문이다.

예식을 마치고 가족과 친지들의 축하를 받으며 신혼여행길에 올랐다.

딸을 시집보내는 어머니의 눈가에는 기쁜 날임에도 애

잔한 슬픔이 맺혀 있는 듯했다. 나에게 어머니는 특별한 의미가 있는 그런 존재였다. 누구나 그렇겠지만 나는 어려서부터 어머니로부터 남다른 사랑을 받으며 성장했다. 어머니는 나를 위해서라면 자신의 모든 것을 다 내주는 그런 존재였다. 기독교 신앙도 어쩌면 어머니로부터 물려받았다고 해도 과언은 아니었다. 어머니는 늘 나에게는 성경 말씀을 인용해 인성교육을 시켰다.

초등학교 1학년 때로 기억된다. 교회에 다녀오다 길에서 배춧잎같이 푸른 만 원짜리 지폐 한 장을 주운 적이 있었다. 어린 나로서는 그 돈을 어떻게 해야 주인을 찾아 줄 수 있을까 고민하다가 그 자리에 돈을 들고 마냥 서 있었다. 끝내 주인은 나타나지는 않고 해가 저물고 있어, 돈을 놓은 그 자리에 자그마한 돌로 눌러 놓고 돈 주인이 찾아가길 바라며 집에 온 적이 있었다.

지금 생각하면 우습지만 그때의 그런 마음은 늘 착한 어린이가 되라는 어머니의 교육 때문으로 생각되었다.

우리를 태운 비행기가 하늘로 높이 올랐다. 나와의 결혼이 그리도 좋은지 남편이 된 동운 씨는 입가에 베어 문 미소를 잃지 않고 있었다.

"동운 씨, 이제 오빠라고 부를게요."

"오빠? 거 좋지. 그럼 나도 이젠 세미 씨라고 부르지 않고 동생하면 되겠네. 하하하…."

"아이, 그럼 맘대로 해요."

그저 쑥스러움에 나는 얼버무렸다. 그리고 워낙 체격이 큰 그의 어깨에 가볍게 머리를 기대며 살포시 눈을 감았다.

　오늘이 있기까지 35년의 세월이 머릿속을 지나고 있었다. 초등학교를 졸업할 때까지는 아버지와 어머니의 부부 사이가 어떤 줄은 잘 몰랐었다. 그러나 중학생이 되면서 안개가 걷히듯 서서히 알게 되었다.

　아버지는 뚱뚱하고 체격이 육중한 과묵형의 성격을 지닌 반면, 어머니는 가냘픈 체형에 상냥하고 예쁜 공주 같은 여자였다. 정서적으로도 그렇고 외형적으로 봐도 두 분은 어울리지가 않았다. 사실 그랬다. 한 번도 두 분이 다정다감하게 대화를 나눈다거나 애정표현의 그 어떤 모습을 본 적이 없었다. 그러나 어머니는 나에 대해서는 매오로시 내편에 서서 이해해 주었고, 사랑이 넘치는 태도를 보여주었다.

　내 위로 오빠가 한 사람 있었으나 오빠에게는 나에 비하면 큰 관심을 갖지 않았고, 부모로서의 울타리 역할만 한 것으로 기억된다. 어쩌면 그것은 어머니와 내가 여자라는 공통점과 서로의 감성이 맞아서 그랬으리라 생각된다. 물론, 한 번도 부모님의 말씀, 특히 어머니의 말씀에 어긋나는 행동을 해 본 적이 없었다. 뿐만 아니라 믿음 때문인지는 몰라도 나는 수신교과서처럼 학생 시절을 보냈다.

　이런 나에게 학교에서나 집에서나 심지어 교회에서도 모범생이라는 신뢰는 상당히 높았다. 실제 학교 성적도 늘 일등 아니면 이등을 다투는 편이었다.

　상위에 속하는 애들이 가는 외고를 가게 된 것도 그런 나의 모범적인 것을 대변했다고 생각되었다. 친구들과 달리 나는 공부하는 것은 재미난 일이었다. 물론, 외고니까 외국어를 배우고 익히는 것은 기본이라고 하겠지만 나는 그렇게 흥미롭고 새로운 세계에 들어가는 것 같아 자꾸자꾸 깊이 파고 들어갔다. 특히 영어와 중국어는 외고 졸업할 시기에는 현지인 못지않게 회화를 구사하는 실력을 가질 정도였다.

외고를 좋은 성적으로 졸업하고 외국어대학에 진학을 했다. 집안이 부유했지만 대학생이 할 수 있는 아르바이트를 하고 싶었다. 과외공부 지도 아니면 제과점 등 사회생활을 배우기 위함이 목적이긴 했어도 그 덕분에 생긴 수입으로 외국여행도 다녀오고 했다.

여행 중 외국에서 나의 외국어 실력은 빛을 발했다. 중국에서는 중국 현지인이 보아도 중국인으로 알 정도였고, 미국 여행에서는 전혀 언어의 불편함은 느끼지 않고 현지인과 소통할 수가 있었다. 함께 여행 간 친구들은 내가 외국어에는 타고난 재능이 있다고 부러워했다.

이런 나를 가장 사랑하는 사람은 어머니였다. 아버지와는 달리 정서적으로 어머니는 다분히 여성적 감성으로 좋아하는 꽃꽂이나 그림 그리기 또한 피아노 등 예향적 취미가 있고 사근사근한 성격이었지만, 나는 활달하면서 친구들 사이에서 늘 상대를 배려하며 리더 역할을 하는 그런 면이 달랐다. 그러나 어머니와 나는 가슴을 터놓고 조그마한 비밀도 없이 대화를 나누는 그런 사이였다.

가끔, 여대생인 나에게 남친이 있느냐, 없으면 만들어 보라는 등 내 인격을 믿는다며 남자친구를 사귀어 보라는 조언을 할 정도였다. 그러나 일부러 외면한 것이 아닌데도 나에게는 남자친구가 생기지 않았다. 이런 나와는 달리 어머니는 처녀 시절에 수많은 남자들이 따라다녀서 귀찮았다고 했다. 어쩌면 타고난 어머니의 미모 때문인 성싶었다. 못생긴 외모가 아닌데 참으로 묘하기만 했다. 나도 훤칠한 키에 그런대로 균형 잡힌 체형에 서글서글한 성격이라 상푸둥 주변 사람들은 모두 나를 부러워하는데 딱 하나 남친이 없는 그런 현상은 이상하다고 했다.
　이런 가운데 대학을 졸업하게 되었다. 친구들은 제각기 자신들이 가고자 했던 진로를 찾아가는 것 같았다. 똑같은 외대를 나왔어도 대기업에 취업하든가 외무고시를 보든가 아니면 외국 유학을 떠나든가 아무튼 여러 갈래의 길을 찾아갔다. 물론, 나도 길을 찾기 위해 많은 생각을 굴렸다. 고심 끝에 나를 필요로 하는 기업에 몸을 담겠다고 마음에 결정을 내릴 즈음이었다.
　"세미야, 우리는 네가 외국어 실력이 아까워. 해서 말인데 미국으로 유학 가서 국제변호사 공부를 했으면 하는데 네 생각은 어떠니?"
　저녁을 먹고 난 후 커피잔을 기울이던 아버지가 묵직한 음성으로 내 의견을 물어왔다. 순간, 나는 예기치 못한 갑작스런 제안에 당황했다.
　"네에! 미국 유학이요?"
　"그래 엄마와 상의한 끝에 내린 결론이다. 잘 생각해 봐."

결국 그날의 이야기대로 곧바로 미국 유학길에 올랐다.

미국에 유학을 간다고 해서 곧바로 법학대학원이라고 하는 로스쿨에 입학할 수 있는 것은 아니었다. 일정 기간 언어교육을 받는, 말하자면 예비대학에서 공부한 후 정식으로 로스쿨 입학시험에 합격해야 하는 것이었다.

언어에 지장이 없다 보니 예비대학의 공부에 어려움은 없었다. 일정 교육이 끝나고 로스쿨 입학시험을 보았다. 그것도 로스쿨로서는 최상위 일류대학이었다. 예상은 했지만 아까운 점수 차로 불합격이 되었다. 물론, 조금 눈높이를 낮추어 다른 로스쿨을 지원했으면 합격할 수준이었지만 자존심이 허락하지 않아 그곳에 지원했던 것이었다. 유학을 보낸 부모님의 권유는 로스쿨이었지만, 평소부터 생각해왔던 선교의 길이 생각났다. 해서 큰 결심을 하게 되었다. 내 진로의 첫 번째 변곡점이 되는 셈이었다.

그것은 신학대학원에 진학하는 것이었다. 늘 남을 위한 배려로 자신을 온전히 불사르는 희생의 삶이 가장 값진 삶이라고 생각했기 때문이다. 마침 신학대학원에 장학생으로 선발되었으니 더없이 좋은 기회가 아닐 수 없었다.

세상일은 알 수 없는 수수께끼 같았다. 그렇게 견고한 성벽처럼 탄탄하던 아버지의 사업이 뭐가 잘못되었는지 몰라도 삐걱거린다는 소식을 얼핏 전해 들었다. 따라서 보내오던 유학 비용도 늦어지거나 줄인 금액이 송금되어 왔다. 미국에 있는 나로서는 궁금하기만 했다. 다행히 학비는 전액 장학생이니 버틸 수 있겠으나 가정 형편이 어려운데 계속 미국에 머물며 공부를 더 한다는 것은 무리였다.

결국, 가까스로 신학대학원을 마치고 박사학위증 하나만 달랑 들고 귀국했다. 귀국해서 취업한 곳은 유네스코 계통의 자선사업 단체였다. 그런 단체의 성격이나 재무구조는 급여가 많지 않았다. 고등학교 졸업 후 받는 정도의 급여이니 나에 대해 큰 기대를 걸고 있던 특히, 아버지는 내게 모처럼 심드렁한 말투로 직언을 했다.

"세미야. 돈이 문제가 아니라 나는 자존심을 얘기하는 거다. 네가 그런 곳에 나가 봉사하는 것도 좋지만 이건 아니다. 네가 누구만큼 공부를 안 했니, 뭐가 부족하니, 그런데 그런 대우를 받고 일한다면 누가 봐도 네 능력을 우습게 보는 거야. 빨리 다른 곳을 알아봐."

내 의중과는 관계없다는 식으로 단호하게 말하는 아버지의 태도를 처음 보았다.

그 후 아버지의 말이 전혀 틀린 것은 아니라는 생각도 있고 해서 대기업에 취업을 했다.

아버지의 말이 맞았다. 세계적인 기업에 속하는 곳이다 보니 자연히 외국어에 능통한 나 같은 사람을 필요로 하는 곳이었다.

그러는 사이 시나브로 세월은 흘러 꽃나이가 지난 서른셋에 접어들고 있었다. 과년한 딸이다 보니 자연히 혼사 이야기가 나왔다. 나 또한 여자로서 결혼은 당연한 것이라고 생각했다.

"한번 만나볼래?"

어머니가 아버지 친구 아들이라며 만나볼 의향이 있느냐고 내게 물었다.

"그러지 뭐."

그렇게 해서 만나게 되었다. 그러나 첫 만남에서 나는 큰 실망을 했다.

"우리집 살 만큼 살아요. 내가 하고 싶은 것 다 해 주는 편입니다."

오만하기 이를 데 없는 것은 그렇다 처도 도대체 상대에 대한 배려나 겸손 따위는 눈 씻고 봐도 찾을 수가 없었다. 더구나 교회를 집안 강요로 마지못해 다니는 그런 날라리 신자 같았다. 한마디로 야비다리 한 것 같아 잠시도 함께하기 싫은 상대였다.

그 후 얼마 안 돼서 또 다른 만남이 있었다. 사람은 진실해 보였고, 삶의 철학도 진지했다. 그러나 우울을 떨쳐 버리지 못하는 그늘진 모습이 싫었다. 나는 신앙심을 바탕으로 찬미하며 밝게 살아가는 사람을 원했기 때문이다.

남자를 만나는 것을 포기하고 싶었다. 주변에 남자들을 드레질 해 보아도 거의 인생의 목표가 분명하지도 않고 그저 돈에 대한 집착에 얽매여 현실 속에서 그냥 찌질 하게 살아가는 모습들이 인생의 에움길 같았기 때문이다.

그러던 중 내가 가장 신뢰하는 교회에서 진솔한 만남을 주선해 주었다. 우리 교회 청년회 회장을 맡아 신앙 속에서 살아가고 있는 노총각 안동운이었다.

"어떻게 늦도록 결혼하지 않았어요?"

당돌하게 던진 나의 질문에 그는 서슴지 않고 이야기를 풀어

나갔다.

"결혼할 돈이 없어서입니다."

"……."

당당한 그의 말에 말문이 턱 막혔다.

"제가 월급만 갖고 살아도 되는데 주식인가 뭔가 하다가 모아 놓은 결혼자금을 다 날렸습니다."

"그럼, 돈이 생기면 결혼하겠다는 얘기네요."

"그러엄요. 당연히 해야지요."

안동운, 그는 씩씩한 음성으로 서슴없이 말했다.

마치 씨름선수를 방불케 하는 그런 몸집으로 고도 비만에 속하는 체형이었다. 그럼에도 불구하고 그와의 만남이 지속된 것은 우선 신앙심이 깊은 것과 직장이 탄탄했으며 사회적인 면에서 박식하다는 점에 많은 점수를 주었기 때문이다. 사실 나는 사람을 평가할 때 겉사람 보다는 속사람을 더 보는 편이었다.

그와 만남이 지속되던 어느 날 우리 집에 그를 초대해서 부모님에게 소개했다.

"사람은 듬직한데 세미 신랑감으론 아무래도 부족한 것 같아. 안 그래?"

그가 돌아간 뒤 아버지가 어머니에게 던진 평가였다.

"글쎄, 저도 좀 그러네요. 세미야 난 네가 아까운 것 같애."

어머니 또한 아버지와 같은 생각이었다.

"그래서 넌 이제 그 사람으로 마음에 결정을 내린 거니?"

"네에, 그 사람 신앙심만 본 거예요."

"뭐, 네가 정 그런 생각이라면 할 수 없는 거지."

아버지와 어머니는 나의 결정에 굳이 반대 의사를 펼치지 않고 그와의 결혼을 승낙했다.

그로부터 몇 번을 더 만났으나 그는 나에게 결혼하자는 프러포즈를 하지 않았다. 우리의 만남이 그 정도 지속되었으면 응당 남자 쪽에서 앞으로의 진로에 대해 말하는 것인데 그렇지 않은 것에 일말의 상처를 받는 느낌이었다. 그래서 작심하고 전화를 걸어 늘 만나던 카페로 그를 불러내었다.

"동운 씨. 이제 이 정도 만났으면 제게 프러포즈를 해야 하지 않아요?"

단단히 마음을 먹고 창을 던지듯 그에게 질문을 했다.

"…그건, 사실 지금 제가 결혼할 준비가 안 돼 있어서 그래요."

머뭇거리다 그는 대답했다.

"그럼 제가 싫은 것은 아니네요?"

"아, 그럼요 싫어하긴요. 저도 세미 씨 맘에 들어요. 하지만 제 여건이…."

"그럼 됐어요. 우리 결혼해요. 무슨 큰 준비가 필요해요. 간소한 결혼식에 살 집만 얻으면 되지요."

"아무리 그렇다 해도…."

말끝을 흐리는 그의 말을 낚아채며 나는 제안을 했다.

"그동안 제가 모아 놓은 돈과 우리 집에서 얼마만큼 혼수비용으로 준비한 돈이 있을 거예요. 거기다 동운 씨가 가지고 있는 돈을 합치면 가능하네요."

내가 주도적으로 나서 우리들의 결혼에 대한 생각을 밝히자 그도 밝은 표정을 지으며 흔쾌히 약속을 했다. 이렇게 해서 우리들은 양가 부모님의 승낙 하에 결혼식을 올리게 된 것이었다.

어느새 비행기가 신혼여행지인 싱가포르 공항에 도착했다. 공항에서 수속을 마치고 예정된 숙소인 싱가포르 리버사이드 호텔로 향했다.

결혼식에다 다섯 시간의 비행으로 여독이 몰려와 몸때와 같은 피곤기가 몰려왔다. 그러나 생애 최초로 맞이할 신비로운 밤을 생각하면 호기심과 함께 가슴이 두근거리고 약간 두렵기도 했다.

내가 이제 진정한 한 남자의 아내가 되는 순간을 잘 맞이할 수 있을까, 아니면 어떤 이변이 일어나는 건 아닐까 하는 생각들이 머릿속을 헤집고 다녔다. 그러나 이내 최초의 아름다운 밤이 되는 환상 속에 나른히 빠져들었다.

"뭐해? 피곤한데 샤워하면 피곤이 풀릴 텐데…."

어느새 샤워를 마치고 나온 그의 달뜬 음성이 나를 향했다.

나는 욕실로 들어갔다. 순간, 어머니의 말이 생각났다.

안동운 그와 결혼하기로 약속하고 만남이 지속될 때였다. 어머니는 살며시 조심스러우면서도 장난기가 어려있는 말투로 물어왔다.

"세미야 너 그 애랑 뽀뽀라도 해 봤어?"

"엄마, 나는 결혼 전에는 절대 아니야, 엄마가 나를 잘 알잖아."

평소 지니고 있던 남녀관계의 거리에 대해 서슴없이 말했다.
"괜찮아. 친밀감을 위해서 뽀뽀 정도까지는…."
어머니가 떠보기 위한 말은 아닌 것 같았다. 하지만 결혼 전까지는 절대 순결을 지켜야 한다는 것은 내 사전에는 허락될 수 없는 불문율이었다.
"근데 엄마, 첫날밤이 약간 두렵고 무섭기도 해."
"얘는… 괜찮아. 결혼한 친구들한테 물어보렴, 어떤가."
어머니와 주고받았던 그 순간들이 떠올라 쿡 웃음이 나왔다. 그러면서도 샤워를 마치고 나가면 벌어질 첫날밤을 생각하니 갑자기 오스스 떨리며 몸이 오그라드는 기분이 들었다.
결혼한 몇몇 친구들 말을 들어보면 황홀했다는 친구가 있는가 하면 거기가 조금 뻐근했다는 친구도 있고, 심지어 아픈 것은 고사하고 이튿날 걷기도 힘들었다는 친구도 있었으니 어떤 말이 맞는지 분간할 수가 없었다.
샤워를 마치고 침실로 들어오니 그는 투명한 와인 잔에 붉은 와인을 따라 놓고 있었다.
"한잔해야지."
우리는 와인 잔을 맞대어 쨍그랑 소리를 낸 후 와인을 마셨다. 그것은 영원히 행복하게 살자는 그와 나의 묵시적인 약속이었다.
'이제 우린 부부가 되었으니 행복하게 살아야지. 그것이 하늘이 준 선물이지.'
나의 다짐과 소망을 마음속에 그리며 와인을 목으로 넘겼다.
잠시 후. 스탠드의 희미한 조명 아래 잠자리에 들었다. 수많은 별들이 머릿속에서 반짝거리는 순간, 그의 부드러운 손길이 내 몸에 닿았다. 나는 눈을 감아버렸다. 서서히 나의 영토에 스며들 듯 접근하는 촉감을 느꼈다. 점점 가까이 나와 그의 몸이 밀착되며 하나가 되어가고 있었다. 나의 영토가 완전히 침범되어 정복되었다고 느낀 순간, 일순 아픔과 함께 동반되는 황홀한 희열이 밀려 들어왔다.

'아! 이런 것이구나.'

나도 모르게 아픔과 황홀감을 한꺼번에 느끼며 그의 등짝을 감싸 안았다. '이 순간부터 새로운 삶의 세계가 시작되는 거야'라며 나는 그의 모든 걸 기쁘게 받아들였다.

그렇게 신혼 첫날밤을 치른 우리는 십 년 이상이나 살아온 부부처럼 친밀감을 느꼈다. 남녀가 함께 밤을 보내면 이렇게 달라질 수 있다는 것이 신기하기만 했다. 결혼식 전까지만 해도 약간은 서먹서먹한 구석이 있었는데 말끔히 씻겨진다는 것이 묘하기도 했다.

신혼여행을 마치고 돌아왔다. 우린 신혼여행을 하며 내가 계획한 대로 아이는 둘만 낳자고 굳은 약속을 했다. 시댁에서도 어서 손주를 보고 싶어 한다고 했다. 물론, 결혼을 했으면 아이를 낳고 그 아이와 함께 살아가는 것이 나의 기쁨이고 가정이라는 견고한 성이라고 믿었다.

이런 나의 꿈과 소망이 쉽게 이루어지진 않았다. 당연히 임신이 되어야 함에도 소식이 없었다.

친정에서 지참금으로 오천만 원씩이나 주었다. 그 덕분에 그와 나는 시간만 나면 미국으로 중국으로 그리고 유럽여행을 다녔다. 그 여행길은 어쩌면 우리 두 사람만의 오붓한 시간 속에서 새록새록 행복을 키우기 위한 것이었다. 그럼에도 임신 소식이 없으니 불안해지는 건 당연했다.

'왜일까, 나이를 먹어서 그럴까. 아니면 임신할 수 없는 몸인가?'

불안감이 내 온몸에 엄습했다. 워낙 낙천적인 성격이라 버텨내지만 더 이상은 힘들 것 같았다.

결국, 전문의사의 의견을 따르기로 했다. 인공수정이었다. 첫 번은 실패했으나 다시 시도한 끝에 임신을 하게 되었다.

그 기쁨. 말로는 표현되지 않는 기쁨이었다. 하나님이 주신 생명이니 잘 낳아 훌륭하게 키워야 한다는 마음뿐이었다.

예정대로 10개월이 되어 출산하게 되었다. 출산의 진통이 심했지만 낳을 아기를 생각하면 기꺼이 참을 수 있는 고통이었다.

"공주님입니다."

간호사의 말이 귓속으로 파고들어 왔다.

"아! 내가 아기를 낳았다고…."

스스로 감탄사가 절로 나오며 기쁨의 눈물이 볼을 타고 흘렀다.

"예쁜 공주님이에요."

덧붙여 말하는 간호사의 음성이 고마웠다.

진심으로 감사하다는 말을 했다. 그것은 출산을 도와준 모든 사람과 예쁜 아기를 허락한 하나님께 대한 감동 어린 나의 마음이었다.

아기의 이름은 '애니'라고 지었다. 나의 기대를 저버리지 않고 애니는 무럭무럭 잘 자랐다. 양가 부모님은 물론이고 친지와 내 친구들의 귀여움까지 독차지할 정도였다. 바둑머리에 이마가 불쑥 튀어나온 데다 건강한 모습의 애니는 하루가 다르게 성장하더니 어린이집 갈 나이가 되어 그곳으로 보냈다.

노란 배낭을 둘러맨 애니의 모습을 보면 귀엽다 못해 눈에 넣어도 아프지 않을 것만 같았다. 온 집안이 애니만 보면 안아 주고 쓰다듬어 주는 그런 형국이었다. 이렇게 많은 사랑을 받는 애니를 보며 나는 행복감에 빠져들었다.

그런데, 그런데 나의 이런 행복감에 훼방자가 나타난 것일까. 어린이집에 애니를 데리러 갔을 때 어린이집 교사의 말은 청천벽력 같은 소리였고, 또한 나의 행복감에 벼락바람으로 몰려왔다.

"아무래도 이상해요. 애니가 자폐 증세가 있는 것 같아요."

조심스럽게 말하는 교사의 말이 귀에 거슬렸고 그렇지 않기를 마음속으로 빌었다.

"물론, 더 지켜보아야겠으나 제 소견으론 그런 것 같으니 관심을 갖고 지켜보세요."

그날 이후, 나는 애니를 지켜보기 시작했다. 우선 그 연령대의 아이면 '엄마'라는 말을 해야 정상인데 그 말조차도 하지 않았고, 대소변을 가리지도 못했다. 이리저리 병원과 함께 어린이 전문 상담소를 찾았다. 모든 방법을 강구하여 최선을 다했으나 내게 돌아온 것은 자폐라는 것뿐이었다.

애니가 그렇다 보니 내가 직장 생활을 온전히 할 수가 없었다.

나에게 허용된 시간은 애니가 어린이집에 간 시간뿐이니 어쩔 수 없이 다니던 직장은 포기하고 시간제가 허락되는 학교에 다닐 수밖에 없었다.

'내가 이렇게 주저앉아야 되나. 그래도 나에게 둘도 없는 하나님이 주신 아이가 있으니 비록 힘들더라도 참아야 한다. 설마 애니가 끝내 자폐아에서 벗어나지 못할까. 아니다, 반드시 정상적인 아이로 돌아올 거야. 하나님의 가호가 있겠지.'

이런 고민은 시간이 흐를수록 더해갔다,

그런 어느 날. 애니가 싫다는 목욕을 시키자 울음을 그치지 않고 울어대자, 남편은 자신도 모르게 애니의 양쪽 볼을 손바닥으로 합장하듯이 때렸다.

"어머나! 뭐예요?"

나는 깜짝 놀라며 남편을 쏘아보았다. 아직껏 자신은 애니가 칭얼대거나 보채거나 울거나 그 어떤 짓을 해도 애니에게 짜증 한번 내본 적이 없었다. 그저 사랑으로 감싸고 심지어 그런 애니의 행동 자체까지도 받아들일 정도였다.

"이럴 수 있어요? 어린 애니를 때려요?"

"아니, 뭐 그렇게 소릴 지르고 그래…."

남편에게 처음으로 언성을 높이자, 그는 놀라는 표정을 짓더니 얼버무리며 말강망을 하지 못했다.

그 사건 이후, 나는 많은 생각을 해야 했다. 미처 몰랐던 그의 인성이 의심스러웠다. 결혼 조건을 뭐 하나 제대로 갖춘 것이 없어도 신앙심 하나만 믿고 선택했던 것인데 그런 행동은 도저히 나로서는 용납할 수 없는 문제였다. 사랑하는 아이에게 그렇게 할 수 있다는 것은 그 누구에게도 그리할 수 있다는 것을 반증하는 것이기 때문이다. 큰 실망감은 내 가슴에서 부풀기 시작했다. 나의 마음은 점점 또 다른 나를 만들어가고 있었다. 그러나 한 번의 실수로 생각하고 그런 나의 마음을 꾹꾹 눌러 참았다. 하지만 이런 그의 인성을 시부모께도 알려야 한다는 보짱으로 시댁을 찾았다.
"어머니, 세상에 애비가 애니를 운다고 뺨을 때렸어요."
조용히 시어머니한테 일러주었다.
"그래, 설마하니 애니가 미워서 그랬겠니."
시어머니는 말끝을 흐리며 혀끝을 찼다.
"어머니가 잘 타일러 주세요."
부탁하듯이 말했으나 내 속셈은 당신 아들과 헤어진다고 해도 그것은 내 탓이 아니라는 것을 분명히 해 두고 싶은 경고장이나 마찬가지였다.
그날 이후부터 남편은 애니가 어떤 행동을 해도 손을 대지는 않았으나 저지레를 일으키면 귀찮아하거나 외면했다. 애니 또한 아빠의 그런 태도를 아는 것인지 아빠에게 선뜻 다가가질 않고 나에게만 안기고 매달렸다.
직장에 다녀온 뒤 집안 살림을 하려고 해도 애니 때문에 가사 일을 하기가 힘들었다. 이제는 제법 커서 안아 주거나 업어 주기도 힘들었지만 애니는 그렇게 해 주길 바라며 칭얼거렸다. 그로 인해 나는 건강하던 몸에 이상이 오기까지 했다.

"무리한 행동을 하면 안 됩니다. 척추에 약간 이상이 있으니 조심하셔야 합니다."

허리가 아파서 갔더니 의사선생님은 내 건강에 주의를 주었다.

애니는 성장할수록 나를 힘들게 했다. 잠시도 내 곁을 떠나려 하지 않는 애니를 떼어 놓을 좋은 방법이 생겼다. 그것은 애니가 물을 좋아해서 욕실에 물을 틀어놓으면 시간 가는 줄 모르게 잘 노는 것이었다. 해서 집에 돌아오면 애니를 욕실에 두고 물을 계속 틀어놓았다. 어쨌거나 그렇게 해서라도 가사 일을 할 시간을 마련해야 했다.

이런 사정을 아는 우리 친정아버지는 아이를 엄하게 키우지 않고 모든 걸 다 받아주니까 그렇다고 했다. 또한 남편조차도 울든지 말든지 내버려두라고 했으나 나로서는 받아들이기 힘든 이야기들이었다. 그러나 친정어머니는 내 고충을 이해하며 안타깝게 여겼다.

"네가 어떻게 컸고, 어떤 앤데 이런 고통을 겪니. 그저 견딜 수밖에 없잖니?"

그래도 어머니의 이런 위로는 내게 큰 힘이 되었다.

그런 어느 날, 퇴근해서 돌아온 남편은 내 앞에 수도요금 통지서를 불쑥 내밀었다.

"이봐, 세상에 수도요금이 이십만 원이 넘게 나왔어. 보라고."

"그럼 어떡해요. 애니가 좋아해서 그 방법밖에 없는데…."

나도 퉁명스럽게 말을 받았다. 그는 퇴근해서 집에 오면 내가 가사 일을 할 수 있게끔 애니를 보아주지도 않을뿐더러 가부장적인 사고방식으로 처세를 하니 더욱 힘들 수밖에 없었다.
　이튿날 친정어머니를 만났다.
　"엄마, 나 이혼을 고려해 봐야겠어."
　"……."
　"정말이야. 웬만하면 참겠는데 참 힘들어"
　"그래 세미야, 네가 무슨 말을 하려는지 난 알아. 오죽했으면 네가 그런 생각을 했겠니."
　침묵을 지키던 친정어머니는 걱정스런 눈빛으로 조심스럽게 말했으나 어느새 눈시울에는 이슬이 맺혀 있었다.
　"내가 안 서방을 잘못 봤어. 다른 건 다 이해할 수 있는데 인성이 잘못된 것 같아 인성이…."
　"그럼, 헤어지면 애니는 어떻게 할 거니?"
　"엄만, 물론 내가 키워야지."
　애니에 대해 물을 때 나는 펄쩍 뛰며 단호하게 잘라 말했다.
　"네가 혼자 키운다는 것도 말이 안 돼. 그런 애를 두고 직장이나 다닐 수 있겠니. 그럼 직장을 안 다니면 무슨 수로 생활을 하고…."
　어쩔 수 없는 상황임을 말하며 친정어머니는 한숨과 함께 말끝을 흐렸다.
　"그럼 나는 어떻게 해야 돼?"
　대책이 서지 않는 대화가 다람쥐 쳇바퀴 돌 듯 돌아갔다.
　그렇게 친정어머니를 만나고 돌아온 후부터 나의 고심은 깊어만 갔다.

남편의 인성이 그릇되었다고 느낀 데다 어미의 사정은 모르고 보채는 애니의 행동과 그에 따른 내 건강 상태도 좋지 않으니 아무리 밝고 긍정적인 사고를 지닌 나라고 했지만 견디기 힘든 시련이었다.

'하나님 왜 저에게 이런 시련을 주십니까. 이것이 하나님 뜻이라면 기꺼이 받아들이겠지만 아니면 빨리 거두어주십시오. 저는 제 생명과도 같은 애니를 사랑합니다.'

마음속으로 이런 기도를 수없이 했다. 어쩌면 나의 이런 굴레를 해결할 분은 하나님밖에 없다고 생각했다. 애니가 나에게 짐이 아니라 나를 시련을 통해 더 크게 쓰려는 하나님의 뜻이라고 받아들여졌다.

오랜만에 외고 동창 주연이한테서 전화가 왔다. 애니 돌잔치 때 보았으니까 오랜만에 온 전화였다. 거두절미하고 만나고 싶다는 것이었다. 주연이와 만나기로 한 스타벅스 카페로 갔다.

"그간 재미 좋았어?"

주연이는 대뜸 나의 근황을 물었다.

"그렇지 뭐."

"세미야, 너 진아 알지? 그 왜 미스코리아인가 뭔가 했다는 애 말이야."

"어어 알아. 가끔 연락이 돼."

"세미네 이야기 진아한테 들었어. 애니 때문에 고생한다며?"

"고생은 무슨….”

태연을 가장해서 말했지만 이미 주연이는 내 속내를 읽고 있었다.

"세미야 괜찮아, 우린 친구잖아."

주연의 말이 그러했지만 선뜻 애니의 상황을 말하고 싶지 않아 머뭇거렸다.

"너도 알다시피 내가 외교부에 근무하다 보니 아무래도 외국 정보는 빠르잖니. 그래서 말인데 미국은 장애인에겐 천국이야. 애니가 그런 상태면 미국에 이민을 가면 애니가 성장하는 데 많은 도움이 될 거야. 더구나 너는 영어며 중국어며, 히브리어까지 능통한데 미국 생활에 불편은 없을 거야."

주연이는 외고를 졸업하고 Y 대학 정외과에 진학해 졸업하고 곧바로 외무고시에 합격해 외교부에 근무하고 있었다. 뿐만 아니라 외고 동창들이 좋은 대학에 진학해 변호사나 의사 또는 회계사로 풀린 친구들이 많았다. 그러나 나는 단 한 번도 그런 친구들을 부러워했다거나 경쟁 상대로 생각한 적이 없었다. 어쩌면 그것은 나와 인생 목표가 전혀 다르기에 그러했다. 나는 내 삶이 온전히 하나님의 도구로써 쓰이길 바랐기 때문이다.

주연이와 헤어져 집에 돌아오니 애니가 친정어머니와 놀고 있었다.

"아휴! 나는 애니 못 봐 주겠다. 어찌나 부잡스러운지 몰라."

제멋대로 노는 애니를 통제하기가 힘들었던 모양이다.

"엄마, 미국으로 가서 살면 안 될까?"

"미국이라니, 그게 무슨 소리야?"

갑작스러운 질문에 친정어머니는 어리둥절한 표정을 지었다.

"엄마, 주연이 알지. 오늘 만났는데 미국으로 이민 가서 살면 애니한테는 천국이래."

"글쎄다. 애니한테 좋다니 잘 생각해서 결정해라."

막상 미국으로 이민을 간다고 생각하니 걸리는 문제가 많았다. 우선 아직도 돈벌이를 해야 하는 시부모의 부양 문제도 있었고, 낯선 땅에서 직장을 찾아다녀야 하는 남편의 미래도 걱정되었고, 한국의 정든 친척이나 친지 그리고 친구들과 떨어져 살아야 하는 점 등이 있었다. 그러나 하나님이 주신 애니를 위해서라면 그 모든 것이 중요하지 않았다.

내가 돌보지 않으면 안 되는 아이이고 내 몸을 빌려 태어난 아이인데 누가 이 아이를 나처럼 사랑할 수 있겠는가 하는 생각은 그 어떤 문제가 있다 해도 중요한 것이 아니었다. 나는 하나님의 도구로써 쓰이길 원했고, 그래서 봉사활동을 기쁘게 받아들이고 실천했는데 나의 소중한 아이를 위한 사랑을 실천하지 않는다면 그간의 나의 모든 행동은 위선일 수밖에 없는 노릇이었다.

많은 고심 끝에 남편을 설득하여 미국으로 이민을 가기로 했다.

미국대사관에 이민 신청서류를 넣고 기다렸다. 서류심사에 합격이 되고 면접을 보았다. 그리고 얼마 후 통과가 되어 이민을 가게 되었다.

막상 떠날 때가 임박하니 이리저리 정리하기에 바빴다. 정신없이 나돌아치다 보니 내일이 출국일이었다. 남편과 미래를 꿈꾸며 아름다운 결혼식을 올릴 때도 벚꽃이 만개한 봄이었다. 이제 그 봄에 미국으로 가기 위해 모든 짐을 처분하고 대형 여행 가방만을 챙겨 인천공항으로 향했다.

친정 부모는 물론이고, 시부모님들도 공항까지 따라 나왔다.

비행기 탑승 시간이 다가오고 있었다. 출국장을 나가기 위해 자리에서 일어났다. 그때 친정어머니가 조용히 입을 열었다.

"잘 살아야 한다. 세미야, 네가 아주 무거운 짐을 지고 가는구나."

"아냐, 엄마."

나는 밝게 웃으며 잡고 있던 친정어머니의 손을 놓고, 출국장으로 들어가다 뒤돌아보니 친정어머니는 시울에 맺힌 눈물을 훔쳐내더니 애써 미소를 지으며 잘 가라는 손짓을 보내고 있었다.

갈 수 없는 땅

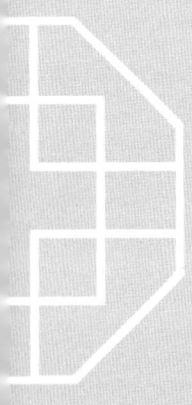

아들이 죽었다. 아들 주순돌이 죽었다는 사실이 도저히 믿어지지 않았다. 어머니 서순영 씨는 이제 갓 오십을 넘긴 나이에 유명을 달리한 자식의 죽음이 받아들여지질 않았다. 꽃띠 나이인 스물다섯에 낳은 아들 주순돌이 죽었다는 것은 자신의 삶을 송두리째 무너지는 충격으로 다가왔고, 돌이켜보면 볼수록 억장이 무너지는 슬픔이 가슴으로 밀고 들어올 뿐이었다.

오십 년 전, 초봄에 결혼하고 그해 겨울에 낳은 첫아들이 주순돌이다. 삼대독자 외동아들이니 집안에서는 천하에 없는 자식이라 여겨 몸에 좋다는 보약은 다 먹여 키운 자식이었다. 그 덕분인지 몰라도 무럭무럭 잘 자라나는 아이였다. 그런데 호사다마라고 했던가 큰 변고가 일어났다. 서순영 씨의 남편이자 주순돌의 아버지 주영팔 씨가 건설 현장에서 죽었다는 통보가 갑자기 날아든 것이었다.

주순돌이 다섯 살 되던 해. 아버지 주영팔 씨는 사우디 바람이 불며 좀 더 벌겠다고 그곳으로 떠났다. 생각보다 많은 돈이 송금되어 왔고, 그 덕에 가정 형편이 좋아지는가 싶었는데 그런 통보가 왔으니 서순영 씨로서는 앞이 캄캄할 수밖에 없었다. 다행히도 이런저런 돈이 들어와 그런대로 가정을 꾸려나갈 수는 있었으나 아무래도 여자의 힘으로는 버거운 일이 아닐 수 없었다. 그러나 억척스러운 생활력이 있는 서순영 씨는 어린 주순돌을 키우며

갈 수 없는 땅 91

당시 분식장려로 한창 유행하던 분식집이다 만두집이다 하는 조그만 가게를 꾸려 생계를 유지했다.

그렇게 40년을 버티는 가운데 아들 주순돌이 마흔다섯 살이 되었음에도 결혼을 못 하니 큰 걱정거리가 아닐 수 없었다. 어영부영하다 혼기를 놓쳐 적당한 혼처를 구한다는 자체가 점점 힘든 일이었다. 말이 어영부영이지 사실은 노라리 같은 생활이라 큰돈을 벌어 재력이 있는 것도 아니고, 번듯한 직장이 없어 어머니 분식집 일이나 돕는 형편인데, 그렇다고 영화배우 뺨치는 인물도 아니고 아무튼 이렇다 할 내세울 게 없다 보니 결혼하겠다고 쉽게 나서는 여자가 없었다. 그렇게, 또 그렇게 해를 넘기다 보니 노총각 주순돌이 된 것이었다.

그러던 차 주순돌에게 결혼할 기회가 마련되었다. 시대가 달라져 국제결혼의 시대가 열린 것이었다. 한국에서도 다문화 가정이 늘어나고 점점 국제결혼이 보편화되다 보니 국제결혼을 주선하는 곳이 생겼다.

"순돌아 그 국제결혼 중매하는 데가 있다는데 나랑 한번 가보자꾸나."

신문 쪼가리에 난 광고를 내밀며 서순영 씨가 아들의 얼굴을 쳐다보았다.

"됐어요. 엄니…."

"왜 그게 어때서 그래. 요즘 국제결혼 해서 사는 사람이 얼마나 많은데. 그리고 그 외국 애들도 한국에 와서 잘 살더구먼…."

일장 연설을 하듯 아들을 설득하는 서순영 씨의 얼굴이 붉게

타올랐다.

"야, 어쨌거나 한번 가 보기나 혀. 어미 나이가 칠십이여. 평생 나하고 살텨?"

서순영 씨의 채근에 못 견디어 주순돌은 국제결혼 상담소를 찾았다.

2층에 자리한 국제결혼 상담소는 올라가는 계단 벽에 국제결혼 한 커플들의 사진이 빼곡히 붙어 있었다. 하얀 드레스를 입은 신부들이 모두 동남아 쪽 여성들이었다. 꾸며놓아서 그런지는 몰라도 사진에는 예쁜 여성들이 많아 보여 보였다.

'하긴, 신부 화장을 했으니 예쁘겠지.'

주순돌은 그리 생각하면서 결혼상담소로 올라가는 2층 계단을 뚜벅뚜벅 밟았다.

"어서 오십시오."

친절이 과잉이다 싶을 정도로 반색을 하며 결혼상담소에서 그들을 맞아 주었다.

"요즘은 한국에 노총각이 많다 보니 혼기를 놓친 분들이 국제결혼을 선호합니다. 남자 나이가 사십 중반이라도 배우자는 이십 대나 삼십 초반이라야 하는데 나이 차이가 커서 한국에서는 그런 상대를 만나기가 매우 힘들지요. 그래서 동남아 쪽에서 배우자를 구하는 겁니다."

찾아온 사람들이 마뜩하게 여기지 않을까 싶어 상담자는 입에 침이 마르도록 국제결혼의 장점을 내세워 장황한 설명을 하기에 바빴다.

한 시간이 넘게 상담을 하고 집에 돌아온 주순돌은 많은 생각에 잠겼다. 이렇게까지 해서 결혼을 해야 옳은 건지, 아니면 더 기다려보고 국내에서 마땅한 여성이 나타나면 좀 늦긴 해도 그때 하는 게 좋은 것인지, 종잡기 힘든 생각이 머릿속에서 서로 부딪치고 있었다.

그렇게 몇 달이 지났다. 그래도 결론이 나지 않아 전전긍긍하는데 어머니 서순영 씨가 무슨 결심을 했는지 아침상을 물리자마자, 아들 주순돌에게 담판을 하자는 식으로 다부지게 말문을 열었다.

"이리저리 생각할 것 없다. 그 상담소에서 얘기하던 베트남 여자 좋더구만, 네 나이 지금 마흔여섯인데 어디 가서 스물한 살 처녀를 구할 겨? 자그만치 스물다섯 살 차이다. 막말로 그거이 베트남 여자니까 가능하지, 안 그러면 말이나 되는 소리인가 말여. 애를 낳더라도 젊은 여자한테서 낳아야 건강한 애를 낳는 거야. 네 인생이지만 아무 소리 말고 어미가 하자는 대로 하자꾸나."

어머니의 성화에 끌려 국제결혼 상담소에서 국제결혼 중계 계약서를 작성했다.

그 후 한 달쯤 되자, 연락이 왔고 결혼을 하기 위해 베트남 호치민으로 가는 날이 정해졌다. 결혼할 여성은 사진을 보고 점찍었던 베트남 호치민에 사는 '프엉'이라는 여성이었다.

국제결혼 상담소 소장과 함께 베트남으로 가기 위해 저녁 비행기에 탑승했다. 다섯 시간쯤 날아 판손낫트 국제공항에 도착했다. 밤늦은 시간에 도착했기에 곧바로 정해 놓은 숙소인 호텔로 향했다. 말이 호텔이지 한국의 큰 모텔 수준의 호텔이었다.

이튿날 아침 맞이한 베트남의 하늘은 맑았다. 그렇지 않아도 가슴 설레이는 주순돌로서는 맑은 하늘이 주는 청량감을 더해 날아갈 것 같은 그런 기분이었다.

동행한 상담소 소장과 함께 맞선을 보기로 한 담샘예식장 부근에 있는 호치민 담샘공원으로 갔다. 약속 시간보다 약간 이른 시간이라 공원을 둘러보기 위해서였다. 공원 주변의 도로에는 어디에서 왔는지 오토바이의 행렬이 물결처럼 떼로 몰려다니는 진풍경이 눈에 들어왔다. 주순돌의 생각으로는 많은 오토바이로 인해 교통사고가 빈번할 것 같았으나 용케도 크게 엉키거나 충돌하지 않고 오가는 것이 신기하기만 했다.

맞선 장소에 도착했다. 이미 신부 측에서는 가족과 함께 자리하고 있었다.

"반갑습니다. 한국에서 온 주순돌 씨입니다."

상담소장의 너털웃음이 섞인 소개말로 만남이 시작되었다.

맞은편에 다소곳이 앉아 있는 젊은 여성이 신붓감으로 점찍었던 '프엉'이라는 것을 주순돌은 직감했다. 그 여성은 얼핏 보았어도 계명워리한 베트남 여성 같지가 않았다. 흡사, 얌전한 한국 여성 같다는 생각에 잠시 자신도 모르게 살짝 머리를 갸우뚱 꺾었다.

'아니, 동남아 쪽 여성이면 피부색도 그렇고 생김도 뭔가 다를 텐데 내가 사진을 잘못 보았나…'

속으로 이런 생각을 하며 처음 상담소에서 보았던 그녀 프엉의 얼굴을 생각했다. 어쨌거나 실물로 보는 그녀는 귀티가 나고 어디 내놓아도 얼굴이 가무잡잡하고 코가 넓은 동남아 계열의 여성 같지가 않아 단박에 친근감이 들었다.

얼추 한 시간가량 주순돌은 너울가지는 없었으나 탐색행위 같은 드레질로 이런저런 이야기가 오가고 나서 결혼 의사가 확인되자, 결혼 당사자끼리 시간을 갖기로 하고 밖으로 나왔다. 주순돌로서는 길을 모르니 그저 프엉이 이끄는 대로 따라 다니는 데이트가 될 수밖에 없었다.

"무엇 때문에 한국 사람과 결혼하려고 하십니까?"

주순돌이 프엉에게 물었다. 다행스럽게도 프엉 그녀는 한국어를 배웠기 때문에 서로 말이 통할 수 있었다.

"저는 한국이 선진국이고 배울 점이 많은 나라라고 믿어요. 그래서 한국어를 열심히 배워 한국에 가려고 했어요. 그런데 결혼하면 더욱 좋은 것 같아 결정했어요."

비교적 정확한 발음으로 또박또박 자신의 견해를 밝히는 프엉이었다.

"저같이 나이 많은 사람과 결혼하겠다고 생각했습니까?"

가장 가슴 깊이 묻어 두었던 의문고리의 갈고리를 주순돌은 프엉 그녀에게 불쑥 던져 버렸다.

"저는 그런 것은 상관없다고 생각해요. 결혼해서 얼마나 서로 사랑하고 경제적으로 잘 살 수 있느냐가 중요하다고 생각해요. 저희 집은 많이많이 가난해서 제가 그렇게 생각하나 봐요."

프엉 그녀는 부부간의 애정과 삶의 질에 대해서 자신의 집이 가난하다는 전제 조건을 달아놓고 하는 답변이었다.

이렇게 의사가 소통되면서 두 사람은 손을 맞잡고 결혼하자는 의사를 확실하게 밝혔다. 그리고 나서 주순돌은 그녀 프엉의 이마에 가벼운 입맞춤을 했다.

'아! 내가 드디어 결혼하는구나. 베트남 여성이지만 한국 여성 같고, 또한 나이는 어리지만 소신 있고, 그 의식이 결코 어리지 않은 좋은 여성을 만났구나.'

가슴이 벅차오르는 주순돌의 걸음은 가볍기만 했다.

호텔로 돌아와 주순돌은 동행했던 상담소장에게 그녀와 있었던 대화 내용을 이야기했다. 이야기를 다 듣고 난 상담소장은 손뼉을 치며 이만한 여성 만나기 쉽지 않다며 참 잘된 일이라고 결혼 결정에 대해 찬사를 보냈다.

한편 생각하면 주순돌은 어머니에게 미안했다. 이 결혼을 위해 한국 돈으로 약 이천 오백만 원이라는 비용이 소요되는데 그 돈이 전부 어머니로부터 나온 돈이니 그럴 수밖에 없었다. 많다면 많고 적다면 적은 돈인데 자신의 결혼을 위해 쓰는 돈이었다. 결혼을 중개한 곳에 오백만 원 주고, 다음 결혼식 비용과 항공료 등으로 이천여 만원이 소요되는 것이다.

결혼식 날이 되었다. 날비가 올 징조가 보였으나 다행히 맑은 날씨였다.

2층에 자리한 담샘 예식장은 넓었다. 어림잡아 보아도 300평 정도 되는 규모였다. 그곳의 결혼식도 한국과 거의 비슷한 예식이었다. 이런저런 의례적인 절차가 끝나고 신혼 첫날밤을 맞았다.

외국에서 그것도 외국 여자랑 국제결혼을 하고 맞는 신혼 첫날밤이었다. 스물한 살의 처녀 프엉 보다도 주순돌의 그 쑥스러움이 더욱 컸다. 이제껏 살면서 여자와 연애 한번 해 보지 않은 그로서는 여자와 한 공간에 머물러 있다는 사실과 그것도 자신과 결혼한 여자와 있다는 생소한 상황 앞에서 가슴만 뛸 뿐 무얼 어떻게 해야 할지 망설여지기만 했다.

'차암, 어떻게 해야 편하지?'

마음속으로 주순돌은 끊임없는 질문을 자신에게 던지고 있었다.

그때였다.

"여기 과일 있는데 드세요. 베트남 과일 맛있어요."

옆으로 다가온 프엉 그녀가 이 어색한 분위기를 깨려는지 말문을 열었다.

"맛있는 거 알아요. 함께 먹읍시다."

그제서야 주순돌은 그녀가 민망한 분위기를 해소하려는 의미인 줄 알고 얼른 말을 받았다.

창가를 비집고 들어오는 가로등 불빛이 유난히 고와 보였다.

"우리 행복하게 살아야 해요."

프엉은 애잔한 눈빛으로 주순돌을 바라보았다.

"그럼요. 내가 프엉 씨 행복하게 만들게요"

주순돌의 말이 끝나기 무섭게 프엉은 그의 품으로 안겼다. 순간, 주순돌은 이 세상 모두를 다 얻은 것처럼 행복한 감정에 휘

말려 들어갔다.

"저, 순돌 씨만 사랑 많이 할게요."

프엉의 응석 어린 말이 끝나기도 전에 누가 먼저랄 것도 없이 두 사람은 포옹과 함께 침대에 쓰러졌다. 그리고는 뜨거운 시간과 함께 영원을 맹세하는 깊은 곳으로 서서히 침몰되어 갔다.

그렇게 베트남에서의 결혼 일정인 5박 6일이 꿈같이 흘러갔다.

한국으로 가기 위해 주순돌과 프엉은 한국행 비행기에 탑승했다. 프엉의 가족들은 눈물을 흘리며 그들을 배웅했다. 그때까지도 프엉은 시울만 붉힐 뿐 눈물은 흘리지 않았는데 막상 비행기가 이륙하자, 난질이 아님에도 그녀는 참았던 눈물이 뺨으로 흘러내리며 소리 없이 흐느끼고 있었다. 어쩌면 가난했기 때문에 나이 많은 남자와 결혼할 수밖에 없었던 자신을 생각하며 흘리는 눈물 같았다.

"제가 잘 할게요."

그런 모습을 슬쩍 훔쳐보던 주순돌은 그녀의 마음을 헤아렸다는 듯이 얼른 위로의 말을 던졌다.

"…미안해요."

"아니요. 내가 그대 마음 충분히 이해해요."

"감사해요."

흐느낌을 끊고 프엉은 주순돌의 어깨에 살며시 머리를 기대였다.

한국에서의 생활은 생소했지만 프엉은 잘 적응했다. 이제 막 칠십을 넘긴 주순돌의 어머니 서순영 씨는 분식집을 접지 못하고 장사를 하는 형편이었다. 새 식구인 며느리 프엉을 데리고 장사를 하다 보니 일이 줄어 조금은 편하기도 했으나, 한국 문화에 익숙하지 않은 터라 감수해야 할 것들도 있긴 했다. 그러나 일꾼으로 데려온 사람이 아니고 집안의 대를 이어갈 며느리이자 가장 사랑하는 아들 주순돌의 아내이니 사랑하지 않을 수 없는 존재가 그녀였다.

이제는 한국도 다문화 가정이 많다 보니 그에 따른 각 기관의 배려가 있어 다행이었다. 한국인과 결혼한 외국 여성들이 많아지자, 그 여성들이 모여서 만든 단체도 있고, 또한 그녀들을 한국생활에 적응시키기 위한 각종 프로그램이 있어 빠른 시일에 한국문화를 배우게 하여 이방인으로서의 감정을 덜어주고 있으니 다행이었다.

프엉은 베트남에서부터 한국어를 배웠기 때문에 그 어떤 이주 여성보다도 한국 문화를 빨리 익혀 한국 생활에 크게 불편함을 느끼지 않았다.

그런 가운데 달이 바뀌고 바뀌면서 반년이 지났다. 병원에 다녀온 프엉은 주순돌에게 초음파 사진을 내밀며 생글거렸다.

"이거 보세요. 우리 아기 생겼어요."

"어, 그래."

초음파 사진을 잘 구분하지도 못하면서 주순돌은 사진을 이리저리 살펴보더니 싱그레 웃었다.

"예쁘죠, 우리 아기?"

"예뻐, 예뻐."

주순돌은 그저 프엉이 귀엽다는 생각을 하며 그녀의 말에 무조건 긍정적으로 대꾸했다.

"의사 선생님이 벌써 사 개월이 넘었대요."

"어, 그래 이제 몸조심해야겠어. 분식 가게도 엄마한테 말해서 쉬어야겠어."

"안돼요. 아직은 가게에서 일할 수 있어요. 제가 안 하면 어머님 힘들어서 안 돼요."

"알았어 그 문제는 내가 엄마하고 상의할 테니까 프엉은 가만히 있어."

사실 주순돌은 어머니가 하는 분식집 일을 돕고 있었으나 결혼 후 그 일을 프엉에게 맡기고, 자신은 친구가 하는 배관설비 일을 도울 겸 기술을 배울 생각으로 일을 하고 있었다. 생각과 달리 배관설비 일은 쉬운 일이 아니었다. 까다롭기도 했지만, 공사 후 책임이 뒤따르는 일이기도 했다. 어쨌거나 결혼 후 어머니의 그늘을 벗어난 독립된 직업을 가진다는데서 그는 큰 의미를 찾기도 했다.

예정대로 10개월이 되자, 프엉은 아이를 출산했다.

"귀여운 공주님입니다."

간호사가 미소를 베어 물며 출산 후 데쳐 낸 푸성귀처럼 축 처져 있는 프엉에게 말했다.

"공주요?"

부숙부숙 부어오른 얼굴로 간호사를 올려다보는 프엉의 모습을 지켜보던 주순돌은 순간, 그녀가 숭고하다는 생각을 했다. 무엇 때문이었건 25년이라는 나이 차를 무시하고 자신을 선택하여 아이까지 낳아준 그녀에게 뭐라고 할 말이 없었다. 그저 감사하고 고맙다는 생각밖에 없었다.

아이 이름은 '천사'라고 지었다. 천사처럼 착하게 크라고 프엉이 지은 이름이었다.

천사의 첫돌잔치를 끝내고 며칠 지나서였다. 일을 마치고 저녁때가 되어 집에 돌아온 주순돌은 심한 피곤기를 느꼈다. 그러잖아도 배관설비 일을 하면서 일이 피곤하다고 생각했으나 처음 하는 일이라 그런 것이려니 했다. 그러나 날이 갈수록 점점 피곤기를 쉽게 느끼는 것이었다.

"빨리 병원에 가 봐요."

걱정스런 표정으로 프엉이 강요에 가까운 제안을 했다.

"알았어. 그렇게 할게."

프엉과의 약속대로 병원에 예약하고 일정에 맞춰 진료실로 갔다. 이런저런 검사를 마치고 돌아왔다. 며칠 지나 결과를 보기 위해 병원을 찾았다.

"상당히 심각합니다. 이제부터 일이 중요한 것이 아니니까 요양하셔야 합니다. 그리고 병 고친다고 한약을 먹어선 안 됩니다. 간 환자에게는 치명적일 수 있습니다. 특히 술은 절대 안 됩니다."

진료 결과 병명은 간암 말기였다. 청천벽력 같은 소리를 듣고, 어이가 없어 주순돌은 제정신이 아닌 채 집으로 돌아왔다. 이제 겨우 아이 낳고 살 만하니까 이런 상황이 되었으니 어떻게 해야 할지 벼락바람에 흔들리는 마음의 갈피를 잡을 수가 없었다.

이제 겨우 스물두 살 된 아내와 첫돌 지난 딸아이와 막 칠십을 넘긴 늙은 어머니, 이런 가족을 두고 사형선고나 마찬가지인 간암에 걸렸으니 주순돌로서는 미칠 것만 같았다.

이런 마음을 젊은 아내 프엉에게 말할 수도 아니 할 수도 없었다. 당분간 가족 누구에게도 말하기 싫었다. 벙어리 냉가슴 앓듯 마음의 괴로움을 혼자서 삼켜야만 했다.

그동안 조금만 일해도 피곤했고, 오줌 색이 갈색이어도 그저 대수롭지 않게 생각했고, 또한 젊은 시절부터 마시던 소주도 사흘이 멀다 하고 마시며 지내왔던 주순돌이었다. 결국 늦잡도린 까닭에 병을 키우고 키운 셈이었다. 그러다 이제 막바지에 다달았으니 어찌해 볼 도리가 없었다.

병원에서도 말기 암에 가까운 그에게는 굳이 암 치료를 권하지는 않았다. 그것은 환자인 그가 스스로 꼭 낫는다는 보장도 없는 암 치료는 거부했기 때문이다. 말기 암 환자가 방사선 치료니 뭐니 받다 보면 오히려 얼마간 살 수 있는 것도 편히 살지 못한다는 생각에서였다.

이미 정해진 삶에 대해 그래도 충실히 살겠다고 다짐한 주순돌은 어머니와 아내 프엉과 특히 딸 천사에게 무한한 애정을 쏟으며 시간을 흘려보냈다.

그렇게 최선을 다해 가족을 사랑하며 보낸 시간이 4년이 되었다.

저녁 수저를 놓기 무섭게 주순돌은 참을 수 없는 통증이 엄습했다. 급히 119를 불러 병원으로 갔다. 복수가 차오르고 통증을 견디기 힘들어하자, 진통제 주사를 놓고 했으나 주순돌은 정신을 잃고 혼수상태에 빠지고 말았다.

"의사 선생님 어떻게 되는 거지요?"

프엉은 걱정스런 표정으로 물었다.

"글쎄요. 더 좀 지켜봅시다."

냉정하리만큼 침착하게 말하는 의사의 표정은 이미 틀렸음을 알면서도 환자 가족의 충격을 완화하기 위해 그리 말하는 것 같았다.

"나는 어떡해요. 네에…."

프엉은 누워 있는 주순돌의 손을 잡고 얼굴을 바라보며 흐느끼고 있었다. 그 옆에는 네 살 먹은 딸 천사가 아무것도 모른 채, 그런 엄마의 모습과 아빠 주순돌만 번갈아 보며 뭔가 이상하다는 표정을 지었다.

"엄마, 왜 울어?"

"아냐 천사야, 저기 앉아 있어."

그제서야 아이를 옆 보조 의자에 앉아 있게 하고 다시 주순돌의 손을 잡았다.

'너무합니다. 낯선 이곳에 나를 데리고 와서 나만 남겨놓고 떠난다고요. 안됩니다. 그러면 저는 천사와 어떻게 살아갑니까. 안돼요, 안 돼요. 어서 일어나세요. 제가 하나님께 기도드릴게요.'

자신이 처해 있는 현재의 상황이 너무 암담하다는 생각이 들었는지 프엉은 절규하듯이 중얼거리기도 하고 멍하니 허공을 바라보기도 했다.

프엉의 이런 가슴 저리는 사연은 그 누구도 해결할 수 없는 문제였다. 베트남에서 찢어지게 가난한 삶을 겪어 이제는 그 삶을 버리고 희망의 나라 한국에 왔고, 그래서 눈치레 없이 열심히 긍정적으로 살아온 그녀였다. 시어머니 서순영 씨도 그런 그녀의 생활 태도에서 본받을 점이 많다고 생각했다. 우선 부지런하고 시어머니를 친어머니 이상으로 받들고 무엇이었건 가르치면 고분고분 말을 잘 듣고, 특히 무슨 일이었건 미소를 잃지 않고 상냥한 태도로 대하는 점이 마음에 들었다. 한국 여자를 며느리로 얻었다 해도 프엉 그녀처럼 하지는 않을 것이라고 생각했다. 그래서인지는 몰라도 그 흔한 고부간의 갈등은 프엉과 서순영 씨 사이에서는 찾아볼 수가 없었다.

처음 프엉이 한국에 왔을 때만 해도 시어머니 서순영 씨는 문화의 차이 때문에 많은 갈등이 야기되면 어쩌나 하고 걱정도 했으나, 약간의 미세한 갈등이 있긴 했어도 얼마의 시간이 흐르자, 며느리 프엉의 처신이 바르고 새로운 환경에 따른 적응력이 좋아 씻은 듯이 그런 갈등은 흔적도 없이 사라져버렸다.

시어머니 서순영 씨도 걱정이 태산같이 밀려들었다. 만약에 아들 주순돌이 회복되지 못하고 유명을 달리한다면, 그 이후 프엉의 문제를 어떻게 해야 하며 아직도 엄마 품이 필요한 손녀 천사는 어떻게 해야 옳은지 머리를 묵직하게 누지르는 중압감에 쓰러질 것만 같았다.

'몹쓸 놈 같으니, 제 몸 하나 제대로 건사하지 못하고 늙은 어미한테 걱정을 끼쳐. 아비나 자식이나 어쩌면 똑같이 험한 꼴을

보여….'

　서순영 씨는 죽은 남편 주영팔 씨의 얼굴이 떠올랐다. 남편도 아들이 다섯 살 되던 해 죽더니 그 아들 주순돌마저도 딸이 네 살되는 때 죽음을 앞두고 있으니 탄식이 나올 법도 했다.

　벌써 주순돌이 병원 중환자실에 입원하여 누워 있는 것도 한 달이 넘었다. 복수가 심하게 차오르고 이미 눈은 심한 황달로 물들어 있었다.

　어머니 서순영은 그런 아들의 모습을 보면 속이 터질 것만 같았다. 그리고 생전에 무슨 죄를 지었기에 이런 팔자를 타고 났으며 이렇게 꼬인 팔자는 언제 풀릴 것인가 하며 그저 자신의 운명에 대해 원망스런 생각을 했다.

　또한, 며느리 생각을 하면 그것도 얄궂은 팔자 같았다. 이제 겨우 스물다섯을 넘기는 나이에 남편을 잃게 되었으니 그 팔자도 서순영 씨 자신의 팔자 만큼이나 배배 꼬인 팔자라고 생각되었다. 서순영 씨 자신도 며느리 프엉과 비슷한 나이에 남편을 잃고 아들 주순돌을 위해 재혼하지 않고 이제껏 살아왔는데 며늘아기마저 그리된다면 너무 가혹한 운명 같았다.

　자신이 살아온 세대만 해도 수절하고 사는 것이 당연한 시대였다면 지금은 그리 강요할 수 없는 시대라고 생각하니 머리가 아파왔다.

　만약에 아들이 죽고 며느리 프엉이 아이를 데리고 베트남 친정으로 간다고 하면 손녀를 잃어버리니 문제고, 반대로 한국에서 아이를 데리고 산다고 하면 그것도 문제가 될 수 있다고 생각되었다. 왜냐하면 자신이 나이가 있어 조만간 분식집을 그만두면 경제적으로 어려울 텐데 한국에서 아직은 며느리가 돈벌이 하기에는 일러 손녀 천사를 남부럽지 않게 제대로 키운다는 것은 아무래도 힘들 것 같았다. 또한 젊은 나이에 외로움을 극복 못해 덜컥 재혼이라도 하면 손녀 천사는 어떡하나 싶었기 때문이다.

이렇게 저렇게 생각을 굴려봐도 시원한 답이 나오질 않자, 서순영씨는 답답함을 못이겨 병원을 나와 혼자 사는 친구 집으로 향했다.

"어쩌면 좋아?"

답답함에 못 이겨 서순영 씨는 친구에게 자초지종을 이야기했다. 그리고는 앞으로의 일을 물었다.

"어렵게 생각하지 말어. 며느리는 개가하라고 놓아주고 손녀는 맡아서 키워."

서순영 씨 친구는 시원스럽기는 해도 쉽게 받아들일 수가 없는 의견이었다.

"아니 내 나이가 칠십 중반인데 손녀를 어떻게 키워. 내가 죽어도 그 애 시집은 보내야 되잖아."

말도 안 된다는 듯이 머리를 도리질 치며 서순영 씨가 말했다.

"이런, 왜 안돼? 요즘 애들은 대학 들어갈 나이만 돼도 제 앞길 알아서 잘하니까 뒷근심은 버려."

"그럼 내가 구십까지는 살아야 하는데 그걸 어찌 장담할 수가 있어."

"이런 이런, 이제는 백세 시대인데 뭐가 걱정이야. 죽고 싶어도 약이 좋고 병원도 좋아서 골골 백 년이라서 그렇지 구십은 거뜬히 살 수 있다고 구십은…."

그럴듯해 보이는 말로 서순영 씨의 답답한 속을 뚫어주는 것이었다.

어찌 보면 서순영 씨의 친구 말이 틀린 것은 아니었다. 그러나 설령 그 말이 맞는다고 해도 어린 손녀를 노인의 입장에서 키운다는 것도 보통 문제는 아닌 것이었다.

"그렇게 한숨 내 쉰다고 해결될 문제가 아니잖아. 그 왜 기적이라는 것도 있으니 믿져야 본전 아냐. 그러니 기적을 믿어봐 친구야. 아이구 살다가 그런 일은 없어야 하는데…."

안타깝다는 표정을 지으며 살갑게 서순영 씨를 위로했다.

"그렇지, 기적도 있긴 있겠지. 정말 기적이 일어나 우리 순돌이가 벌떡 일어난다면 아휴, 내가 뭘 더 바라겠나. 그땐 동네방네 다니며 춤을 추지 춤을 춰…."

기적이라는 것은 꿈에도 떠올려보지 못한 생각이었다. 그런데 친구가 내뱉은 그 기적이라는 말에 정신이 확 드는 것 같았다.

'맞아! 기적도 있어. 우리 순돌이라고 기적이 일어나지 말라는 법이 없지 않은가? 그래 그 기적 같은 일이 생겨야지.'

스스로에게 물으며 한 가닥 실낱같은 그 기적이라는 것에 희망을 거는 서순영 씨의 표정은 조금 밝아지는 듯했다.

어떻게 집으로 돌아왔는지 모르게 집에 도착한 서순영 씨는 소파에 털썩 주저앉았다. 아무리 생각을 떨쳐내려 해도 끈덕지게 달라붙은 불길한 생각은 괴로움을 주고 있었다. 하지만 믿는 구석이라는 것은 그저 기적뿐이라고 체념하고 있었다.

그때였다. 주머니에 있는 휴대폰이 요란하게 울렸다. 얼른 휴대폰을 꺼내 전화를 받았다. 전화를 받자마자 터지는 프엉의 울음소리가 고막을 찢는 것 같았다.

"…어머님! 어머님 어떡해요? 네에… 그이가… 그이가 아무래도 이상해요. 빨리 오세요, 네에…."

프엉의 말이 채 끝나기도 전에 손에서 휴대폰을 땅바닥으로 떨어뜨리며 두 눈을 질끈 감았다. 서순영 씨는 둔기로 머리를 맞은 것 같은 충격이 온몸으로 전해왔다.

"늙은 어미를 두고 그렇게 먼저 가려고 하니? 나쁜 놈 같으니라고…."

목구멍이 막힌 듯 꺽센 음성을 내뱉으며 부랴부랴 병원으로 갔다.

주순돌이 누워 있는 병실에 도착하니 천사의 손을 잡은 채 의식을 잃고, 그저 가늘게 숨만 붙어 있는 임종 직전 상태였다. 아니나 다를까, 서순영 씨가 아들의 이름을 부르고 몇 분 안 돼 숨넘어가는 소리가 들리며 주순돌은 숨을 거두고 말았다.

"네가 정말 죽은 거니? 순돌아! 내 아들 순돌아…."

하늘이 무너지는 것 같았다. 그래도 아들이 죽기 전까지는 실낱같은 희망이라도 걸면서 기적을 바랐는데 막상 죽었다는 사실 앞에서 어떻게 해야 할지 암담하기만 했다. 물론, 그런 마음은 서순영 씨뿐만 아니라 프엉도 마찬가지였다. 다만 어린 천사만이 어른들의 울부짖음에 그저 눈치만 보며 따라 울뿐이었다.

그렇게 죽음의 강을 건너간 주순돌은 장례를 치르기 위해 시체 안치실로 옮겨졌다.
"정말 떠나는 거예요. 나를 행복하게 해 준다고 약속했잖아요. 이제 나는 어떡해야 하나요. 모르겠어요. 어떡해야 하는지를…."
혼잣말로 중얼거리는 프엉은 확실히 넋이 나간 사람 같았다. 처음에는 시어머니 서순영 씨가 주순돌의 죽음을 놓고 큰 슬픔을 토하는 것 같았는데, 시간이 흐를수록 프엉이 더 주체할 수 없는 슬픔에 빠지는 것 같았다.
슬픔 속에서 장례식을 마치고 삼우제까지 치르고 나니 체념이라는 것이 그들 서순영 씨와 프엉의 마음을 가라앉혀 놓았다. 확실히 시간은 약이었다. 그렇게 슬픔에 빠져 아무것도 할 수 없겠다는 생각은 서서히 사라지고 이제는 그런 슬픔보다는 어떻게 살아야 하느냐는 문제가 현실적으로 그들 앞에 다가온 것이었다.
빠른 것이 세월이었다. 주순돌이 죽은 지도 한 해를 넘겼다.
그동안 큰 변화 없이 살아오긴 했어도 서순영 씨로서는 남편 없는 프엉에게 신경이 쓰였다. 행여, 딴 곳으로 눈을 돌려 바람이라도 나는 것은 아닐까 하는 염려와 함께 그렇다고 젊디젊은 스물여섯의 그야말로 꽃 같은 청춘을 마냥 잡아둔다는 것도 서순영 씨 자신만의 욕심 같기도 했다.
자신도 젊은 나이에 지금까지 남편 없이 혼자 살아왔지만, 그것이 얼마나 힘든 인생이었는지 너무도 잘 알기에 수절하라고 그렇게 강요하기도 어려웠다. 그저 프엉 자신이 어떤 결정을 내리던 따라갈 수밖에 없는 처지가 된 것이다.

산다는 것, 사람이 태어나 죽을 때까지 산다는 것이 쉬우면서도 아주 어려운 일임을 새삼 느끼는 서순영 씨였다. 그저 아무런 생각 없이 그저 밥이나 먹고 어영부영 산다면야 모르겠지만 뭔가 목표를 세우고 사람답게 살아가려고 한다면 그것은 그렇게 만만한 것이 아니라는 것을 살아온 세월로 절실히 느낄 수가 있었다.

이런 저런 생각이 겹치다 보니 서순영 씨는 며느리 프엉과 손녀 천사를 바라보며 이 세상을 저것들이 어떻게 살아갈까 그저 노파심으로 가득 찰 뿐이었다. 그러나 산 사람은 살기 마련이니 어찌 되었건 그런대로 잘 살 수 있을 거라는 믿음이 생기기도 했다.

가을이 깊어가는 어느 날 들마였다. 오늘도 변함없이 며느리 프엉은 분식집 영업을 마감하고 매상을 정리하고 있었다.

서순영 씨는 그런 프엉을 불러 식탁에서 마주했다.

"어미야, 너한테 묻고 싶은 말이 있는데 솔직한 네 생각을 듣고 싶은데 말해줄래?"

아들이 죽고 일 년 넘게 지켜보던 서순영 씨는 프엉의 처지를 놓고 생각에 생각을 굴리다 어떤 결정이라도 지을 듯이 말문을 열었다.

"뭔데요? 어머니…."

갑작스러운 질문에 뜨악한 표정을 지으며 프엉은 반문했.

"그래 말 나온 김에 하마. 앞으로 너는 어떻게 살아갈 생각이니?"

"뭘 어떻게 살아요. 어머님과 이렇게 살면 되지요."

프엉은 시어머니의 질문에 대한 의미를 파악하지 못한 것 같았다.

"그게 아니고, 앞으로 한국에서 살 거냐 아니면 베트남으로 갈 거냐 묻는 거야."

서순영 씨는 그녀가 말귀를 못 알아듣는 것 같아 핵심을 찌르듯이 물었다.

"어머님 무슨 소리예요. 저도 이제 한국 사람이고, 천사가 있는데 한국에서 살아야지 베트남은 왜 가요?"

시어머니의 질문이 말도 안 된다는 듯이 놀라는 표정을 지으며 오히려 반문하는 프엉이었다.

"그렇게 생각한다니 더없이 고맙구나. 그런데 세월이 흐르면 네 마음이 변할 것 같아서 걱정이지."

안도의 숨을 내쉬며 서순영 씨는 프엉의 얼굴을 바라보았다. 때묻지 않고 아직도 태고적 순수를 지니고 있는 것 같아 마음이 흐뭇했다.

"어머님, 무슨 걱정하는지 알아요. 그러나 안심하세요. 저는 순돌 씨와 천사를 사랑해요. 그리고 어머님과 한국을 사랑해요. 그런 염려하지 마세요. 저는 절대 마음 안 변해요. 더구나 임종 때 천사 아빠가 천사 손을 잡은 모습을 잊을 수가 없어요. 그것은 저한테 천사를 부탁한다는 의미로 알아요."

프엉은 또박또박 써 놓은 원고를 읽듯이 분명하게 말했다.

"그래 고맙다. 내가 며느리는 잘 얻었구나. 너도 내 딸이나 다름없어."

프엉의 말에 서순영 씨는 시어머니가 아닌 어머니 같은 마음으로 프엉의 마음 밑까지 받아들이며 눈물을 글썽거렸다.

"어머님 저는 베트남에서 참 가난하게 살았어요. 저희 어머니와 저는 열심히 야채를 내다 팔며 살았어요. 그렇게 하루종일 일해도 간신히 밥이나 먹을 정도예요. 그리고 아버지는 이런저런 막노동을 했는데 지금은 몸이 아파서 일도 못 해요. 정말 살기 힘들게 살았어요. 그런데 한국에 와서 어머님과 분식집에서 장사하는 것 재미있고 돈 벌어서 좋아요."

프엉의 말을 들으니 그녀가 베트남에서 가난하게 살며 많은 고생을 했다는 것을 알 수 있었다. 물론, 짐작은 했던 일이었으나 고백하듯 말하는 것을 들으니 더욱 프엉을 이해할 수 있었다.

프엉의 생각은 이러했다. 자신은 비록 베트남에서 태어나 그곳이 고국이었으나 그리운 것은 부모였지 베트남이 아니었다. 이제는 자신이 사랑하는 딸 천사가 태어난 한국이 고국 같았다. 비록 세상을 떠났지만 주순돌과는 짧은 세월이었으나 서로 자신의 모든 것을 내어주고 사랑했던 사람이다. 그 사랑은 가슴 속에서 사라지지 않고 굳건하게 남아 있는 것이었다. 그리고 친자식처럼 아껴주는 시어머니가 있어 든든한 울타리가 되고, 생활 또한 크게 넉넉하지는 않아도 걱정 없을 정도이니 무엇 하나 부족함을 느끼지는 않는 프엉이었다.

'나에게 주어진 운명이긴 해도 나는 행복한 사람이고 나의 조국도 한국이다.'

마음속으로 프엉은 다짐했다.

이런 다짐을 한 것은 천사를 데리고 베트남으로 가서 산다면 그 애 또한 자신처럼 가난에 찌들어 살다가 베트남 남자를 만나 결혼하면 그 또한 까막길처럼 힘든 삶이 될 것 같았다. 무조건 천사는 한국에서 성장하여 한국 남자와 결혼해야 한다고 생각했다. 프엉, 그녀는 자신의 인생은 중요한 것이 아니었다. 천사를 위해서는 희생이 따르더라도 한국에서 살아야 한다는 것을 굳건한 신념으로 세워 놓았다.

베트남은 자신이 태어난 조국이지만 이제는 이곳에서 살아야 하니 그녀로서는 그곳이 갈 수 없는 땅이 되어버린 것이었다. 천사를 위하고, 이 세상에는 없지만 사랑했던 남편의 영혼을 위해서라도 이곳에서 살아야 한다고 생각했다. 이 길만이 자신이 택할 수 있는 길이라 믿었다.

"어머님 전 죽을 때까지 한국에서 살 거예요. 베트남 그곳은 제 입장으로는 갈 수 없는 땅입니다."

그렇게 말하는 프엉의 눈가에도 어느새 이슬이 맺혀 있었다.

"그래 너만 믿는다. 고맙다."

서순영 씨 또한 프엉처럼 뺨으로 구슬 눈물이 흘러내렸다.

그러는 사이 분식집 유리창으로 도두 뜬 달빛이 스며들고 있었다.

그 달빛에는 순돌이의 웃는 얼굴과 임종 때 천사의 손을 잡았던 모습이 프엉의 눈시울에 그들먹하게 그려지고 있었다.

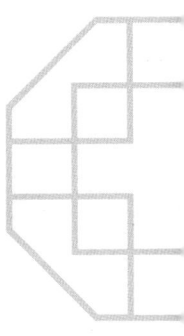
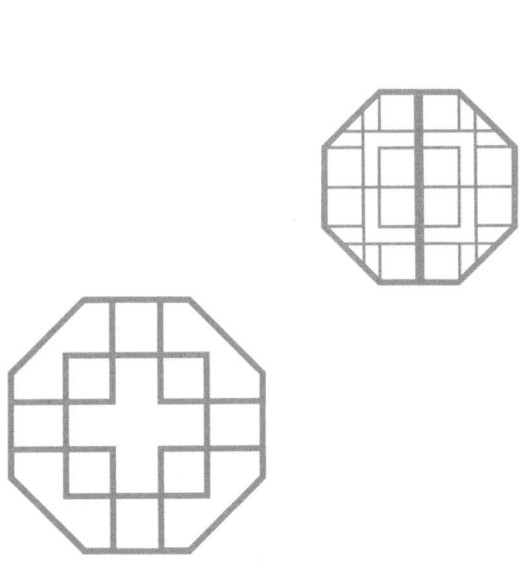

갈 수 없는 땅

쥐새끼

칠순을 넘기며 이사한 지 오 년이 넘었다.

돈 버는 나이가 지나고 보니 수입원이 없어 노후 대책으로 어쩔 수가 없었다. 아파트를 팔고 변두리 허름한 일반 주택으로 옮겨 그 차액으로 살아가기 위한 방법이었다. 그런데 아파트보다 그 불편함은 각오한 일이니 그렇다 치더라도 아주 신경 쓰는 일이 생겼다.

어찌 보면 아무것도 아니겠으나 신경이 예민한 나로서는 오히려 그것이 더 신경 쓰이는 문제였다. 그것은 바로 쥐새끼 때문이다.

오늘도 천장에서 쥐새끼는 잠도 안 자는지 달그락거리는 소리를 냈다. 이 집으로 이사 와서 쥐가 많아 고양이도 키우고 쥐약도 놓고 쥐 잡는 틀도 놓아 거의 전멸할 정도로 쥐를 잡았는데 유독 천장에서 사는 쥐새끼는 잡지를 못했다. 어느새 5년 넘게 이런 상태이니 쥐새끼 입장에서 보면 운이 좋은 것이고, 내 입장에서 보면 약이 오르는 판국이었다.

가만히 생각해 보면 쥐라는 놈은 보통 영악스러운 것이 아니었다. 쥐가 좋아하는 음식을 쥐 잡는 틀에 놓아도 어떻게 눈치를 챘는지 나를 괴롭히는 그 쥐새끼는 그 근처에는 얼씬도 않았고, 또한 쥐약을 놓아도 마찬가지였다. 더구나 고양이가 있음에도 묘하게 고양이의 동선을 피해가니 어떻게 그 쥐새끼를 잡을 도리가 없었다. 그렇다고 마냥 이 상태로 놓아둘 수도 없는 처지니 여간 신경 쓰이는 문제가 아니었다. 그렇다고 쥐새끼 한 마리 잡자고 만사 제쳐두고 매달릴 수도 없는 노릇이었다.

오늘은 그 쥐새끼 때문에 곤두섰던 신경을 접어두고 집을 나왔다.

고희를 넘기고 희수가 되었어도 그나마 할 일이 있다는 것이 나로서는 여간 행복한 것이 아니었다. 물론, 내가 하는 일이 돈 버는 일과는 무관했다. 젊은 시절부터 함께 해 온 '우리환경지키기'라는 이름의 자발적인 사회운동 단체 일이었다. 젊은 시절에는 내가 주도적 역할을 했으나 이제는 그 단체의 고문을 맡아 후배들로부터 대우 받으며 몸담고 있는 그런 곳이었다. 그러나 나로서는 칠십 중반을 넘긴 노인이 되어도 갈 곳이 있고, 할 일이 있어 함께 어울리는 사람들이 있다는 자체만으로도 큰 위안이 되는 행복이었다.

부지런히 '우리환경지키기' 사무실을 향해 걸음을 재촉했다. 약속된 시간에 맞추기 위해서였다. 20분 정도 걸어야 도착하는 거리였으니 그냥 운동 삼아 걷기로 했다.

사회단체라는 것이 자발적으로 만들어진 것이다 보니 회원들 주머니에서 나온 푸달진 돈과 지자체에서 지원되는 약간의 보조금으로 운영되는 형편이니 재정적 어려움이 따를 수밖에 없었다.

젊은 시절에는 나도 그 재정적인 부분을 돕기 위해 단체회비 외에도 적잖은 찬조금을 내놓기도 했지만, 지금은 수입원이 없다 보니 그럴만한 형편이 못 되었다. 그 시절은 내 나름대로는 잘 나가던 때였으니 당연한 것이었다. 또한 이리저리 사회활동을 하다 보니 많은 사람들을 만나게 되고, 그 과정 속에서 살아가는 삶의 즐거움도 찾으며 고민도 만들어가던 그런 때였다.

잰걸음으로 '우리환경지키기'로 가고 있는데 뒤에서 나를 부르는 소리가 들렸다. 서생지였다. 그러니까 내가 서생지를 처음 만난 것은 오십 년 전으로 기억된다.

자그마한 체구에 오밀조밀하게 생긴 외모와는 달리 괜찮은 구석이 있는 사람 같았다. 말하는 것이며 행동 하나하나가 새롱거리지도 않고 또한 천박스럽거나 상식을 벗어나지 않는 그런데서 신뢰감이 들었던 사람이다. 물론, 그렇다고 대단한 지성이나 인격을 겸비한 그런 사람은 아니었다.

어쨌거나 서생지 그 인물과 45년의 한세월을 보냈으나 근래한 5년은 만날 기회가 없었다. 그동안 그와 얽힌 인연은 나로 하여금 많은 생각을 하게 했다. 그것은 오늘 생각지도 않은 곳에서 그를 만났기 때문에 새삼 나는 그 지난 세월, 그와 함께했던 시절의 기억 속으로 자연스럽게 따라 들어갔다.

내 나이 서른을 갓 넘긴 피가 끓는 때이니 한창 사회활동에 적극성을 보이던 때였다. 친구들은 제이씨다, 로타리클럽이다 뭐다 하는 사회봉사 단체에 가입해서 활동을 하고 있었다. 나는 그런 단체보다는 이슈가 있는 단체에서 활동하고 싶었다. 그래서 선택한 것이 '우리환경지키기'라는 단체였다.

그 단체에서 하는 일은 생각보다 많았다. 하천에 폐수가 얼마나 있는지, 유원지에서 자연환경을 침해하고 있는지, 야산의 생태계를 파괴하는 일은 없는지 심지어 자동차의 매연으로 인한 피해는 어느 정도인지 등등 40여 명의 회원들이 분담해서 일을 해도 할 일이 너무 많았다. 그러나 회원 모두가 봉사하고자 모인 사람들이니 그런 일에 대해서 불만을 갖진 않았다. 다만 환경을 파괴하는 원인 제공자에 대해 분노하는 것이었다. 그리고 자발적으로 구성된 사회단체이므로 회원들이 그 활동에 드는 사업비를 거의 자체 조달해야 하니 늘 재정적인 면에서 힘들어 했다.

그런데 우리 단체의 활동이 두드러지고 성과가 나기 시작하면서 이곳 아람시에서 약간의 사업 보조금이 나왔고, 그것은 우리 환경단체에게는 오아시스 같은 것이었다. 우리 회원들은 그로 인해 더욱 사회 전반에 걸친 환경 지키기 운동을 펼쳤다.

우리의 활동이 지역의 언론에서 떠들고 이런저런 매스컴에 알려지자, 우리 단체와 비슷한 환경단체가 여기저기서 생기기 시작했다. 무슨 허가를 받아야 단체를 만들 수 있는 것이 아니고 임의단체이다 보니 그럴 수밖에 없는 상황이었다.

이렇게 몇 해가 흐르자, 환경단체가 대여섯 개로 늘어났다. 우선 물에대한 단체, 자연환경 관련단체, 자동차매연 대책단체, 야산지키기 단체, 거리환경조성 단체, 쓰레기오염 대책단체 등이었다.

어쨌거나 환경을 지키기 위한 우후죽순처럼 생긴 단체에 대해 우리 단체에서 환영을 해야 할지 아니면 달리 생각을 해야 할지 입장을 표명하기가 모호했다. 우리와 같은 일을 하겠다는 단체에게 뭐라 할 수도 없고, 그렇다고 명분만 놓고 환경에 관한 것은 뒷전으로 미룬다고 뭐라고 할 권한도 없다 보니 그럴 수밖에 없었다.

그러나 뭐니 뭐니 해도 우리 단체는 명실공히 이 지역에서 가장 먼저 창립된 환경단체이고 또한 그 성과를 자타가 공인하다 보니 환경단체 으뜸의 자리에 있었다. 그 으뜸의 자리는 환경단체가 여러 곳이지만 유일하게 우리 단체만이 아람시로부터 보조금을 받았기 때문이다.

문제는 그 보조금을 받는 데서 비롯되기 시작했다. 그것은 환경단체 업무와 아람시 행정에 따른 재정적 문제와는 달랐다. 바꿔 말해 시 보조금을 받아낸다거나 추가경정예산을 받은 행정적 절차를 우리들은 자세히 알 수가 없다는 것이었다. 그러나 천만다행으로 우리 회원 이금희 씨 덕분에 그런 어려운 문제를 해결할 수가 있었다. 그것은 이금희 씨의 남편인 서생지 그가 행정쪽에는 밝아 그의 도움으로 그 어려움을 풀어나갈 수 있었다.

그렇게 되다 보니 우리 단체에서 서생지의 입지가 자연히 커질 수밖에 없었다. 그도 아내인 이금희 씨가 운영하는 보습학원에서 이런저런 뒷일이나 했지 자신의 직업이 없었다. 그러나 명색은 그 보습학원의 운영회장이었다. 쉽게 말해 그의 아내인 이금희 씨가 버는 돈으로 먹고사는 사람이었다. 생각하기에 따라 다르겠으나 어쨌거나 이 각박한 세상에 팔자는 늘어진 팔자였다. 물론, 어떤 사람은 뭘 못해 그따위로 여자 치마폭에 싸여 사느냐고 말하기도 했다. 하지만 내 생각은 달랐다. 서생지 그가 자신의 말로는 K명문대학을 중퇴했다고 했으나 그 대학을 졸업한 사람보다 더 똑똑하고 아는 것이 많아 보였다. 그뿐 아니라 보습학원 원장도 아닌 그 뭐 이름이나 갖다 붙인 운영회장인데도, 보습학원 모임인 그 연합회 회장 자리를 아람시로 이주해 10년쯤 되었을 때 꿰찬 것을 보면 그 수완이 보통을 넘는 사람이었다. 사실 별거 아닌 것 같아도 그 보습학원연합회 회장도 서로 하려고 머리가 터지도록 싸우는 샘바른 자리였다.

서생지 그가 돈이 많은 것도 아니고, 그렇다고 명예로운 경력이 있는 것도 아니고, 아니면 외모가 출중하게 생긴 것도 아니었다. 어찌 보면 발록구니 같은 입장인데 도대체 그 비결이 무엇인가 곰곰이 생각해 보니 그것은 다름 아닌 그의 박식함과 사람간의 처세 때문인 성싶었다. 예를 들어보면 가령 싫어하는 친구라고해도 포커페이스가 되어 그런 감정을 숨기고 대한다거나, 상대가 애로사항을 이야기하면 다 들어주고 상대를 위하는 척해 주고 때론 금세라도 도울 것처럼 처세를 하는 것이었다. 뿐만 아니라 어떤 문제가 있으면 그까짓 것 별거 아닌 것처럼 말로 해결하여 상대에게 큰 힘이 있는 것처럼 보였고, 반대로 자신에게 관련된 문제가 있으면 침소봉대하여 상대를 끌어들이는 그런 일련의 말솜씨가 그를 그렇게 만든 것 같았다.

어쨌거나 내가 볼 때는 대단한 사람이었다. 먹다 버린 참외 꽁다리 같은 외모에서 그런 힘이 나온다는 것은 기적 같은 일이 아닐 수 없었다.

그는 점점 우리 단체에서 영웅이 되어가고 있었다. 으레 어떤 문제가 있거나 예산 문제라든가 심지어 섭외적인 문제가 있을 때도 서생지 그가 없으면 안 될 것 같다고 생각되어 그에게 매달리는 형국으로 점점 변해갔다. 이렇게 그에게 의존도가 높아지다 보니 그는 서서히 우리 단체에서 회장보다 더한 위치로 자리매김하게 되었다. 그러나 이런 현상을 놓고 그 누구도 뭐라도 딴소리를 하는 사람은 없었다. 그만큼 회원 모두는 환경에 대한 일에만 집중하는 순수함이 컸지, 단체의 우두머리 자리에서 전체를 이끌거나 주동할 수 있는 권력(?) 따위에는 관심이 없었기 때문이다.

그렇게 그렇게 세월이 흘렀다. 그것도 자그마치 강산이 두 번이나 바뀐 20년이 지날 즈음 보습학원 연합회장을 마치고 환경단체에 깊은 관심을 보이던 서생지, 그는 환경단체의 대부로 자리했다. 모든 환경단체에서 그가 없으면 안 되는 그런 위치를 확보한 셈이었다. 그건 참으로 대단하고 상당한 사람으로 인정받기에 충분했다. 나는 그런 그가 존경스럽고 부럽기만 했다. 어떤 이유였건 그는 우리 환경단체에서 커다란 힘을 발휘하더니 그가 원했건 아니었건 여러 환경단체를 통합한 '아람시 환경단체 총연합회'의 회장으로 뽑혔다.

어디나 그렇듯 선거에서 추대가 아닌 경선이 되면 그 선거전은 작든 크든 과열되기가 십상이었다. 서생지 그도 마찬가지로 경선이 되다 보니 처음에는 긴장하는 것 같았으나 그의 선거공약이 그럴듯해선지 몰라도 크게 힘들어 보이지는 않았다. 그는 환경단체의 모든 사업비를 아람시에서 보조금을 받아내서 사업을 하겠다는 것이었다. 이런 공약이야말로 여러 환경단체가 모두 바라는 사항이었으니 그의 당선은 따놓은 것이나 다름없었다. 회장에 당선된 그는 개선장군처럼 거드름을 피우기도 하고, 때론 힘들어 죽겠다고 엄살을 피우기도 했으니 어느 것이 진짜인지 모를 지경이었다.

나와 그와의 인연이 20년쯤 되다 보니 회장님이라고 부르기보다는 형님이라는 호칭을 쓸 때가 많았다. 물론, 공식적인 자리에서는 회장이라고 했으나 그런 호칭이 문제가 아니라 그의 태도가 더 중요했다.

과연 그의 말대로 모든 환경단체를 위하고 지역 사회를 위해 봉사하는 마음으로 회장을 하고 있는지, 아니면 개인의 명예나 사익을 위한 회장을 하고 있는지 구분하기가 힘들었다. 어떤 면을 보면 아니, 그의 진심이 깃들어 보이는 열변을 듣다 보면 진정으로 봉사하려는 사람으로 느껴지는데 가끔씩 그의 부적절한 처세를 보면 아닌 것 같기도 했으니 나로서는 그에 대한 생각이 헷갈리지 않을 수 없었다.

그날만 해도 그랬다. 그와 함께 모처럼 점심 식사를 마치고 나올 때 시청환경과 과장인지 뭔지와 마주치니까 그는 반색을 하며 너스레를 떨었다.

"고생 많지요. 덕분에 저희 환경단체들이 잘되고 있습니다."

그는 붙임성 있게 아부를 떨었다.

그렇게 스치듯 짧은 만남이 끝나고 과장인지 뭔지가 사라지자 "쓰발 새끼, 고생은 무슨 고생 책상 앞에 앉아서 돈 받고 일하는데…." 하는 것이다.

조금 전과는 판이하게 내뱉는 태도에서 그의 이중성을 발견하며 나는 놀라고 말았다.

"아니, 형님! 저 사람이 좋다는 거요 나쁘다는 거요?"

"좋긴, 저 새끼한테 잘 보여야 예산이고 뭐고 받아내지."

"차암…."

나로서는 그 과장인가 뭔가 하는 사람이 어떤 일을 하는지도 모를뿐더러 안다 해도 관심 밖이었으니 굳이 할 말이 없었다.

그 후부터 나는 서생지 회장에 대해 폭넓은 관심의 그물을 던지기 시작했다. 그것은 이때까지 존경하고 대단한 사람이라고 생각했던 나의 판단에 대한 점검에서 비롯된 것이었다.

그런 생각에 가득 차 그에 대한 의혹이 있는데 그가 통 큰 제안을 해 왔다.

"이봐, 내가 당신네 우리환경지키기 앞으로 이천만 원 해 주려고 하는데 할 만한 사업이 있어?"

약간은 봉긋이 나온 배를 내밀며 그가 빙그레 웃었다.

"그게 무슨 소립니까?"

"이런 답답하네, 당신네 단체에 사업비로 돈 만들어 주겠다는 거지, 사람이 순진하긴…."

"뭘 어떻게 준다는 건지…."

그의 말을 의심은 안 했지만 갑작스런 제안에 어리둥절해 나는 말끝을 흐렸다. 자신만만한 태도로 그가 제안한 내용을 요약하면 간단했다. 아람시로부터 필요한 사업비를 받아 줄 테니 숙원사업이 있으면 사업계획서를 제출하라는 것이었다. 사실 '우리환경지키기'의 숙원사업이야 한두 가지가 아니었다. 그러나 모두 예산 부족으로 시행하지 못하던 것이었으니 서생지 회장의 제안은 사막에서 오아시스를 만난 격이었다.

"이봐, 내가 책임지고 사업비 만들어 줄 테니까 그리 알고, 그 뭐시냐 그 사업비에서 십프로 정도 인사할 수 있어?"

"…십프로 인사라니요?"

"이런, 이런… 암튼 그 정도는, 그런 게 있어, 그래봐야 이백만 원인데 사업비에서 조금 아껴 쓰면 되잖아."

그는 궁시렁거리듯 말했으나 그건 그렇게 안 하면 사업비를 해줄 수 없다는 의미로 받아들여졌다.

"그렇다면 그렇게 해야지요 뭐."

어쨌거나 우리 단체로서는 그의 도움으로 2천만 원이라는 거액의 사업비를 받아 숙원사업이었던 유원지 계곡 환경정비 사업을 할 수 있었다.

그 후부터 서생지 그는 우리 단체뿐만 아니라 다른 환경단체에도 예산을 확보해 주는 벗바리 역할을 했다. 물론, 환경단체 연합회장이니 당연히 그가 할 일이긴 했지만 그 수완이 보통을 넘는 것 같았다. 더욱이 내가 그를 대단하게 생각한 것은 그의 아내가 운영하는 보습학원 정도의 수입으로는 감당하기 힘든 사회활동을 하며 씀씀이가 크다는 점과 지역 사회에서 어느 정도 거들먹거리는 사람들과는 거의 친분 관계를 유지하며 골프다 뭐다 하며 어울린다는 것이었다.

'도대체 무슨 돈이 있어 그리할까?'

그가 부럽기도 했으나 그보다는 의문의 고리만 수없이 늘어났다. 들리는 말로는 그가 선거 때만 되면 후보자 캠프에서 일을 했기 때문이라고도 하고, 어떤 사람 말로는 환경단체연합회를 팔아 후보자한테서 적잖은 돈을 받았을 거라고도 했다. 하지만 나로서는 그런 말들을 믿고 싶지는 않았다, 다만 그가 후보자가 누구였건 그와는 모두 친분 관계가 있다는 것은 익히 알고 있었다.

그것은 그가 회장으로 있는 아람시 환경단체총연합회 사무실과 내가 회장으로 있는 '우리환경지키기' 사무실이 바로 옆 칸에 있었기 때문에 그의 사무실에 방문하는 것을 보고도 대충 알 수 있는 문제였다.

지방자치제가 시행되고 그 제도가 자리를 잡으면서 모든 자리가 선출직이다 보니 사람들의 입김이 점차 커질 수밖에 없었고, 이런 현상은 사회단체에게는 더 큰 힘이 되었다. 따라서 서생지 회장 그의 입지는 더욱 커지는 셈이었다.

여러 환경단체의 회원과 또한 관련자를 포함하면 몇천 명이 넘는 사람들이 있으니 선출직 후보자들은 쉽게 무시할 수 있는 것이 못되었다. 상푸둥 필시 선출직에 나선 후보는 누구나 인사차 그를 찾아오는 형국이 되었다.

2000년을 맞으며 밀레니엄 축제다 뭐다 해서 떠들썩했을 때로 기억된다. 와장창 하는 소리와 함께 고성이 터져 나왔다. 옆방 서생지 회장의 사무실에서 들리는 소리였다.

"여기가 어딘데 큰 소리야?"

분명 서생지 회장의 음성이었다.

"왜? 못할 게 뭔데! 니가 인간이냐구?"

악에 차오른 음성은 서생지의 아내 이금희의 악에 받친 목소리였다.

"조용히 안 해!"

"뭘 조용히 해. 뭘 못해서 내 제자를 건드려. 그게 인간이냐구!"

이금희의 음성은 절규에 가까운 원망이었다.

얼마의 시간이 흐르자 이금희의 음성은 흐느낌으로 변했고, 서생지 회장의 음성은 무슨 변명인지 장황하게 늘어놓은 것 같았다.

그 사건 이후, 나는 서생지 회장 그에 대해 곱지 않은 시선으로 바라보게 되었다. 뭐가 어떻게 된 것인지 거울보듯 자세히는 알 수 없겠으나 서생지 그가 아내가 운영하는 보습학원 출신 여고생과 불륜의 관계였다는 것은 숨길 수 없는 사실로 드러난 셈이었다. 그것도 그의 아내 이금희의 입을 통해 알려졌으니 서생지 그의 입장은 여간 난처한 것이 아니었다. 그러나 그는 자숙은커녕 뭐가 어떻다는 것이냐는 식으로 뻔뻔하게도 버젓이 가슴을 펴고 흔들림 없는 태도를 보면 야마리가 없는 것 같아 나로서는 여간 놀란 것이 아니었다.

그런 어느 날, 우리 사무실 아래층에 있는 퇴직 공무원들이 만든 친목회 사무실에 들렀다.

"어휴! 웬일이셔, 우리 사무실엘 다 오시고…."

회장을 맡고 있는 장시준 씨가 반갑게 맞아 주었다. 그는 배움이 큰 데다 덕망이 있고 재력도 있어 한때는 국회의원인가 시장인가를 꿈꾸던 사람이었다. 또한 서생지 회장이 어려울 때 많이 도와준 인물로 기억되는 사람이기도 했다.

"회장님 뵐 겸 인사차 들렀습니다."

"어허 그래요 고맙습니다."

너털웃음을 풀며 자리를 권하더니 이내 먼젓번 서생지 사무실에서 있었던 사건에 대해 넌지시 물어왔다.

"별거 아닌 부부싸움 같았어요."

나는 그저 별 것 아닌 사소한 부부싸움이라고 스치듯 넘기려 했다.

"아냐, 아냐. 들리는 얘기는 심각한 것 같던데…. 거 서생지 아내가 무슨 암인가 걸려서 있는 판국에 바람을 피웠다지, 그것도 제잔가 뭔가 하고…"

"아닐 겁니다."

나는 가급적 서생지 그를 덮어 주고 싶었다.

"잘 모르시는구만, 그 서생지 그놈 아주 나쁜 놈이야. 나잇살 먹은 내가 할 소린 아니지만 그놈 못써, 인간적으로 못 쓰는 놈이야."

갑자기 장시준 회장은 입에 거품을 물며 분노하고 있었다.

"회장님 그만 하세요."

"내 인제 말인데 그놈 옛날에 제 아들놈 형사적인 문제로 어려운 일 있을 때도 그랬고, 무슨 회장 나온다고 했을 때도 그랬고, 나한테 한두 번 신세진 게 아닌데 우리 아버지 장례 때 세 번씩 연락을 해도 코빼기도 안 보인 그런 놈이요. 지가 필요할

땐 살살거리고 아닐 땐 뒤도 안돌아보는… 그런 놈을 내가 눈이 삐었지, 암튼 그래요."

장시준 회장 사무실을 나와서도 한동안 서생지 그에 대한 생각이 머릿속에서 떠나지 않고 가득 찼다. 과연 서생지 그가 그런 사람인데 나는 그를 대단한 사람으로 여기고 있었다는 것이 혼란스러웠다. 그러나 그런 나의 혼란스러움을 확실하게 일깨워 준 것은 몇 년이 지난 후였다.

서생지, 그가 '아람시 환경단체총연합회' 회장을 그만두고 후임 회장 임정태가 재직한 지도 2년이 흘렀다. 그는 뭔가 실적을 남기려고 열심히 일했다. 그러던 중 생각해 낸 것이 '환경백서'를 만들겠다는 것이었다. 그러다 보니 환경단체 쪽에 훨씬 먼저 몸담았던 나에게 협조를 요청한 것은 당연한 일이었다.

"어떻습니까, 그래도 우리가 지역 사회를 위해 일했는데 그 흔적이라도 남겨야 하지 않습니까? 그래서 말인데 아무래도 서생지 전 회장을 백서 발간 위원장으로 모셔야 할 것 같습니다."

백서 발간의 필요성과 함께 서생지 전 회장까지 끌어들일 정도로 그는 적극적이었다. 그렇게 해서 시작된 환경백서 발간사업은 순조롭게 진행되었다. 그러나 서생지 그가 함께하면서 명분을 찾으려는지 여론까지 의식해 지방기자까지 필진으로 끌어들였으니 생각지도 않았던 돈이 나가야 했다. 그때서야 임정태 회장은 서생지 전 회장을 끌어들인 것을 후회하는 눈치였다.

"예산은 정해져 있는데 무슨 명분이 그리 많은지 이리저리 나가는 게 많아 감당하기 힘드네요."

임정태 회장은 나를 붙잡고 하소연을 했다.
"그 뭐 어쩔 수 없잖아요. 정 안되면 딱 잘라 말해요. 더 이상은 안 된다고 말이요."

단호하게 거절하라고 내가 일러주었지만 임정태 회장은 이러지도 저러지도 못하는 어정쩡한 태도를 취하다가 배알이 뒤틀렸는지 자신도 모르게 한마디 툭 던졌다.

"그저 돈 빼먹을 궁리만 한다니까요."
"차암…"
나는 그저 혀끝만 차고 말았다.

어쨌거나 환경백서는 예정대로 출간되었다. 하지만 서생지 그는 자신의 업적으로 홍보하기 위해 거창한 출판기념회까지 벌였다.

참 엄청난 사람이 아닐 수 없었다. 그 출판기념회에는 시장을 비롯해 지역 국회의원 도의원 시의원 각종 단체 기관장 등등 기라성 같은 지역 유지들이 참석해 성황을 이루었다. 이런 현상은 서생지 그가 잔 다리가 아님에도 순식간에 영웅 아닌 영웅처럼 만들기에 충분했다.

이런 일이 있고 얼마 후 나는 깜짝 놀라는 소식을 들었다. 다름 아닌 서생지 그의 아내가 암으로 사망했다는 것은 알고 있었지만, 그의 아내 제자인가 뭔가 하는 딸내미뻘 되는 젊은 여자를 그가 데리고 산다는 것은 금시초문이었다. 하긴 그거야 뭐 꼭 안 된다는 법이 있는 것도 아니지만 사회 통념상 아무래도 격이 맞지 않는다는 생각이 들었다. 그저 세상 참 살다 보니 내 주변에도 이런 일이 있구나 싶었다.

　세월이 많이 흘렀다. 나도 '우리환경지키기' 회장을 그만둔 지도 10년이 지났다. 이렇다 보니 환경이다 뭐다 하는 사회단체에도 점점 관심이 멀어지기 시작했다. 또한 그뿐 아니라 서생지 그에 대해서도 관심이 멀어져갔다. 확실히 사람은 나이가 먹으면 그것도 칠십이 넘으면 모든 것에서 멀어지고 싶은 모양이다. 그저 제 몸 하나 추스르는 것에만 신경을 쓰는 것 같았다.

　그런 나날 속에서 편안한 일상에 빠져 있던 나에게 '우리환경지키기' 신임회장이 찾아왔다.

　"처음 뵙겠습니다. 최일수입니다."

　건장한 체격에 부리부리한 눈이 사내다워 보였다. 그는 허리를 푹 꺾으며 내게 인사를 했다. 그렇지 않아도 최일수에 대해서는 들은 얘기가 있어 익히 알고 있었으나 만나기는 처음이었다. 그는 강직하고 직선적인 성격에다 정의로운 사람으로 알려져 있었다. 그런 그가 회장을 맡았다는 것이 믿음직스럽던 차였다.

　"반가워요. 최 회장 얘기는 많이 들었어요."

　내가 손을 내밀자 그는 얼른 손을 내밀어 악수를 했다.

　"그래 어떤 일로…."

　내 말이 미처 끝나기도 전에 그는 싱긋이 웃으면서 말을 꺼냈다.

　"실은 저희 환경단체에서 그동안 열심히 성과를 올린 단체나 회원들에게 포상할 필요가 있겠다 싶어 상을 하나 제정하려고 합니다."

"그거야 뭐 만들면 되는 것 아니에요?"

"물론 그렇지만 이번 제정하려는 상은 큰 상금을 주는 상으로 만들려고 하니까 만만치가 않습니다."

"상금이라… 그거야 재정적인 뒷받침이 없으면 안 되는 일이지요."

나는 근심스런 표정을 지으며 말했다.

"그래서 회장님을 찾아왔습니다. 시에서 지원 받을 수 있나 해서요."

"물론, 명분이 있으면 받을 수도 있겠으나 쉽지 않은 문제지요."

"시에서 지원 받으려면 어찌해야 하는지 잘 모르겠습니다."

"그거야 우선 자체자금으로 몇 해 정도 시행하고 그 실적을 바탕으로 시와 접촉해야 되겠지요. 하지만 신규 사업이면 상당히 어려울 겁니다."

최 회장, 그가 의욕이 넘쳐 어려운 일을 추진한다고 생각한 나는 그의 열정적인 태도에 찬물을 끼얹기 싫어 어렵지만 추진하면 될 수도 있다는 희망적인 말을 할 수밖에 없었다.

"회장님, 들리는 말로는 초창기에 환경단체 총연합회장을 했던 서생지 회장님을 통하면 가능하다는데 그렇습니까?"

"그을세요, 그 양반이 지금도 활동하나요?"

"그럼요. 여기저기 환경단체에서 행사하면 나타나서 원로 대우 받느라고 바쁜데요."

"아, 그래요. 그러면 됐네요. 그 서 회장을 만나서 예산 문제는 상의해 봐요. 그러면 뭔가 문제가 풀릴 것도 같긴한데…."
다시 한번 서생지 그 사람이 대단하다고 생각했다. 아직도 전설처럼 남아 있어 후진들의 입에 회자되고 있다는 것은, 그가 얼마만큼 설쳤거나 아니면 자신의 존재를 확실하게 심어 놓았다는 것이었으니 새삼 놀랐다.
"그럼 제가 서 회장님 만나 뵙고 다시 찾아뵙겠습니다."
최일수 그의 말대로 서너 파수쯤 지나서 그는 다시 나를 찾아왔다.
"회장님, 됐습니다. 서생지 회장이 시에서 예산을 확보해 준다고 했습니다."
입이 찢어지도록 웃으며 최일수는 나를 향해 자랑하듯이 말했다. 흡사, 무슨 개선장군 같은 태도였다.
"아니 시행 첫 회부터 예산을 해 준다고요?"
"네에, 그러니까 우선 급하니까 올해는 추경에서 받아준다고 했어요."
"거참, 그래요?"
아무리 생각해도 나는 이해가 되질 않았다. 무슨 재주로 그것도 시급한 민생문제도 아닌 사회단체에서 제정한 '환경상' 시상비용을 추경으로 받아준다니 내 상식으로는 도저히 납득되지 않았다. 서생지 그가 인맥이 있고, 수단이 좋아 사회단체 예산을 잘 타낸다고는 알고 있으나 도통 믿어지지 않았다. 그러나 고개를 갸우뚱 꺾으며 의문스러워 하는 나의 태도를 보고 최일수 그는 오히려 나를 이상하게 생각하는 눈치였다.

"이제 멋지게 행사 한번 해 볼랍니다."
"아, 아 그래야지요."
나는 그저 그의 긍정적인 태도에 그냥 고개를 끄덕여 주었다.
"회장님. 이번 행사를 성공적으로 치르고 나면 '우리환경지키기' 단체는 지역 사회에서 우뚝 설 겁니다."
"암 그래야지요."
말은 그리했으나 나는 최일수 그 사람이 너무 성급하게 덤벙댄다는 생각이 들었다.
"회장님, 이런 말씀 드려도 되는지 모르겠는데…."
말끝을 흐리는 최일수의 표정이 약간 흐트러지며 말끝을 흐렸다.
"무슨 말씀인데 그래요. 뭐든 괜찮으니 말해봐요."
나의 채근에 못 이겼는지 그는 서서히 입을 열었다.
"그 뭐, 시의회 해당 부서 위원장이 활동하는 데 도움을 줘야 한다고 해서 주었지요. 그리고 며칠 전에는 시의회 의장이 차 한 잔하자고 해서 들어가는데 그냥 갈 수 없다고 해서 봉투 하나를 또 드렸지요."
"어허 참! 뭐 어쨌거나 일이나 잘되었으면 좋겠어요."
이해하기 힘든 아니, 이해할 수 없는 상황이 벌어지는 것 같았다. 그러나 나로서는 부정적으로 말할 수도 없는 것이 최일수 말대로 추경에서 사업비가 확보되면 내가 이상한 사람이 될 것 같아 그저 수긍하는 척했다.
그가 돌아가고 한 해쯤 흘렀다. 아직도 계속 내 신경을 곤두

서게 했던 쥐새끼를 잡기 위해 다시 쥐틀을 정비했다. 우선 이제까지 써 왔던 미끼를 바꾸는 작업을 했다. 종전에 써 왔던 곡물 미끼로는 약아빠진 쥐새끼가 쥐틀로 들어오질 않았다. 생각다 못해 알아본 결과 쥐가 계란이나 닭고기를 좋아한다고 해서 미끼를 닭고기와 계란으로 바꾸어 쥐틀에 넣었다.
 '과연 미끼를 먹으러 약아빠진 쥐새끼가 쥐틀로 들어올까?'
 의문을 안고 쥐가 다니는 길목 여기저기 서너 군데에 쥐틀을 놓았다. 그렇게 쥐틀을 놓고 기다렸으나 쥐는 잡히지 않았다. 물론 천장에서 쥐새끼 뛰는 소리와 찍찍대는 소리를 듣자니 마치 나를 놀리는 것 같아 더욱 부아가 치밀어 올랐다.
 하루 이틀 사흘이 지났어도 소식이 없었다. 이놈의 쥐새끼는 무얼 먹고 살기에 도대체 쥐틀에 마련해 놓은 음식을 거들떠도 안 보는지 알다가도 모를 일이었다.
 그런데 그렇게 닷새쯤 되자, 드디어 쥐가 잡혔다. 쥐틀에 들어간 그 생쥐가 미끼인 닭고기와 계란을 먹다 쥐틀에 갇힌 걸 알았는지 이리저리 쥐틀 안에서 오가면 탈출구를 찾고 있었다.
 "이게 인제 잡혔구나, 엉?"
 나는 쥐틀을 바라보니 속이 후련해 쾌재를 불렀다. 그만큼 내 신경을 건드려 심기를 불편하게 만들었던 놈이었으니 나도 모르게 나온 말이었다.
 그때였다. 핸드폰이 요란하게 울려 전화를 받으니 최일수 회장이 밑도 끝도 없이 오늘 저녁 티브이 뉴스를 보라는 것이었다. 뭔가 싶어 저녁 뉴스를 보기 위해 티브이를 켰다.

TV에서는 뉴스가 방영되고 있었다. 뉴스라고 했지만 항상 그게 그거 같은 그런 뉴스였다. 국회에서 여당 야당이 서로 의견이 맞지 않아 싸운다는 뉴스 소리와 하늘 높은 줄 모르는 물가로 국민 경제가 어떻다는 것과 자동차가 급발진으로 큰 사고가 났다는 등 노상 나오던 그런 뉴스였다.

도대체 최일수는 무엇 때문에 뉴스를 보라고 한 것인지 알 수가 없는데 화면이 바뀌면서 어디서 본 듯한 얼굴이 화면에 나왔다. 나는 금세 그가 누구인지 알 수가 있었다.

"서생지 아냐!"

나는 깜짝 놀란 충격에 소파에서 벌떡 몸을 일으켰다. 분명 서생지가 틀림없었다.

"아니! 여보, 서생지 회장 아니에요?"

옆에 있던 아내가 놀라는 표정으로 나를 향해 물어왔다.

화면에는 서생지 그가 경찰 승합차에 오르는 모습이 보였다. 아나운서가 뭐라고 떠들었으나 너무 충격적인 일이라 귓전에서 맴돌 뿐 귓속으로 들어오질 않았다. 다만 그가 이끌려 가는 모습만 눈 속으로 확대되어 파고 들어왔다.

"여보, 뭔 일로 서생지 회장이 잡혀가요?"

"그거야 나도 모르겠지만 뭐가 잘못한 것이 있으니까 그렇겠지."

아내에게 그리 말했지만 내 짐작에는 분명 지난번 최일수 회장이 건넨 돈이 문제가 된 것 같았다.

이제껏 그를 큰일을 할 수 있는 깜냥이 못 되는 사시랑이인데도 나는 상당한 사람으로 여겨왔던 내 생각에 반전이 오며 그저 입안이 씁쓰레지기만 했다.

"젠장! 그렇게 잘난 척 설치더니…."

나는 실망감에 궁시렁거리며 쥐틀 있는 곳으로 갔다. 비록 쥐틀에 잡혀 있는 쥐일지라도 잘 처리하기 위해 조심스럽게 접근했다. 생각과는 달리 쥐새끼는 쥐틀에서 탈출하는 것을 포기했는지 쥐틀 구석에 처박혀 가만히 몸을 도사리고 있었다. 그렇게도 약삭빠르던 쥐새끼가 다소곳이 죽은 듯 있는 모습을 보니 그동안 쥐새끼 때문에 속을 끓였던 내 자신이 우습다는 생각이 들었다.

그 순간, 갑자기 좀 전에 티브이에서 보았던 서생지 회장의 잡혀가던 모습이 머릿속에 떠오르며 흡사, 그가 잡혀 있는 쥐새끼 같다는 생각이 들었다.

*본 작품은 실제 환경단체와는 무관한 소설상의 허구임을 밝힙니다.

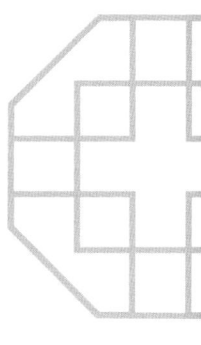
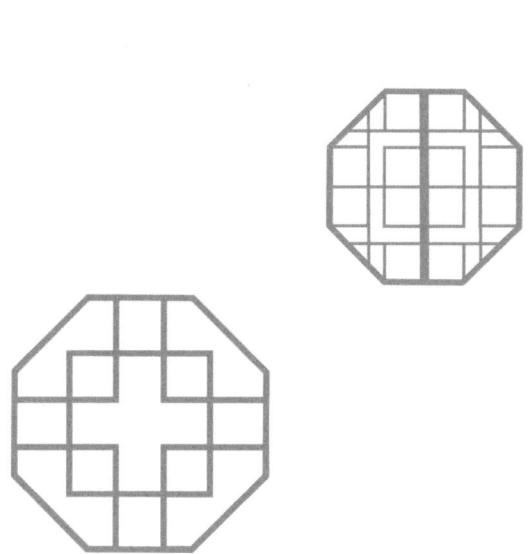

쥐새끼 139

뭉게구름

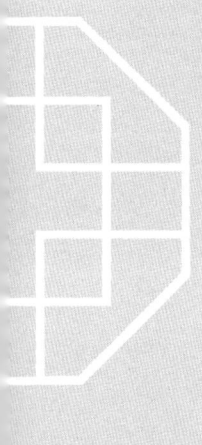

집을 나왔다. 자살을 하기 위해서다.

집을 나오기 전에는 머릿속이 엉켜 실타래를 풀어 놓은 기분이었다. 그러나 모든 걸 체념하고 드레드레한 내 마음을 정리하니 한결 가벼운 느낌이 들었다.

얼마쯤 걸었다. 동짓달 시린 바람이 귓전으로 스쳤다. 오스스 떨렸으나 춥다는 느낌보다는 시원하다는 생각이 온몸으로 전해왔다. 그리고 그런 생각은 아주 먼 세월의 기억을 천천히 캐어 내고 있었다.

나는 어린 시절 사계절 중에서 여름을 제일 좋아했다. 우선은 춥지 않아서였고, 그다음은 좋아하는 과일인 참외와 수박을 먹을 수 있어서였다. 지금이야 사시사철 과일을 먹을 수 있지만 내 어린 시절에는 제철이 아니면 어림도 없었다. 그리고 무엇보다도 그 더운 여름이 좋았던 것은 파란 하늘에 하얀 뭉게구름을 볼 수 있었기 때문이다.

내 나이 일곱 살로 기억되는 여름 어느 날이었다. 대청마루에 앉아 앞동산을 바라보니 아름답고 아름다운 뭉게구름이 앞동산 산봉우리에 걸쳐 있는 것이 눈에 들어왔다. 오늘은 꼭 그 뭉게구름을 따오고 싶었다. 생각다 못해 옆집에 사는 나보다 두 살 위인 옥순이에게 함께 뭉게구름을 따오자고 했다. 그러나 옥순이는 자기에게 누나라고 불러 주면 함께 뭉게구름을 따러 간다는 것이었다. 마음에 내키진 않았지만 뭉게구름을 따겠다는 마음에서 도

뭉게구름 141

리 없이 누나라고 불러 주고 함께 신바람이 나서 앞동산으로 향했다. 가쁜 숨을 몰아쉬며 열심히 앞동산 꼭대기를 향해 오르다 보니 이마에서 굵은 땀방울이 흘러내렸다. 드디어 뭉게구름이 머물고 있던 앞동산 산봉우리에 올랐다. 그런데 어찌된 일인지 앞동산에 걸쳐 있던 뭉게구름은 흔적도 없이 사라지고 높은 하늘에 올라가 있었다. 안타까운 마음에서 투덜대며 옥순이와 앞동산을 내려올 수밖에 없었다. 얼추 앞동산을 다 내려와 동네 입구에 다다랐을 때였다. 갑자기 새카만 구름이 몰려오고 사방이 캄캄해지더니 이내 소나기가 쏟아지기 시작했다. 무서움에 옥순이 손을 꼭 잡았다. 뭉게구름이 피어나던 푸른 하늘이 이렇게 무섭다고 느낀 것은 처음이었다. 그런데 잡고 있던 옥순이의 손이 유난히 따뜻하다고 느껴진 것도 이상한 일이었다.

내가 자살 장소로 택했던 다리가 멀찌감치 시야에 들어왔다. 아직은 해 질 녘이라 주위가 완전히 어둠으로 에워싼 시각은 아니었다. 이제 내 나이도 그 시각처럼 칠십을 코앞에 바라보는 인생이고 보니 해 질 녘의 나이임에는 틀림없었다. 그런데 무엇 때문에 삶을 포기하고 이 길을 택해야만 하는 것인지 내 자신도 명확히 알 수는 없었으나 분명한 것은 더 이상 살고 싶은 마음이 없다는 것이다.
곰곰이 생각을 굴리며 내 인생을 가래밥 퍼내듯 살펴봐도 발록구니처럼 살아온 것은 아니었다. 다만 뭐 하나 번듯하게 내세울 것이 없게 살아온 것이 전부였다. 학창 시절에 특별한 특기가 있는 것도 아니었고, 그렇다고 공부를 수석으로 잘한 것도 아니었고, 하다못해 뭘 만드는 재주가 있는 것도 아닌 아주 지극히 평범한 학생에 불과했다. 그러나 가정 형편은 좋은 데다 시험 운이 좋았는지 몰라도 대학에 진학하게 되었다. 대학 생활은 그저 남 하는 대로 따라서 하다 보니까 교직과목을 이수한 것이 계기가 되어 자의 반 타의 반으로 고등학교 교사는 되었으나 도대체 어떤 특기나 개성이라고는 눈 씻고 찾아봐도 찾을 수가 없었다.

뿐만 아니라 인생에서 가장 중요한 결혼 문제만 해도 그랬다. 흔히 하는 이야기로 자신의 이상형을 찾는다거나 또는 미래를 염두에 두고 이런저런 계획을 그려가며 결혼할 여성을 찾는 것이 일반적인 생각인데 나로서는 도대체 무슨 생각에서였음인지 그런 것 자체를 생각한다는 것이 번거롭고 귀찮기만 했다. 그저 싫지 않으면 된다는 것과 상대 여성 또한 나를 거부하지 않으면 된다는 생각이었다. 이 얼마나 한심스럽고 결혼에 대한 깨도가 없는 사람인지 그 당시의 나로서는 깨닫지 못했다.

베트남 전쟁이 터지고 한국군을 파병시키는 때였다. 그리고 얼마 안 돼 김신조 사건이 터지면서 사회적 불안과 군대의 긴장이 고조될 즈음 나에게도 입대 영장이 날아들었다. 부모님들은 부랴부랴 나의 결혼을 서두르게 되었다.

저녁상을 물린 뒤, 어머니는 이런저런 너스레 말을 꺼내면서 나의 혼사 문제로 이야기를 옮겨갔다.

"애야 너 옥순이를 어떻게 생각하니? 내가 보기엔 그만한 색시도 없는 것 같은데…."

내 의중을 가볍게 떠본 말 같았지만 사실은 옥순네 집과는 이미 많은 이야기가 오고 간 뒤라는 것을 직감할 수 있었다.
"갑자기 옥순이 얘기는?"
나는 밭은기침을 섞으며 민망함을 덮으려 하자, 어머니는 내 말꼬리를 놓치지 않고 낚아챘다.
"갑자기가 아니라 아버지는 네가 혼사를 치르고 군대 가길 바라는 겨. 그러니 암말 말고 생각해 보고 네 뜻이나 밝혀."
"……."
옥순이가 딱히 뭐가 싫은 것은 아니었다. 또한 그렇다고 크게 맘에 와 닿는 것도 아니었다. 다만 늘 이웃에서 함께 자랐기 때문에 스스럼없다는 점과 나에게는 항상 관심이 많았다는 점은 알고 있는 터였다.
"그래 생각해봤니, 옥순이가 어때?"
며칠 후 어머니가 채근하며 묻는 순간, 갑자기 어린 시절 뭉게구름을 따라 앞동산에 올라갔다 내려오는데 먹구름이 몰리며 소나기가 쏟아져 무서울 때 잡았던 옥순이의 그 따뜻했던 손이 생각났다.
"뭐 그냥 싫지는 않아요."
"그랴, 그럼 됐어."
이렇게 시작된 이야기가 결국 군 입대 열흘을 남겨 놓고 옥순이와 혼례를 치르게 되었다.
어린 시절 누나라고 불러야 내 말을 들어주던 연상의 옥순이와 혼례를 치르고 부부가 되었으나 영 부부의 감정보다는 친구

같은 그런 감정이 더 앞섰다.

어쨌거나 열흘이라는 짧은 시간을 함께한 뒤 나는 군에 입대했다. 김신조 덕분에 36개월을 꽉 채우고 제대를 했지만 군복무 기간 내내 나는 소위 말하는 고문관이 되어 놀림감이었고 고달픈 군대 생활을 해야만 했다. 무엇 때문인지는 몰라도 군 생활에 제대로 적응하지 못하고 늘 뒤처졌다. 어떤 면에서는 고문관이라는 딱지가 붙어 조금 중요한 임무에서는 열외가 되어 편한 구석도 있긴 했다. 일일이 열거할 수는 없지만 고문관으로 겪는 모멸감은 육체적으로 힘든 것보다 더 참기 힘든 문제였다. 솔직히 어느 때는 자살이라도 하고 싶었으나 두고 온 옥순이의 얼굴이 아롱거려 그 충동을 참았던 것도 사실이었다.

'나는 왜 학창시절이나 군대 생활이나 뭣하나 잘하는 것이 없고 이토록 무능하단 말인가.'

수없이 생각하며 되새기던 중얼거림이다. 그러나 그 원인이 어디에서 비롯된 것인지는 정말 나 자신도 알 수가 없었다.

시간은 머물지 않았다. 어김없이 찾아온 인생의 시계는 제대 후 나를 생업에 내몰았다. 이리저리 직장을 찾았으나 사막에서 오아시스를 찾는 것만큼이나 어려웠다. 결국 아버지 빽줄로 그것도 아버지 친구 분이 이사장으로 있는 사립 고등학교에 교사로 들어가게 되었다. 나로서는 보통 횡재한 것이 아니었다. 그저 감지덕지할 판국이었다.

"아버님, 학교 이사장님 고마운 분이네요."
"고맙긴해두 그렇게 기죽을 건 없다."

"네에?"

"그 뭐, 다 그만큼 했다. 어차피 너도 알 일이니까 말하는데 너 주려고 했던 논과 밭을 처분했다. 네 몫이라 너 학교 넣는데 썼으니 그리 알고 학교에 잘 나가기나 해라."

아버지는 학교에 발전기금 명목으로 거액의 후원금을 주었으니 기죽지 말고 당당히 평생직장으로 알고 근무하라는 것이었다. 그 말을 들으면서 귀가 먹먹해지는 느낌이 전해왔다. 이런 때 아버지에게 어떤 말을 해야 할지 도통 생각이 나질 않았다. 그러나 아버지의 사랑을 느낀 것은 이때가 처음이었다.

거리는 완전히 어둠에 잠겼다. 오늘따라 초승달이 하얀 칼날이 되어 유난히 빛나고 있었다.

집을 나서기 전 마셨던 소주 때문인지 취기가 온몸으로 가득 차올랐다. 이 세상에서 마지막 마신다고 생각하며 연거푸 소주 두 병을 비웠으니 그럴 만도 했다. 평소 나의 주량은 끽해야 소주 한 병이면 족했다. 그런데 두 병을 마셨으니 감당하기에는 벅찰 수밖에 없었다.

가슴이 답답하며 머릿속이 혼미해지고 다리가 풀리면서 삼사미가 가렵고 앞을 향해 똑바로 걸어갈 수가 없었다. 잠시 가로수에 기대었다. 정신을 가다듬기 위해서였다. 이제 조금만 더 가면 시퍼런 강물이 흐르는 다리 위에 도착할 수 있기 때문이었다.

35년 넘게 그것도 나는 한 학교에서 교직에 근무하고 영광스러운 정년퇴임을 했다. 그러나 남들처럼 교감을 거쳐 교장으로 퇴임한 것이 아니었다. 교장은 아니더라도 최소한 교감 정도는 해 보고 퇴임했어야 했지만 나는 평교사로 퇴임하고 말았다. 그것도 내겐 감지덕지할 처지라고 생각했기 때문에 아예 승진은 생각지도 않았다. 더구나 승진하기 위해서는 우선 실력이 있어야겠지만 적당한 아부는 물론, 더러는 윗사람의 시녀 노릇까지 자청해야 하는데 주변머리 없는 나로서는 어려운 숙제일 수밖에 없었다.

그러나 그것은 나의 변명이고 보다 근본적인 원인은 내가 똑똑하지 못하고 멍청한 데다 융통성은 물론이고 뭣하나 잘하는 구석이 없다는 것이 가장 큰 이유라고 생각되었다. 그 점 때문에 동료 교사들에게도 왕따를 당하고 늘 나는 혼자서 그들의 따가운 눈총을 온몸으로 받아야 했다. 그럴 때 가장 중요한 것은 바보인 척, 모르는 척하는 것이 가장 편했다. 그러나 나의 내면은 엉엉 통곡 소리를 내며 그런 서러움을 목구멍으로 삼켜야 했다.

정년퇴임을 몇 년 앞둔 봄이었다. 새로 부임한 젊은 교사가 인사를 왔는데 내가 담임했던 제자 녀석이었다. 반가움보다도 부끄러움이 앞섰다. 그 녀석은 내가 교감이나 교장이 된 줄 알 텐데 아직껏 주임교사도 못하고 있으니 어떻게 생각할까 하는 내 스스로에 대한 자존심이 수치심으로 변해 부끄러움이 생긴 것이었다. 이런 때는 당장 학교를 그만두고 싶었으나 그것 또한 그렇게 할 수 없는 현실이 갑갑하기만 했다. 돌아가신 아버지가 아끼던 논과 밭을 팔았던 일과 학교를 그만두면 노후 생활의 마지막 보루인 연금도 예정과는 달리 금액이 줄어서 노후 생활에 지장을 초래하니 이러지도 저러지도 못하는 자신의 처지가 참으로 한심스러웠다. 하긴 이때껏 살아오면서 한심스러운 것이 한두 번이었던가. 어찌 보면 하는 일마다 한심스럽다며 남들은 모두 비웃고 수군거리며 손가락질한 것은 불을 보듯 뻔했다.

솔직히 이 세상에서 나같이 못나고 못난 사람이 어디 있겠는가. 굼벵이도 굴러가는 재주가 있다는데 나는 세월이 흐르면서 점점 아무것도 할 수 없는 무능하고 멍청한 사람으로 변신되었으니 마음 같아서는 당장이라도 모든 걸 정리하고 학교를 그만두어 유능한 교사가 학생들을 가르쳐야 한다고 생각하면서도 그런 단호한 결단을 내리지 못하는 내 양심은 괴로울 수밖에 없었다.

기다리고 기다리던 정년퇴임 날이 돌아왔다. 축하 속에서 건네받은 꽃다발과 기념패가 그렇게 고마울 수가 없었다.

나를 왕따 시켰던 동료 교사들의 축하가 그날만은 진심인 것 같았다. 오히려 내가 오해를 해서 왕따 시켰다고 잘못 생각한 것 같기도 했다.

그날 이후, 정확히 말해 3년이 지나 아내 옥순이와 황혼이혼을 해야 했다. 여러 가지 원인이 있겠으나 엄밀히 말하면 돈 문제와 멍청한 나 때문이었다.

연금을 일시불로 받은 것이 문제였다. 늘 학교에서 평교사로 있다 보니 큰소리 한번 쳐보지 못하고 억눌린 학교 생활로 항상 어깨가 무겁게 눌려지는 것 같았다. 정년퇴임하면 일시불로 받은 연금으로 조그만 사업체를 창업하여 하루를 살더라도 경영자로 큰소리치며 살고 싶었다. 마침 아들 녀석도 다니던 회사를 그만두고 자영업을 하기 위해 창업 준비를 하던 차였다. 아들 녀석과 함께 프렌차이즈점인 커피숍을 희망차게 창업했다. 가게 운영은 아들 녀석이 맡기로 하고, 나는 일시불로 받은 연금을 몽땅 창업자금에 투자했다.

예상과는 달리 얼마간은 순조롭게 운영되며 수입도 짭짤했다. 매월 받을 수 있는 연금액보다도 훨씬 많은 액수가 들어왔다. 세상에 태어나서 벌인 일 중에 가장 성공한 일인 것 같았다. 그런데 얼마 안 가 또 다른 프렌차이즈 커피숍이 유행처럼 번져 우후죽순 생겨나며 은행 이자도 못 되는 수입이 되더니 점차 시간이 흐를수록 적자운영으로 돌아서기 시작했다. 한 해를 조금 넘겼으나 종당에는 문을 닫고 말았다.

2억 조금 넘는 퇴직금은 흔적도 없이 사라졌다. 그렇다고 주저앉을 수도 없었다. 아들 녀석과 상의한 결과 살고 있는 집을 담보로 은행에서 대출을 받아 치킨가게를 차렸다. 이것도 마찬가지로 한 해 정도는 그런대로 괜찮은 수입이었다. 그런데 조류독감인지 뭔지가 돌면서 치킨가게는 망조가 들었다. 결국 퇴직금과 살던 집을 불과 3년 만에 모두 날려버린 셈이었다.

아들 녀석은 이리저리 짐을 꾸려 외국으로 이민 가듯 떠나갔고, 나와 아내는 월세방을 얻는 신세가 되었다. 그 후부터 내성적인 나로서는 그 괴로움을 술로 달래게 되었고, 술에 취하면 아내에게 가끔 손찌검을 하기 시작했다. 그것은 평소에도 동생 취급을 하던 아내 옥순이가 내가 사업에 실패하자 자존심을 건드리기 시작했기 때문이다.

'어이구 그따위로 하니까 남들 다하는 교감도 한번 못해봤지'

'사람이 주제를 알아야지 그 주제에 사업은 무슨 사업이야' 가장 아픈 곳을 쿡쿡 찔러대는 말에 참을래야 참을 수가 없었다. 그러나저러나 아내 옥순이가 늘그막에 식당에 나가 일해서 푸닥지게 벌어온 돈으로 입에 풀칠하고 사는 입장이니 사실 나로서는 할 말도 없었지만 그래도 사내꼭지라는 자존심은 그걸 허용하질 않았다.

 그런 어느 날 만취해 집에 오자 옥순이는 악다구니를 쓰며 자존심을 건드리는 것이 못내 귀에 거슬렸다. 나는 이성을 잃고 그만 욕지거리와 함께 냅다 주먹질과 발길질로 응수했다. 너무 취해 그다음 기억은 필름이 끊긴 듯 도통 생각나질 않았다. 그 후 몇 번씩 두 손으로 빌며 사과를 했으나, 이때껏 참았는데 이제는 헤어지자면서 끝내 화해되질 않아 결국 우리는 황혼이혼이라는 부끄러운 일을 저지르고 말았다.

 나는 빈털터리로 아내 옥순이와 살던 집을 나와 허름한 지하 단칸방을 월세로 얻었다. 비참한 생각이 들었으나 그건 잠시뿐이었다. 당장 살아갈 방도를 이리저리 궁리해 보았지만 쉽게 답이 나오질 않았다. 우선 미운 것은 아들 녀석이고, 다음은 아내 옥순이었다. 43년을 함께 살아온 사이인데 어떻게 부부 사이를 무 자르듯이 단박에 댕강 자를 수 있는지 쉽게 받아들여지질 않았다.

 '옥순이가, 옥순이가 이럴 수가 있을까.'

 밤마다 잠자리에 누워 천장을 바라보며 떠나간 아내 옥순이에 대해 생각해 보았지만 하등 소용없는 일이었다. 얼마간 허무함에 몸 둘 바를 몰라 하다가 살아갈 방도를 찾기 시작했다.

 기초생활수급자 대상자가 되어 몇십만 원의 생활비가 나오게 되었다. 하늘이 무너져도 솟아날 구멍이 있다는 말이 맞는 것 같았다. 물론 그 돈만으로는 굶어 죽지 않을 정도지 정상적으로 살아갈 수는 없는 노릇이었다. 곰곰이 생각해 보니 폐지를 주워 파는 일도 운동 삼아 괜찮을 것 같았다. 사는 동네에서는 아는 사람 눈도 있고 해서 다른 동네를 돌며 폐지를 모으기로 했다. 그런데 문제는 노동력에 비해 수입이 너무 적었다. 폐지 값은 잘 쳐주는 고물상으로 가야 1킬로그램에 160원을 주었다. 진종일 열심히 잘 모아봤자 50킬로그램 정도였으니 겨우 팔천 원 내외의 쇠푼 같은 돈이었다. 그러나 그것도 한 달이면 25만 원 정도의 수입이니 나로서는 생활에 큰 보탬이 되었다.

그런 어느 날 주민자치센터(동사무소)에서 시니어문화니 실버문화니 해서 무료로 교육하는 것이 있었다. 매주 화요일 2시간씩 하는 교육이었다. 폐지를 주우면서 일주일에 2시간 정도는 쉴 겸 해서 수강신청을 했다. 내가 미처 몰랐던 노년의 삶이나 사회의 적응 등등 많은 것을 배울 수 있어 좋았다. 그러나 더욱 좋았던 것은 함께 수강을 받던 친구 하나를 사귈 수 있어서였다. 칠십을 바라보는 나이가 되도록 학교 생활을 했어도 친구가 될 만한 교사가 없었고 학교 동창들은 동창회에 안 가다 보니 서로 연락이 끊겨 그렇고 이웃 사람들이야 지금 처지가 그래서 만나기 싫고, 어쨌거나 친구 하나 없는 외로운 처지에서 뒤늦게나마 새롭게 친구를 사귈 수 있어 기쁘기만 했다. 다행히 그도 나와 비슷한 처지였다. 아내가 먼저 세상을 떠나 혼자서 살아가고 있는 처지였다. 고기가 물 만난 듯이 그 친구 한구영 씨가 반갑고 고맙기까지 했다. 그것은 끊임없이 내면에서는 함께하고 싶은 마음이 있어도 주변과 합류하지 못한 안타까움이 도사리고 있었음을 뒤늦게 깨달은 것이었다.

한구영 씨도 동갑내기인 내가 좋았는지 나와 가까이하기를 좋아했다. 우린 서로 가슴에 있는 이야기를 보물창고에서 보물을 꺼내 보이듯이 살아온 지난날을 하나씩 꺼내 보였다.

"우리 아버진 꿈이 컸지요. 글쎄 꿈이 커서 실패했는지 모르지만…."

"꿈이 컸는데 실패하다니요?"

조심스럽게 묻는 나를 향해 말끝을 흐리며 가벼운 미소를 베어 물었다.

"사실은 오늘이 아버님이 계시는 요양병원에 가는 날이에요. 지난해 풍을 맞아 그곳에 계십니다."

"그럼 저도 함께 가면 안 될까요?"

조심스럽게 묻자, 그는 고개를 끄덕였다. 그와 함께 요양병원에 도착한 시각은 얼추 햇살이 꼬리를 감추는 그런 때였다. 그의 아버지가 병원 생활을 한 해쯤 했다고 했으니 모르면 몰라도 긴 시간이란 생각이 들었다.

병원 층계를 오르며 그의 아버지는 참 행복하다는 생각이 들었다. 긴 병에 효자가 없다는데 그가 정기적으로 매주 아버지를 찾아뵙는다고 하니 효자이기 이전에 그의 아버지가 더 행복한 사람이라는 생각이 뇌리에 스쳤다.

병실에 들어갔다. 그는 그의 아버지에게 불청객처럼 불쑥 찾아와 함께 서 있는 나를 소개했다. 병석에 오래 누워 있었다지만 상당히 맑은 얼굴이었고 표정도 밝았다. 나에게 눈짓으로 인사를 받는 그의 아버지를 본 순간, 나는 놀라지 않을 수 없었다. 그가 아버지의 건강을 염려하여 나까지 데리고 왔는데 그의 아버지 표정에는 환자의 쇠잔함은 느낄 수 없었고 오히려 얼굴에 평화로움이 잔잔하게 머물고 있었기 때문이었다.

병문안을 마치고 돌아오는 버스에서 얼마간 차창을 바라보고 있는 나에게 그는 불쑥 말을 건네 왔다.

"우리 아버지가 어떻습니까?"

평소에는 늘 침착하고 조용한 음성인데 오늘은 약간 경련을 일으키듯 물어왔다. 도대체 무엇을 묻는 것인지 알 수가 없었다. 건강 상태인지, 아니면 어떤 사람으로 보이느냐는 것인지 분간하기 힘들었다.

"무얼 묻는지 모르겠습니다."

"우리 아버지 연세가 구십이고 저런 상태인데도 꿈을 잃지 않으니 노망인가 싶어 그렇습니다."

묻지도 않는데 한숨을 섞어 말하는 그의 눈가엔 잔잔한 그늘이 깔리고 있었다.

"범상치 않은 것도 있지만 왠지 처음 뵙는데도 친근감이 들던데요."

가라앉은 분위기를 깨기라도 하듯 서걱거리는 음성으로 대꾸했다.

그는 잠시 침묵을 지키더니 아득하게 멀어져 갔던 지난 이야기의 고리를 풀기 시작했다.
"아버지는 꿈이 컸지요. 그 바람에 그 많던 재산을 모두 날려보냈어요."
"꿈이 크면 재산을 날리나요?"
"물론, 그렇진 않지만…."
말꼬리를 흐리던 그는 이내 녹음기를 틀어 놓은 듯 이야기를 술술 풀어 나갔다.
그의 아버지는 선대로부터 물려받은 땅덩어리가 많았다. 그 물려받은 땅이 신도시개발 바람을 타고 백억 대 부자로 상승하게 되었다. 본디 천성이 낙천적이고 사회성이 있다 보니 그 많은 재산을 놓고 적당히 굴려가며 살아갈 사람이 아니었다. 이른바 정치의 꿈을 갖게 되었고 그 길을 가기 위해 정당이다 뭐다 하는 것에 휘말리게 되었다. 이른바 국회의원 당선 가능성이 있는 여당의 공천을 받기 위해 이리 뛰고 저리 날며 그 바닥을 헤매였다. 하나 그것은 하늘에 별 따기처럼 어려운 일이었다. 큰 정치적 배경이 없는 그로서는 학연 지연을 모두 뒤져 실오라기만 한 연이라도 있으면 이를 통해 만들어야 할 판이었다. 다행히 연줄이 닿았다 해도 돈이 없으면 아무 소용없는 일이었는데 그는 시쳇말로 가진 건 돈밖에 없으니 일이 제대로 풀릴 기미가 보인 것이었다. 서둘러 큼직한 사무실을 마련하고 정당사무실로 쓰겠다며 정치 거물들을 만나기 시작했다. 만날 때마다 그들이 놀랄 만한 거금을 후원금으로 내놓았으니 떠오르는 정치 입문자가 된 셈이었다.
"그럼 정치 후원금 때문에 그 많은 재산을 날린 겁니까?"

"그런 셈이지요. 아버지는 운이 없었다고 했지만 제가 볼 때는 뜬구름 잡는 식 같았어요."

어쨌거나 그의 아버지는 돈을 풀고 헤맨 덕분에 가까스로 대통령 면담이 추진되었고, 그리되면 더불어 여당 공천을 받는 것은 시간문제일 뿐이라고 생각했다. 그는 가슴이 터지도록 기뻤고 그 기쁨을 감추지 못해 고급 요릿집으로 요정으로 정치 거물들을 불러내어 돈다발을 건네기 시작했다. 온통 머릿속은 국회의원이 되어 금배지를 달고 보란 듯이 국회의사당에 나가는 나른한 환상에 빠져 하루하루가 신바람이 났고, 어서 국회의원 선거 때가 돌아오길 눈이 빠지도록 기다렸다.

돌이켜보면 그로서는 모든 것이 자신의 뜻대로 이루어진다고 스스로에게 믿고 있는 터였다. 이제껏 살아오면서 큰 난관에 부딪친 일도 없었고 장애물이 될 만한 일도 없었으니 그렇게 믿는 것도 무리는 아니었다. 다니던 직장, 그것도 그 당시로써는 누구나 탐내고 부러워하던 경찰공무원이었으니 그로서는 사회생활에서 늘 가슴을 펴고 살아가는 입장이었다. 그러나 그것이 얼마나 편안한 일인지 그는 깨닫지 못했다. 세상을 살아가면서 진정한 행복이 무엇인지를 몰랐던가, 아니면 스스로 자신의 능력을 과대평가해서인지 정확히는 모르겠으나 어쨌건 직장을 그만두고 정치인의 꿈을 키워 나갔다.

무서운 집념이었다. 지방에서 유지로 불릴 만큼 어깨를 펴고 산다고 해도 대통령을 만난다는 것은 쉬운 일은 아니다. 더구나 그것도 공무로 만나는 것이 아니고 요정에서 술상을 마주하고 만난다는 일은 상상도 할 없는 일이었다. 그러나 그는 그런 엄청난 기회를 얻었으니 그야말로 그 물밑 작업은 상상에 맡겨도 쉽게 이룰 수 없는 것이었다.

한구영 씨는 아버지가 병석에 누워 써 놓은 일기를 보았다며 이야기할 때 나로서는 사실일까 하는 의아심이 들 수밖에 없었다. 그러나 한구영 씨 아버지의 깊게 파인 눈과 맑은 동공에서 사실이라는 생각이 들었다.

그러니까 1979년 늦가을, 드디어 대통령과 성북동 '삼청각' 요정에서 면담 약속날짜가 잡혔다. 그의 가슴은 설레임에 들떠 있었다. 이 시간이 오기까지 얼마나 많은 노력을 했는가 하는 스스로의 질문에도 어깨가 누질러지는 느낌을 받을 정도였다. 대통령을 만나기 위해 대통령 경호실장과 친교를 맺어왔고, 그 친교를 위해 많은 돈을 쏟아부어야 했다. 그러나 그 돈이 하나도 아깝다는 생각이 들지 않았다. 세간에서 경호실장이 이렇다 저렇다 말이 많았지만 그로서는 그가 구세주처럼 다가올 수밖에 없는 처지였다. 그것은 정치에 대한 갈망, 국회의원이 되어 자신의 존재감을 극대화시키고 싶은 욕망에서 비롯된 것이었다. 적어도 자신을 정계에 투신하도록 주선해 준 것에 대한 일종의 감사함이었다.

여기까지는 순풍에 돛을 단 배처럼 잘 흘러갔다. 그러나 그해 10월 26일 상상도 할 수 없었던 일로 대통령이 서거하는 비극이 일어났고 아울러 그의 꿈도 산산조각이 나고 말았다

한구영 씨 아버지 이야기를 그로부터 듣고 나니 마치 어린 시절 앞동산 봉우리에 걸린 뭉게구름을 따오겠다고 옥순이와 함께

올라갔다 결국 하늘에 떠 있는 뭉게구름만 쳐다보고 그냥 하산했던 기억이 빠르게 떠올라 그 친구에게 그 이야길했더니 껄껄 웃으며 내 등을 툭 쳤다.

생각해 보면 정상에 올랐던 인물이었건 유명한 사람이었건 큰 권력을 지닌 자였건 모두 높이 올랐으나 예외 없이 언제인가는 그곳에서 내려오는 것은 분명했다. 치열한 싸움을 통해서였건 성실한 노력이었건 결국 그것은 마찬가지였다. 이럴진대 무엇 때문에 목숨 걸고 그토록 갈망하며 그곳에 오르려고 하는지 나로서는 이해하기 힘들었다. 물론, 그렇게 해야만이 사람 사는 것 같고 삶에 희열과 행복을 느낄 수 있다면 굳이 할 말은 없겠으나 나로서는 그저 평범하게 살고 싶은 생각뿐이었다.

하지만 그마저도 내게는 허용되지 않아 아내와 헤어지고, 자식마저 멀리 떠나갔고, 고독 속에서 하루하루를 끼니 걱정하며 살아가고 있으니 참으로 세상을 살아간다는 것이 이토록 어렵고 힘든 줄은 예전에는 미처 몰랐다.

아무리 생각을 굴려 봐도 삶을 포기하고 이 세상을 떠나고 싶었다. 무슨 희망이 있으며 희망이 있다 한들 이룰 수도 없을 것이고, 또한 이루어본들 무슨 소용이 있겠는가 싶다. 차라리 죽어 버리면 육신도 편하고 근심 걱정 또한 사라지니 이같이 좋은 것이 없을 것만 같았다.

누가 말하길 개똥밭에 굴러도 저승보다는 이승이 낫다고 했지만 내 경우는 아닌 것 같았다. 그나마 굳이 찾는다면 뒤늦게 만난 친구지만 한구영, 그 친구의 다정다감함이 오한이 스치도록 시린 내 마음을 잠시라도 따뜻하게 해 주어 그곳에서 존재감을 찾을 수 있을는지는 모르겠으나 강산이 네 번이나 바뀐 43년이나 살을 맞대고 살아온 옥순이도 떠났는데 잠시 녹여준 친구의 따뜻함이 내 인생관을 송두리째 흔들어 놓을 수 없는 노릇이었다.

괴로웠다. 생각하면 할수록 순서도 없이 복잡하게 엉키는 머리가 그동안 살아온 세월의 아름다움마저 상실되는 느낌이 들었다. 마음속에 똬리를 틀고 있는 고독과 해일처럼 일어나는 분노와 벼랑 끝에 선 좌절감이 함께 밀려와 늘 나를 괴로움의 도가니로 몰아넣었다.

남들의 눈에는 내가 어름더름하게 보이겠지만 나로서는 습관처럼 되어 버린 행동이라 고치기 힘들 수밖에 없었다. 어쩌면 그로 인해 사람들이 나를 피하는 것이고 가까운 친구가 없었는지도 모를 일이다.

그래 내가 이 세상에서 사라지면 아주 간단히 해결되는 일이고 나를 피한 사람들에 대한 문제 해결도 되는 것이 아닌가.

심하게 일던 나의 존재성에 대한 해답이 서서히 풀어져 나왔다.

"그래, 맞아! 내가 사라지면 되는 거야. 그게 뭐 어려운 일인가."

나는 튕기듯 자리를 박차고 동네슈퍼에 가서 소주 두 병을 사왔다.

한 잔 한 잔 마시면서 지나온 삶을 하나씩 떠올리며 음미했다. 아무리 생각해도 내 자신이 무얼 그렇게 잘못했는지 알 수가 없었다. 그러나 그 가운데서도 옥순이가 누나라고 불러야 앞동산에 함께 간다고 했던 말이 떠올랐다. 그리고 옥순이가 나를 사랑해서 결혼했는지 갑자기 궁금증이 솟았다. 그리고 뭉게구름이 아름다워 잡으려 했던 철부지 때의 생각에 피식 웃음을 베어 물었다.

"이제는 다 쓰잘데기 없는 일인데 내가 미쳤지 그런 걸 생각하게…."

어느새 소주 두 병을 깡그리 다 비웠다. 그래도 정신은 말똥말똥했다. 오늘따라 취하지 않는 것이 이상했지만 어차피 말짱해야 저승길도 똑바로 찾아갈 것이라는 생각이 들었다.

아무렇게나 널려져 있던 방을 대충 정돈하고 자리에서 일어났다가 다시 앉았다. 유서는 남겨줄 사람도 없어 쓸 필요도 없지만 꼭 남기고 싶은 말이 생각났다. 달력을 찢어 뒷장에다 한마디 적었다.

 - 뭉게구름은 잡을 수 없지만 아름답다 -

가까스로 휘청거리는 걸음으로 다리에 다다랐다. 그사이 높이 뜬 초승달이 나를 향해 미소를 지으며 밝은 빛을 보냈다. 뭉게구름을 잡으려 하지 말고 나를 잡으라고 끊임없이 나에게 눈짓을 하는 것 같았다. 순간, 따스함을 느끼면서 가슴 속으로 초승달빛이 스며들기 시작했고, 갑자기 그 친구 한구영이 생각났다.

"그렇지! 그래도 내 마지막 친군데… 작별인사는 해야 친구한테 도리를 하는 거지."

주머니에서 핸드폰을 꺼내 단축 다이얼을 눌렀다. 늦은 시간이 아니었는지 몇 번 신호가 가더니 그 친구가 전화를 받았다.

"여보세요. 박천기입니다."

"어, 박형!"

"한구영 씨, 안녕히 사세요. 안녕히…."
"아니, 박형 몹시 취한 것 같은데 무슨 일 있어요?"
"저요. 이제 그만 세상을 떠나려구요."
"아니! 무슨 소립니까? 거기 어디요?"
"그럼 한형, 전화 끊습니다."

혼미해지는 정신을 더이상 가다듬기가 힘들었다. 전화를 끊고 다리 난간에 잠시 기대었다. 다리가 후들거려 난간 위로 발을 올려놓을 수가 없었다.

멀리 한강변으로 줄지어 서 있는 아파트의 불빛과 강변으로 꼬리를 물고 줄지어 달리는 차량의 불빛이 아슴푸레 보이며 멀미가 일었다. 멀미를 참으며 다리 난간 위로 올라가기 위해 안간힘을 썼으나 몸이 따라주질 않았다. 어쩔 수 없이 힘에 부쳐 제자리에 풀썩 주저앉았다. 차가운 냉기가 등줄기를 타고 전신으로 퍼지는 걸 느꼈다. 아물거리는 생각에 머리를 흔들며 정신을 다 잡으려 했으나 그조차도 쉽지가 않았다.

"쓰발, 죽는 것도 쉽지 않군, 하긴 내 주제에 쉬운 게 어딨어…."

하늘을 올려 보았다. 아직도 초승달은 내게 고운 미소를 살갑게 보내고 있었다. 또한 이제껏 보이지 않던 별들이 총총히 빛났다. 뿐만 아니라 다리 아래로 보이는 강물은 별빛이 내려와 화려한 꽃밭을 이루고 있었다.

이렇게 아름다운 세상을 무엇 때문에 떠나려고 하느냐는 존재를 알 수 없는 바람이 갑자기 가슴 한구석에서 일어나기 시작했다. 하지만 떠나려고 했으면 빨리 떠나라는 이미 가슴에 자리하고 있던 바람이 불같이 일어나 재촉했다. 이 서로 다른 바람은 절대로 서로는 공존할 수 없다는 듯이 내 가슴속에서 으르렁 소리를 내며 치열하게 싸우고 있었다. 어쨌거나 이런 바람의 존재는 어디에서 비롯된 것인지 근원을 찾기 힘든 바람이었다. 그런데 시간이 흐르면서 으르렁 대고 싸우던 바람이 잠잠해졌다. 나를 지키려고 했던 바람은 사라지고 이 세상에서 추방 시키려고 했던 거센 바람은 윙윙 불어댔다. 그 바람은 나의 존재를 알아챘는지 더욱 심하게 바람 소리를 내며 세상 밖으로 밀어내려고 했다.

 심하게 오르던 취기가 조금 가신 것 같았다. 몸조차 가누기 힘들었는데 이제 조금은 움직일 수가 있었다. 털썩 주저앉았던 자리에서 서서히 일어나 몸을 털었다. 다리 난간에 발을 올리기 위해 힘을 주었으나 아직도 그 행위는 무리였는지 몸이 말을 듣지 않았다. 어쩔 수 없이 잠시 기다리자는 심산으로 몸을 일으켜 다리 난간에 기댈 수밖에 달리 도리가 없었다.

 다리 난간에 바람은 매서웠다. 동짓달 시린 바람이라고 해도 너무도 매서운 칼바람이었다. 온몸을 파고들다 못해 심장까지 파고드는 그런 바람이었다.

 얼마의 시간이 흘렀는지 망부석처럼 움직일 수 없었던 몸이 떨려오기 시작했다. 멀리서 요란한 사이렌 소리가 들리면서 흡사 돌진하듯 내가 서 있는 곳을 향해 달려왔지만 나와는 상관없다는 듯이 나는 눈을 감아버렸다.

 잠시 후, 갑자기 나를 덥석 껴안으며 소리치는 것이 귓전을 때렸다.

"야, 이 친구야 정신 차려! 이게 무슨 꼴이야 엉!"

많이 듣던 음성이라고 느끼는 순간, 한구영 씨의 음성임을 희미하게나마 알 수 있었다.

"……."

분명 나는 뭐라고 지껄였지만 알아듣지 못했는지 내 몸을 흔들어 댔다.

희미한 내 시야에 그들먹하게 들어찬 것은 한구영 씨뿐만 아니라 앰뷸런스를 배경으로 건장한 사내들 서너 명이 함께 눈에 들어왔다.

"동사 직전입니다. 핸드폰 위치 추적이 됐으니 망정이지 큰일 날 뻔했습니다. 자, 빨리 서둘러요 서둘러…"

분주한 발걸음 소리와 뭐라고 알아들을 수 없는 말들이 먼 곳에서 아득하게 들려오며 나는 깊은 수렁 속으로 빠져들어 갔다.

귓전으로 파고드는 낯익은 소리에 눈을 떴다. 편지봉투처럼 하얀 천장이 보였다.

"이제 정신이 들어요?"

한구영 씨가 걱정스런 표정으로 나를 내려다볼 때서야 병실에 누워 있음을 알았다.

"여긴…?"

"이 친구 못쓰겠네요. 뭔가 실패했다는 생각에서 이런 엉뚱한 일을 벌였나 본데… 평범하지만 열심히 살았다는 생각에서 친구로 삼았는데 이런!"

말은 힐책하는 것이었으나 부드럽고 따뜻함이 흘렀다.
"고마워서…."
볼멘소리로 그에게 고맙다는 말을 가까스로 꺼냈는데 근원 모를 서러움에 시울이 뜨거워지며 눈물이 고였다.
"여보게 친구! 인생은 자신이 꿈꾸던 걸 꼭 성취해야 성공하는 것이 아니요. 그 꿈을 위해 노력하는 과정 자체도 중요한 거요. 친구가 어렸을 때 뭉게구름이 아름답다고 생각해 앞동산에 올랐으나 뭉게구름은 잡아 오지 못했다고 했지요. 그러나 뭉게구름이 아름답다는 것은 변함없잖아요. 그처럼 인생에서 꿈을 이루지 못했다 해도 그 과정도 아름다운 겁니다. 우리 아버지도 큰 꿈을 꾸다 실패했지만 꿈을 이루기 위한 열정만큼은 높이 사고 있거든요."
"미안해요. 내가 그만 살기가 어렵다 보니 실수를…."
"괜찮아요. 목숨이 붙어 있으니까. 뭐니 뭐니 해도 사람에게 가장 소중한 것은 출세도 명예도 아니고, 주어진 삶에 충실하며 하늘이 내려준 생명을 잘 지키는 것이라고 생각하는데 글쎄요."
나는 한구영 씨가 설교하듯 차분히 들려주는 말 속에서 깊은 신뢰와 우정을 새삼 느낄 수가 있었다.
병실 블라인드를 열자, 지분거리던 눈발이 금세 굵어지면서 창밖의 풍경을 하얗게 채색하고 있었다. 점점 더 하얗게 변해가는 모습을 보며 갑자기 저토록 순백의 가슴으로 돌아가고 싶다는 생각이 들었다.
쉬임 없이 내리는 하얀 눈송이는 소리 없이 내 가슴으로 들어와 어린 시절 보았던 하얀 뭉게구름을 끊임없이 피워내고 있었다.

장손(長孫)

점심나절 털기 시작하던 비가 그칠 줄 모르고 심술 맞게 내리고 있었다. 이제나저제나 비가 그치면 자리를 털고 일어나려 했으나 끊임이 없었다.

사법고시에 실패하고 자리 잡은 곳이 이준호 변호사 사무실이다. 이미 10년 전 이곳 사무실을 그만두었지만 가끔씩 찾아와 세상 돌아가는 이야기를 나누는 곳이기도 했다. 오늘만 해도 아침나절께 이준호 변호사의 안부전화를 받고 격조하던 차 겸사겸사해서 찾아온 것이다.

나와 이 변호사와의 관계는 강산이 네 번이나 바뀐 사십 년도 넘는 인연이다. 김신조 덕분에 만 36개월 군복무를 마치고 이곳저곳 취직 자리를 찾다 마땅한 곳이 없자 사법고시를 준비하게 되었다. 고시원 쪽방에서 죽어라고 육법전서를 펼치며 오직 살길은 사법고시에 합격하는 길밖에 없다는 생각이었다. 그런 상황에서 같은 고시 준비생으로 만난 사람이 바로 이준호였다. 그도 가정 환경과 처한 상황이 나와 비슷했고 더구나 나이까지 갑장이다 보니 몇 번 마주쳤지만 동병상련의 아픔으로 단박에 마음을 주고받는 사이가 되었다.

아버지의 사업 실패로 부도가 나고 대학을 중퇴하다 보니 학훈단 훈련을 마치고 장교로 임관되지 못해 사병으로 군복무를 마쳤고, 아울러 대학 졸업장 없이 번듯한 회사 취직은 엄두도 낼 수 없었으니 그에 버금가게 선택할 수 있는 길은 오직 사법고시밖에 없었다. 물론, 사법고시가 말처럼 쉽다는 의미는 아니다. 단지 대학 졸업장 없이도 가능하다는 의미다.

"비도 그쳤는데 저녁이나 하지."

응접 소파에 앉아 있는 내게로 다가오며 이 변호사가 말을 던졌다.

"저녁 먹긴 이른 시간인데…."

그의 제안에 나는 잠시 멈칫했다. 자격지심인지는 몰라도 올 때마다 내게 식사 대접을 하는 것이 편치가 않았다. 물론, 그로서는 가까운 죽마고우처럼 생각하고 대하는 것이겠지만 내 처지가 번듯하질 못하다 보니 그럴 수밖에 없었다.

이 변호사는 사법고시에 합격하여 줄곧 변호사 생활로 잔뼈가 굵어졌고, 사회지도층 인사로서 손색이 없는 입장이지만 나야 사법고시 낙방으로 끝내 꿈을 이루지 못한 처지였다. 다행히도 사법고시 공부한다고 육법전서라도 읽은 탓도 있겠지만 의리 있는 이 변호사 같은 사람을 만나 그동안 변호사 사무실 사무장으로 근무할 수 있었다. 말이 사무장이지 처음에는 이런저런 심부름이나 거들다가 몇 년이 지나서야 제대로 사무장 일을 했다. 그러나 몇 년 전 환갑을 넘기면서 내 나이가 사무장을 하기에는 적당치 않아 그만두었다. 물론 이 변호사는 괜찮다며 말렸지만 내 스스로 더 이상 근무한다는 것이 그에게 짐이 된다는 생각에서 그만두고 말았다. 그래도 한 달에 서너 번 정도는 이 변호사를 만나러 사무실을 찾아왔다.

허리춤에 달고 있던 휴대폰이 요란히 울어댔다.

"뭐라고! 충주 할아버지가 돌아가셨다구? 알았어요, 내가 바로 갈게."

아내에게서 온 전화였다. 전화를 끊고 서둘러 진동걸음을 쳐서 집으로 향했다. 이내 아내와 함께 빈소가 차려진 장례식장으로 차를 몰았다. 얼마쯤 달리자 그쳤던 비가 다시 내리면서 차창을 타고 내렸다. 손은 자동차 핸들을 잡고 있었지만 머릿속은 그동안 새카맣게 잊고 있던 충주 할아버지의 존재가 크게 확대되면서 아주 깊이 가라앉아 있던 오십여 년 전의 기억을 끄집어내고 있었다.

아버지는 사업차 충주에서 24킬로 정도 떨어진 음성에서 살았다. 음성에서 초등학교를 마치고 충주 중학교를 진학한 나는 충주 할아버지가 살고 있는 본가에서 학교를 다니게 되었다. 그런데 달포쯤 지난 때였다. 이제 중학교 일 학년생인 나에게 할아버지는 근엄한 목소리로 이해할 수 없는 말을 하는 것이었다.

"이번 주에 집에 가면 하숙비 달라고 해 알았지?"

그 말을 듣는 순간, 나는 무슨 말인지 몰라 할아버지의 얼굴을 멍하니 바라보았다.

토요일은 반공일이라 학교를 마치고 충주에서 음성으로 가는 기차에 몸을 실었다. 아무리 생각해도 할아버지의 그 하숙비라는 것이 무엇이며 또한 무슨 의미인지 나로서는 알 수가 없었다. 집에 와서 곧바로 그 말을 전했다.

"엄마, 할아버지가 하숙비 달래."

"뭐?! 그게 무슨 말이야. 네가 잘못 들은게지."
"아니라니까, 정말이야."
"세상에…."
 어머니는 혀끝을 차며 긴 한숨을 토할 뿐 그 다음은 침묵을 지켰다.
 그 후 어머니가 충주 할아버지를 만나고 나서 나는 그 할아버지가 있는 본가에서 시오리 길은 족히 떨어져 있는 충주 할아버지네 과수원에서 학교를 다니게 되었다. 그곳은 수도가 없어 매일 과수원 황톳길을 밟으며 물지게로 물을 길어 와야 생활할 수 있는 곳이었다. 가정부로 있는 할머니 한 분과 함께 있다 보니 힘에 겨웠으나 물은 아침저녁으로 내가 길어 와야 했다. 비라도 오는 날이면 영락없이 황토 흙에 미끄러져 엉망진창이 될 때가 많았다. 매주 토요일이면 음성 집에 갔으나 이런 이야기는 하지 않았다. 그러나 물지게를 지다 미끄러져 발목의 인대가 늘어나 절룩거리는 모습을 보고 어머니가 다잡아 캐어묻는 통에 본의 아니게 말하게 되었다.
"괜찮아, 물 길어오는 게 힘은 들어도 재미나. 과수원이라 사과도 실컷 먹는다니까."
"진즉 얘길하지. 하여간 아버님도 너무 하신다니까."
 어머니는 내 생각을 넘어 다른 생각을 하는 것 같았다. 그날 밤 아버지와 밤이 이슥하도록 뭔가를 상의하는 것 같았다.
 이튿날 일요일 점심나절께 어머니는 나를 데리고 충주 할아버지가 있는 본가를 찾았다.

"아버님 여기 그간 하숙비 가져 왔습니다."

어머니가 돈 봉투를 내밀자, 충주 할아버지는 돈 봉투를 받으면서 짧게 답변했다.

"이 돈은 받아서 쟤 대학 갈 때 주마."

"아버님, 쟤를 제 여동생 있는 곳에 맡길게요."

"그럼 그렇게 해."

그날로 나는 어머니 바로 아래 동생인 이모네 집으로 하숙집을 옮겼다.

충주 할아버지에 대한 상처는 그뿐이 아니었다. 대학 3학년 새 학기 봄으로 나에게는 잔인한 봄이었다. 아버지 사업이 부도가 나고 끝내는 있는 대로 다 내놓고 가족 모두가 오갈 때가 없는 처지였다. 서울에서 대학을 다니던 나는 충주 할아버지의 서울 돈암동 집으로 갈 수밖에 없었다. 그곳에는 나와 동갑내기인 용자 고모가 대학을 다니고 있었기에 우선 당분간 숙식은 해결할 수 있다는 생각에서였다. 그 집에서 일주일쯤 되었을 때 갑자기 충주 할아버지가 상경했다.

"아니, 니가 왜 여기에 있어. 여기 너 있으라고 있는 집 아녀."

단호한 충주 할아버지의 그 말은 하늘이 무너지는 것 같았다. 중학교 입학 후 얼마 안 돼서 들었던 '하숙비 달라고 해' 때보다 더 큰 충격으로 다가왔다. 당장 여기서 나가면 아무 데도 갈 곳이 없었다. 그러나 중학교 때와는 달랐다. 대학생이 되어 충주 할아버지의 말뜻과 그 속내를 알 수 있는 나이인데 더이상 그곳에 머물 수는 없는 노릇이었다. 그때 세상인심과 충주 할아버지라는 존재에 대해 많은 생각을 했다.

광산 김씨. 김알지의 후손인 신라 신무왕의 아들 흥광공이 시조인데 그 시조로부터 40대손, 그것도 우리 가계에서 외동아들에 장손이니 나는 늘 조선시대 어느 왕의 세자가 된 그런 자긍심으로 살아왔다. 뿐만 아니라 부유한 가정환경으로 뭐하나 그리울 게 없었는데 갑작스런 환경 변화는 참으로 감당하기 힘들었다. 그런데 충주 할아버지의 냉대는 나락으로 떨어지는 커다란 충격이었다.

그날, 갈 곳이 없어 밤이 이슥하도록 거리를 배회하다가 결국 친구의 자취방을 찾을 수밖에 없었다.

"여보, 호법 분기점이에요. 영동고속도로로 바꿔야 돼요."

아내가 일러주지 않았다면 생각에 잠기다 길을 놓쳐 그대로 달릴 뻔했다.

"뭘 그렇게 생각하세요?"

"아냐, 그냥 돌아가신 분 생각 좀 했지."

"운전이나 집중하세요."

아버지 사업 실패 후 가정이 풍비박산이 난 뒤 아버지와 소식이 닿은 것은 내가 친구 자취방에서 한 달쯤 되었을 때였다. 어둠이 깔린 마장동 어느 지하 다방이었다. 초췌한 모습으로 다방 한구석에서 나를 기다리는 아버지를 보는 순간, 나도 모르게 눈물이 솟구쳤다.

"그래 잘 있었니? 너한테 미안하구나."

"아버지는 어디 계셨어요?"
"그보다 너는 돈암동에도 없던데 어디서 있었니."
"돈암동에 있다가 할아버지가 오셔서…."
"무슨 말인지 알겠다. 차암! 그 어른도…."
말끝을 흘리는 아버지의 시울은 붉게 물들어 있었다.
"엄마한테는 연락을 했으니 며칠 내로 월세방이라도 마련될 테니 기다려라."
찬찬히 아버지의 모습을 살펴보니 형색이 말이 아니었다. 가꾸지 않은 모습과 아무렇게나 지냈음이 그대로 드러나 노숙자 같았다. 여러 가지 사업체를 한꺼번에 경영하던 기업체 사장으로서 늘 멋진 모습만 보아왔던 것과는 판이한 아버지의 모습 또한 큰 충격으로 다가왔다.
커피 잔을 내려놓으며 아버지는 무겁게 말을 이어갔다.
"지금부터 하는 얘기 잘 들어라. 너도 대학생이니 이해할 것 같아 말하는 거니까…"
아버지는 말끝을 흐리며 잠시 말을 끊더니 다시 계속했다.
"그러니까 지금 충주 할아버지는 친할아버지 동생이란다. 나한텐 작은 아버지인 셈이지."
"네 그건 저도 알고 있어요."
"그런데, 그 충주 할아버지는…"
다시 말끝을 흐리는 아버지의 표정은 순간적으로 어두운 그늘이 깔렸다. 이제껏 그런 심각한 표정은 본 적이 없었다.
"사실은 충주 할아버지가 친할아버지의 배다른 이복동생이야.

그러다 보니 여러 가지로 그런 게 있었단다."
 반쯤 감은 눈으로 실타래를 풀어가듯 아버지는 담담하지만 무거운 음성으로 이야기를 계속했다.

 친할아버지는 순종 3년이니까 1909년 안중근 의사가 하얼빈에서 이등방문을 죽였던 그해 10월에 태어났다. 그것도 대대로 내려온 부농에서 태어나 한학을 공부하며 일제에 수탈당하는 것에 의분을 느끼면서 성장했다. 그러던 중 1929년 스무 살을 넘기던 해 11월 광주학생사건이 일어나자, 그동안 마음에 품고 있던 독립운동을 하겠다고 신혼살림도 접고 정든 고향을 떠나 김좌진 장군을 찾아갔다. 김좌진 장군을 만난 지 불과 3개월도 못 된 이듬해 1월 김좌진 장군은 공산주의자로부터 암살을 당했다.
 친할아버지도 원래 외동아들이었다. 그러나 10년 후 소실한테서 동생이 태어나 외동아들을 면할 수 있었다. 그 동생이 바로 충주 할아버지였다. 독립운동을 한다는 것이 암암리에 소문이 나고 그 소문이 일본 순사들의 밀정에 의해 주재소에서 알게 되었다. 그 후부터 조사다 뭐다 해서 집안을 괴롭히자, 자칫 재산까지도 빼앗길 것 같은 불안감에 집안 어른들은 재산을 분산시키기로 의견을 모았다. 상해사변이 일어난 1932년, 그해 할아버지는 군자금을 마련하기 위해 고향집에 들렀다. 아버지가 일곱 살 되던 해였다. 이봉창 의사가 도쿄에서 천황에게 수류탄을 던졌으나 실패했고, 그해 4월에는 윤봉길 의사가 일황 생일축하식장에 폭탄을 던져 시라카와 대장을 죽이는 사건이 일어났고, 임시정부 또한 상해에서 절강성 항주로 이전한 해였다. 그즈막에 친할아버지는 군자금을 마련하기 위해 잠입하여 고향집에 들른 것이었다.

그날, 아버지는 곤히 자던 잠에서 깨어나 졸린 눈을 비비고 친할아버지를 만났다. 태어나서 처음이자 마지막으로 만난 셈이었다. 흐릿한 기억 속에서도 아버지가 만난 친할아버지는 키가 훤칠하고 기골이 장대한 풍채와 짙은 눈썹 아래 의지에 빛나던 눈빛이 기억난다고 했다. 그리고 묵직한 음성으로 일러준 '너는 우리 가문에 장손이다. 장손은 장손다워야 하는 거다'라는 말을 잊을 수가 없었고, 그 말은 아버지의 정신적 지주로 자리했다. 결국 친할아버지는 군자금으로 얼마만큼 가져갔고, 나머지 재산의 대부분은 충주 할아버지의 몫으로 돌아갔다.

아버지는 다시 또 담배 한 대를 피워 물며 이야기를 계속했다.

"그 후 독립운동을 하시던 아버지는 소식이 없었고, 할아버지가 돌아가시자 삼촌, 그러니까 충주 할아버지 밑에서 내가 자랐단다. 조실부모하고 삼촌 밑에서 설움도 많이 받았지. 앉은 자리 풀도 안 날 정도로 워낙 지독한 분이라 더 그랬지."

"……."

지난날을 술회하는 아버지에게 뭐라고 할 말이 없었다. 다만 참 힘든 성장기를 보냈다는 생각만 들었다.

"이번 부도 사건만 해도 그렇지. 충주 삼촌이 우선 막아주면 얼마 안 가 해결할 수 있었는데…… 뭐 다 내가 잘못한 탓이지…."

아버지와 헤어져 친구 자취방까지 가는 동안 내 머릿속엔 충주 할아버지에 대한 증오의 감정이 수많은 화살이 되어 박혀 왔다.

"정신 차리고 운전하세요."
아내가 소릴 질렀다. 자칫했으면 빨간 신호등 때문에 정차해 있는 앞 차를 받을 뻔했기 때문이다.
"어! 미안…."
아버지와 친할아버지 그리고 충주 할아버지의 생각에 빠져 운전을 하다 보니 큰 실수를 할 뻔했다.
어느새 충주 톨게이트를 빠져나와 달천강을 지나고 있었다. 장례식장으로 차를 몰고 가는 내 마음은 충주 할아버지에 대한 애증을 함께 걸어 놓았는지 복잡하게 엉켰다. 지금까지도 충주 할아버지의 그 인색함은 풀리지 않는 수수께끼였다.
충주에서 둘째가라면 서러울 정도로 수백억대 부자인데 무엇 때문에 그렇게 인색하게 살았는지, 또한 아버지와는 일곱 살 차이밖에 나지 않아 어찌 보면 같은 세대라고 볼 수도 있는데 아버지와는 너무도 다른 인생관이 형성되어 살았는지, 그러나 아버지는 충주 할아버지를 삼촌이 아닌 아버지처럼 깍듯하게 예를 갖춘 근원은 어디에서 비롯되었는지 궁금증은 부풀어 올라 만삭이 되었다. 하긴 인색함이야 가진 자가 더 가지려는 욕심에서 비롯되었을 테고, 인생관이야 돈만 위해 살다 보니 주변이고 뭐고 눈에 들어올 리가 없으니 그랬을 테고, 아버지가 삼촌을 아버지처럼 예를 갖춰 대한 것은 어린 시절 그 밑에서 커왔고 무엇보다도 장손이라는 의식이 지배하여 장손은 장손답게 모든 규범을 지켜야 한다는 관념이 자리했기 때문이라고 미루어 짐작되었다. 아버지의 그런 태도 때문에 나까지도 충주 할아버지를 고등학교 졸업 때까지도 친할아버지로 알고 살아왔다. 하지만 충주 할아버지는 아버지가 사업 실패 후 불과 한 해 남짓 살다가 그 후유증으로 세상을 떠났을 때, 선산에 산소 자리 하나조차도 내주지 않아 결국 아버지는 공동묘지에 묻혀야 했다.

아버지의 일생도 돌이켜보면 가슴 아픈 일이었다. 광산 가문의 올곧은 선비정신에서 비롯된 할아버지의 독립운동으로 부모를 잃고, 충주 할아버지 밑에서 성장하며 얼마나 많은 상처를 받았으면 가끔 술에 취하는 날이면 영락없이 엉엉 울곤 했다. 아버지는 풍부한 예술적 감성과 소질이 있어 그런 친구들과 함께 극단도 만들어 활동도 하고, 자동차 계통의 사업과 건설업 계통의 사업 등 여러 개의 기업체를 경영했으며 심지어 영화 제작에도 관여하여 소위 자수성가를 한 사람이었다. 그러나 뭐가 잘못되었는지 자세히는 몰라도 부도가 나고 모든 걸 다 내놓을 정도로 몰락했으니 그 마음을 나로서는 짐작만 했지 실제 그 아픔의 깊이는 헤아릴 수 없었다. 종당에는 마흔여섯 되던 해 정월. 함박눈이 펄펄 내리는 새벽 세상을 떠났다. 아버지는 우수한 두뇌, 창의적인 생각, 건실한 생활인, 예의 바른 어른, 엄격하지만 속으론 나를 뜨겁게 사랑했던 아버지로 기억된다. 무엇보다도 외로움에 젖어 있는 눈빛과 그 눈빛에서 우러나는 예술적 감성은 내 가슴까지 전달될 정도였다.

충주 할아버지한테는 일곱 자녀가 있었다. 그중 세 번째가 맏

아들인데 나보다 세 살 위였고, 네 번째 딸이 나와 동갑내기였다. 그러나 세 번째 맏아들인 용삼이는 내게 당숙이고 네 번째 딸인 용자는 당고모가 되는 셈이었다. 어린 시절 나는 나이가 엇비슷해도 그들에게 깍듯한 호칭으로 아재, 아줌마라고 불렀다.

"저기 장례식장이 보이네요."
 하얀 아크릴 간판에 형광등을 넣은 간판이 가물거리며 시야에 들어왔다. 다행히 내리던 비가 그쳐 주차하기가 쉬웠다. 장례식장 마당 한편에 차를 대고 영정이 모셔져 있는 곳으로 걸음을 빨리했다.
 이미 가족들이 상복으로 갈아입고 슬픔을 토하고 있었다. 내가 도착하자 용삼이 당숙은 제일 먼저 아는 체를 했다.
 "빨리 왔구나, 길은 안 막히고…?"
 "어떻게 된 거예요?"
 사인을 묻는 말에 그는 올 것이 왔다는 투로 말을 이었다.
 "그간 서울병원에서 몇 개월 계시다가, 그 뭐 연세가 있으시니…"
 자세한 설명은 하지 않고 우물거렸다.
 "아니, 서울병원에 계실 때 저한테 연락 좀 하시지 그랬어요."
 "연락처를 잘 몰라서 그랬나 보더라."
 "그랬어요."
 나는 그저 대수롭게 여기지 않고 그냥 건성으로 대꾸했다. 그러나 그것이 그럴 문제가 아니라는 것을 뒤늦게 깨닫게 되었다.

시계가 자정을 넘었다. 가족들이 이리저리 나누어 귀퉁이에서 새우잠을 청하거나 쓰러져 자고 있었다. 나 또한 피곤기가 달라붙어 한쪽 구석에 구부린 채 잠을 청했다. 살포시 잠이 들고 있는데 동갑내기 용자 당고모가 내게 불쑥 말을 건넸다.
"아버지가 돌아가시기 전에 널 무척 찾았어."
무심코 던진 말이었으나 나는 순간적으로 잠이 확 깨며 정신이 번쩍 들었다.
"뭐! 할아버지가 날 찾았다고?"
"그래에… 아버지가 널 꼭 봐야 한다고 몇 번인가 말을 했어. 임종 전까지도 그랬어. 우리 집안 장손은 너라고 하면서 윗대 제사 걱정까지 했는데…."
" 장손… 제사 걱정?"
그때서야 뭔가 집히는 구석이 있었다. 그리고 서울병원에 계실 때 연락 좀 하시지 했을 때 용삼이 당숙은 내 연락처를 잘 몰라서라고 얼버무렸던 말이 아무래도 이해할 수가 없었다. 그의 말이 정말이라면 어떻게 지금은 돌아가신 걸 나에게 연락할 수 있었는지 모를 일이다.
"아버지가 얼마나 제사라면 끔찍이 생각하셨는데… 당신이 살아서는 지내지만 윗대는 장손인 니가 맡아야 한다고 했어. 나야 뭐 그런 건 잘 모르지만…."
지나가는 말처럼 용자 당고모는 말을 흘렸다.
그제서야 무엇 때문에 충주 할아버지가 임종 직전까지도 나를 찾았는지 조금은 이해가 갔다. 자신은 서자로 태어났으나 장조카인 우리 아버지가 없으니 그간은 당신이 윗대까지 제사를 모셨으나 결국은 적자 장손인 내게 제사를 모시게 하는 것이 원칙이자 순리라고 생각했기 때문인 것 같았다. 인색하기가 이를 데 없는 충주 할아버지였으나 죽음을 앞두고는 핏줄에 대한 생각을 그래도 했다는 것이 아니 그보다는 저승에 가서라도 조상들을 볼 면목은 세우고 싶었던 것이라고 생각되었다.

"용자 아줌마, 그런데 나는 왜 상복이 없어?"

모든 가족들이 상복을 입고 있는데 나와 아내에게는 상복을 주지 않았으나 준비 중이겠지라고 생각했는데 시간이 흘러도 상복을 줄 생각도 없는 것 같아 물었다.

"글쎄 나도 모르겠다. 내 알아볼게."

잠시 후 돌아온 용자 당고모는 기막힌 말을 했다.

"너한테 연락이 닿지 않을까 봐 준비 안 했대."

"연락이 닿지 않을까 봐. 그런데 어떻게 연락이 돼서 내가 왔어? 차암 알다가도 모르겠군…."

나는 개운치 않다는 감정을 내보이며 자리에서 일어났다.

"용자 아줌마, 나 급한 일이 있어 올라갈게."

"뭔 급한 일인데 그러니?"

"글쎄 그렇게 알아."

짧게 말을 끊고 한쪽 구석에서 잠자고 있는 아내를 깨워 장례식장을 나왔다. 용자 당고모는 성격대로 그저 그런가 보다 하고 나를 바라볼 뿐이었고, 아내는 왜 급히 가려고 하느냐며 입을 빼어 물었다. 그러나 나는 아무 말 없이 자동차 시동을 걸어 장례식장을 빠져나왔다.
"아휴 답답해요. 뭔 일이 있어서 그래요. 말을 해야 알지요."
달천강을 지나도록 침묵을 지키다 아내의 성화에 못 이겨 입을 열었다.
"우릴 그냥 문상객으로만 취급한 거여. 그 다 이유가 있겠지. 당신도 시간이 흐르면 알게 돼."
내 말을 알아들었는지 몰라도 아내는 더 이상 캐어묻질 않았다.
핸들을 잡고 고속도로를 달리면서도 내 머릿속은 복잡했다. 충주 할아버지가 무엇 때문에 죽음을 앞두고 나를 찾았을까. 마지막 가기 전에 그저 장손이라고 생각해서 얼굴이나 한번 보려고, 집안끼리 화합해서 잘 지내라고, 아니면 장손이니까 윗대 조상들 제사를 맡으라고, 이도 저도 아니면 행여 재산이라도 한 몫 떼어 주려고, 그건 일고의 가치도 없는 가당치도 않는 일일 테고, 도대체 무엇 때문에 나를 찾았는지 답이 나오질 않았다. 내 머릿속엔 여러 갈래의 의문 고리가 뒤엉켜 서로 잡아당기고 있었다.
장례를 치른 지 달포쯤 되던 날 남실바람을 맞으며 이준호 변호사 사무실에 갔다. 이런저런 이야기를 나누던 중 장례식장에서 있었던 그 궁금증을 털어놓자, 이 변호사는 껄껄 웃으면서 궁금할 것 하나도 없다며 명쾌하게 답을 내놓았다.
"이보게 친구. 생각하고 자시고 할 것도 없네. 당신이 죽고 나면 제사는 장손이 지내야 되는데 어쩌겠나. 그간 인색했던 게 미안한 것도 있고, 양심에 찔리는 것도 있을 테고 하니까 얼마만큼 떼어 주려고 했겠지. 사람은 누구나 죽기 전에 착해지는 법이니까. 하긴 죽는 사람이 재산은 뭣 하겠나. 이게 내 해석일세."
"그럴까?"
그러나 나로서는 충주 할아버지 하면 워낙 인색하고 구두쇠라는 생각이 내 머릿속에 박혀 있어 이 변호사의 말이 쉽게 수긍되지 않아 의아한 눈빛을 보내자 그는 한 걸음 더 나아간 말을 던졌다.
"이봐 생각해 보라고. 그러니까 가족들이 임종 전에 자넬 못 만나게 한 거야. 재산이라도 떼어 주면 자기들 손해니까 안 그래?"
"설마하니 그럴 리가…."
긍정도 부정도 할 수 없어 그저 입안에서 나도 모르게 흘러나오는 말을 우물거릴 수밖에 없었다. 그러나 이 변호사의 설명을 듣고 나니 뭔가 희미하지만 머릿속이 정리되는 것 같았다.
춘삼월이 되어 친할아버지 기제(忌祭)일이었다. 늘 독립운동을 하다 돌아가신 분이라는 생각 때문인지 몰라도 할아버지의 기제는 장손으로서 단순히 기제를 모신다는 의미뿐만 아니라 나 자신도 애국하는 일에 동참한다는 일말의 자긍심까지 심어 주는 일이기도 했다. 그래서 그날만큼은 경건한 마음으로 정성을 다해 제사를 모셨다.
저녁상을 물린 뒤부터 아내는 제사 준비로 분주했다. 내가 못나서인지 몰라도 아직도 월세방을 면하지 못했다. 그것도 지하 단칸방에 달린 부엌에서 제사 준비를 하려니 비좁은 공간이 아닐 수 없었다. 아내는 구시렁거렸지만 나는 못 들은 척했다.
제사상이 차려지고 있을 때였다. 전혀 생각해 본 적도 없는 사람이 불쑥 찾아왔다. 용삼이 당숙이었다.

"아니! 웬일이세요?"

"왜 내가 못 올 곳을 왔니?"

"그런 게 아니라 기별이라도 하고 오시지…."

"오늘 큰아버지 제사라 들었지."

여태껏 한 번도 오지 않던 사람이 갑자기 큰아버지 제사라고 왔다는 사실을 어떻게 받아들여야 할지 알 수가 없었다.

"잘 오셨습니다."

그저 나로서는 그 말 외엔 달리 할 말이 생각나질 않았다. 제사 준비가 끝났다. 사실, 제사라는 것이 살아계실 때 웃어른에게 정성을 다해 음식을 대접하는 예절이라는 생각을 갖고 하면 되는 것이었다. 나는 검은 한복 두루마기를 걸친 뒤, 할아버지를 맞아들이기 위해 먼저 대문을 열어 놓고, 제수를 진설하고 지방을 써 붙여 영신(迎神)을 마쳤다. 영혼의 강림을 청하기 위해 나는 신위 앞으로 나아가 무릎을 꿇고 앉아 향로에 향을 피웠다. 순간, 진한 향냄새가 할아버지와 나를 연결해 주는 느낌을 받았다. 이내 참신(參神)하기 위해 두 번의 절을 올렸다. 그리고 제주인 나는 첫 번째 술잔을 올려 초헌(初獻)을 마치고 독축(讀祝)을 하기 위해 축문을 읽었다. 용삼이 당숙에게 잘 보라는 듯이 평소와 달리 더 높은 음성으로 엄숙하게 진행했다.

그리고 두 번째 술잔을 올리는 아헌(亞獻) 때, 평소에는 아내가 잔을 올렸으나 제주로서 장손이니 내 다음 순서가 용삼이 당숙이라는 것을 알려준다는 생각으로 잔을 올리게 했다. 성당인지 뭔지를 다닌다는 이유로 제사 예법을 모르는 그로서는 그저 내가 시키는 대로 할 뿐이었다. 종헌(終獻)을 마치고, 첨작(添酌)과 삽시정저(揷匙正著) 후 아내는 네 번의 절을 했다. 단칸방이다 보니 합문(闔門) 때 그저 제자리에 잠시 엎드려 있다가 일어서야 했다. 헌다(獻茶), 그리고 철시복반(撤匙覆飯) 후 할아버지의 영혼을 전송하기 위해 두 번 절을 한 뒤, 축문을 불사르는 사신(辭神) 때 갑자기 나는 시울이 뜨거워지며 눈물이 났다. 이제껏 경험하지 못했던 일이었다. 가까스로 철상(撤床)과 음복(飮福)을 마치며 감정을 수습하기에 바빴다.

참 한심스러웠던 것은 음복이 끝나기 전에는 담배를 태워선 안 되는데 용삼이 당숙은 담배 한 개비를 빼어 불을 당기는 것이었다.

"용삼이 당숙, 아직 담배 태우면 안 돼요."

내가 급히 제지했다.

"어, 그래 난 몰랐지."

머쓱한 표정으로 담배를 비벼 껐다.

'참! 한심스런 분이군. 그동안 뭘 배웠길래…'

속으로 힐난했으나 내색은 하지 않았다 어쩌면 충주 할아버지는 내가 장손이라 늘 아버지에게 법도를 배워 어느 정도 예절을 알 것이라고 생각을 했던 것 같다. 그래서 나를 임종 전에 찾았을 것이라는 생각이 퍼뜩 머리를 스쳤다.

"제사가 뭐 그렇게 복잡해. 우리 아버지는 그렇게 안 지내던데…"

뭐가 뭔지 몰라 의아한 표정을 짓는 용삼이 당숙의 표정은 우습기도 했고 한심스러워 보이기도 했다.

"제가 지내는 방법이 정통 제사 방법이에요."

"조카가 그렇다면 그런 게지. 난 성당엘 다녀서 제사는 잘 모르니까. 그나저나 단칸방을 면해야지. 이거야 어디 불편해서 살겠어."

제사상을 물린 방을 새삼 휘둘러보며 용삼이 당숙은 미간을 찌푸렸다.

"그래야 되는데 그렇게 안 되네요."

긴 한숨을 토하며 체념이 섞인 음성으로 말을 받았다.

시계가 자정을 지날 즈음 자리를 털고 일어난 용삼이 당숙은 나와 아내를 향해 제사 지내느라 수고했다는 치하 아닌 치하를 남기고 돌아갔다. 그 치하가 인사치레를 하기 위해 건성으로 한 말은 아닌 성싶었다. 평소 습관이 진지하거나 진실을 말할 때는 늘 콧구멍을 벌름거리는 것을 알기 때문이었다.

그로부터 얼추 6개월이 지나 여름이 꼬리를 감추고, 아침저녁으로 제법 서늘한 바람이 부는 계절이 다가왔다.

그날도 이 변호사 사무실에 들러 마악 커피 잔을 기울일 때였다. 옆구리에 찬 휴대폰이 울어대는 통에 전화를 받았다. 용삼이 당숙의 전화였다.

"네에, 접니다. 말씀하세요."

"만나서 의논할 문제가 있는데 오늘 저녁에 시간이 되겠니?"

"그러지요."

"그럼 오후 여섯 시에 잠실 롯데호텔 레스토랑에서 만나자."
"무슨 일 있으세요?"

의문스럽게 묻는 내 말이 채 끝나기도 전에 만나서 이야기 한다면서 전화를 끊어버렸다.

한 번도 만나자거나 심지어 안부 전화 한번 없던 그런 사람이 갑자기 만나자는 제의가 온 것은 기적 같은 일이었다. 도대체 무슨 일로 만나자는 것인지를 떠나, 명예도 사회적 지위도 경제력도 없는 나 같은 사람을 용삼이 당숙 입장에서는 하등 만날 만한 이유가 없는데 무엇 때문인가 하는 의문이 풍선처럼 부풀어 올랐다. 웬만하면 대충이라도 감이 잡힐 텐데 도무지 짐작되는 것이 없었.

"이봐 내 생각엔 선산에다 자네 부친 유택이라도 내주려고 그러는 것 같은데 어때? 그 뭐 당숙은 대학이라도 나왔으니 깨였을 것 아녀."

생각에 잠겨 있는 나를 향해 잠이라도 깨우듯이 이 변호사는 시원스러운 해석을 내놓았다. 그제서야 어둡던 머릿속이 밝아지며 청량음료를 마신 듯이 속이 후련해짐을 느꼈다.

이 변호사 사무실을 나온 나의 발걸음은 구름 위를 걷듯 가볍기만 했다.

시간에 맞춰 약속 장소로 갔다. 약속 시간보다 십여 분 빨리 왔는데도 용삼이 당숙은 자리하고 있었다. 내가 들어서자 손을 들어 반가움을 표시했다.

"일찍 오셨네요."

"그럼 장조카를 만나는데…."
 주문한 음식이 나올 때까지 그저 그런 일상의 이야기만 나누었지 만나자고 한 문제의 이야기는 꺼내질 않았다. 나 또한 성급히 질문하고 싶지 않았을뿐더러 자칫 앞서간 질문이 아버지의 유택을 선산에 옮길지도 모르는 중대한 일을 망칠지도 모른다 싶어 궁금증이 방망이질 쳤지만 가슴을 누지르며 꾹 참았다. 탁자 위에 주문한 음식이 놓이고 식사가 시작되었다. 그러나 아직도 용삼이 당숙은 본론을 꺼낼 생각도 하질 않았다. 나 또한 느긋한 태도를 보이며 앞에 놓인 음식만 먹었다. 따라놓은 와인 잔을 비울 때였다. 용삼이 당숙은 품에서 하얀 봉투 하나를 꺼내 내 앞으로 밀어 놓으며 조심스럽게 입을 열었다.
 "이거 받아둬라."
 "이게 뭔데요?"
 "제사 비용이다. 내가 저번에 너희 집에 간 것은 네가 조상님들 제사를 어떻게 모시나 보러 간 건데… 너무도 잘 모시는 것 같아 앞으로도 제사 부탁하려구 그래."
 "부탁이라뇨?"
 "네가 우리 집안 장손이니 조상님들 제사를 맡아줘야지 어쩌겠니…."
 "그래서 저를 만나자고 했어요?"
 "그렇지 뭐…."
 말끝을 흐리는 용삼이 당숙 자신도 뭔가 찔리는 구석이 있는 표정이었다. 그렇다면 이런 제안은 충주 할아버지가 임종 전에 나에게 하려고 했던 것이 분명했다. 그러나 임종 전 만나지 못하게 해놓고 이제 와서 대신 부탁하듯이 하는 것은 무얼 의미하는지 알 것 같았다.

"……."

잠시 혼돈되는 머리를 수습하기 위해 눈을 질끈 감고 침묵을 지켰다. 내가 원했던 것은 아버지의 유택을 선산에 모시는 것이지 용삼이 당숙이 주는 돈 몇 푼을 받고 제사나 지내주는 제주는 아닌 것 같았다. 그래도 나는 가난하지만 광산 김씨 명문가의 40대손이라는, 그리고 할아버지가 나라와 민족을 위해 독립운동을 한 그 손자라는 긍지로 살아왔는데 자신들이 했던 일은 까맣게 잊고 있는 것 같았다.

충주 할아버지는 아버지의 유택도 선산에 모시지 못하게 해놓는가 하면 용삼이 당숙은 충주 할아버지가 혹시라도 장손인 나에게 얼마만큼의 재산이라도 물려주고 선대 제사를 유언으로 남길까 봐 내가 만나는 것을 차단시켰던 사람이다. 그런데 이제 와서 돈 몇 푼 던져주고 제사나 부탁한다는 것이 어이가 없었다. 적어도 아버지의 유택을 먼저 선산으로 이장하자고 했어야 했다. 그런데 뻔뻔스럽게 그것도 나를 도와주는 척하면서 말하는 태도가 구역질이 났다.

"앞으로 제사 비용에 보태라고 주는 돈이니 넣어둬."

"제사 비용에 보태어 제사나 잘 지내라고요?"

"그래에, 그러니 넣어둬."

내가 날을 세워 언성을 높이는 것을 의식하지 못했는지 용삼이 당숙은 고개를 끄덕이며 돈 봉투에 시선을 꽂았다.

"이러지 마세요!"

순간, 나는 자리에서 벌떡 일어나 용삼이 당숙 얼굴을 향해 버럭 소리를 질렀다.

"왜 그래!?"

"이제 와서 이게 무슨 짓이에요. 장손, 장손하지 말아요. 제사나 지내는 것이 장손인 줄 아세요."

"뭐? 뭐라구! 이 자식이 미쳤나…."

용삼이 당숙의 말이 귓전에서 멀어지며 나는 레스토랑을 빠져나와 어두워진 밤거리를 마냥 걸어갔다. 머릿속에서는 친할아버지가 아버지에게 마지막으로 일러주었던 '장손은 장손다워야 한다'라는 말이 자꾸 되살아날 뿐이었다.

빨간 밑줄

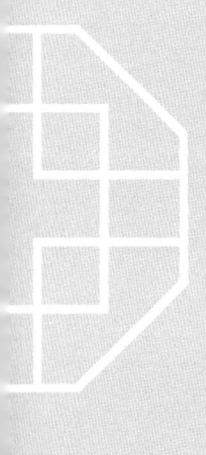

남실바람이 부는 하루를 마무리하려는지 해가 서쪽 하늘로 서서히 기울기 시작했다. 그런 공간에 이름 모를 새 네 마리가 유영하듯 훨훨 날고 있었는데 세 마리는 앞서 무리 지어 훨훨 날고 있었으나 한 마리는 기력이 다했는지 뒤처져 따라가고 있는 모양이 패잔병 같았다.

커피 잔을 기울이며 창밖에 시선을 꽂고 있던 최종미는 무슨 의미인지 알 수 없는 말을 입속에서 우물거렸다.

"힘겹게 따라갈 게 뭐 있어."

봄이 되며 해가 길어졌는지 시계가 오후 여섯 시를 넘기고 있어도 서산마루는 아직 어둠까지는 끌어들이지 않고 있었다.

그때였다. 초인종 소리가 적막을 가르며 거실을 흔들었다. 슬리퍼를 끌며 현관으로 다가선 그녀는 택배기사임을 확인하더니 이내 현관문을 열었다.

"박순동 씨 댁 맞죠?"

"네, 남편인데요."

"국제 소폽니다"

국제 소포라는 말에 의문을 안고 소포를 급히 풀었다.

"아니! 이게 뭐야?"

소포 상자를 풀고 내용물을 보는 순간, 그녀는 놀라지 않을 수 없었다. 아니 그보다도 이게 무엇인가 싶었다. 상자 안에는 달랑 틀니만 들어 있었기 때문이다.

무엇 때문에 틀니가 국제 소포로 왔으며 이것은 무엇을

의미하는 것인지 얼른 생각이 정리되지 않았다. 그저 그녀는 혼돈되는 생각에 심장이 두근거릴 뿐이었다.
 잠시 그런 시간이 흐른 뒤, 두근대는 가슴을 삭이고 생각을 가다듬었다.
 "틀림없이 어머님이 사고를 당한 거야. 그렇지 않고서야 틀니만 돌아올 리가 없잖아 어쨌거나…."
 열흘 전 시어머니의 칠순을 맞아 칠순잔치를 대신해 유럽여행을 보내드렸다. 잠시 시어머니의 존재를 새카맣게 잊고 있었는데 배달된 시어머니의 틀니를 보니 이런 상황이 쉽게 이해되질 않았다. 여행길에서 돌아와야 할 것은 시어머니인데 시어머니의 틀니만 돌아왔다는 사실은 그녀에게 많은 생각을 키우게 했다.
 틀니를 바라보던 그녀 최종미는 10년 전 그해 가을 어느 날로 깊게 빠져 들어갔다.
 남편인 박순동과 일 년 남짓 연애 끝에 결혼을 결심하고 상견례를 할 때, 시어머니 고옥희 여사를 처음 만났었다. 물론 그때는 시아버지도 있을 때였다. 상견례를 마치고 결혼식을 하기 위해 이런저런 준비를 하는 과정에서 최종미는 마음에 상처를 입었다. 혼수 문제와 시댁에 보내는 예단비가 원인으로 자리했다.
 최종미는 고등학교를 마치고 대학에 진학했으나 가정 형편이 어려워 한 해를 버티지 못하고 자퇴하고 말았다. 그 후 시장통에 있는 옷가게 이곳저곳을 전전하며 점원 생활을 했고, 그렇게 번 돈은 순전히 생활비로 충당해야 했다. 서른 가까운 나이가 되어도 모아둔 돈이 없었다. 그 참에 남편 박순동을 만나 결혼하게 되었으니 모아둔 돈은 없고 답답할 노릇이었다. 바꿔 말해 결혼 자금이 없는 상황에서 결혼을 하려니 문제가 드러나고 말았다. 그러나 그녀가 상내를 피운 것도 아닌데 박순동의 사날스런 성미로 밀어붙이는 통에 그저 따라가다 보니 그리 될 수밖에 없었다. 결혼은 양가 집안이 어슷비슷해야 하는데 사실 남자 측 집안에서 볼 때는 상당한 불만이고 체면을 구기는 일이었다.

하지만 미주알고주알 따지는 시어머니 고옥희 여사의 불만을 시아버지가 사람 하나 보면 됐지 하면서 드레질을 하지 않고 누지르는 통에 잘 마무리되어 결혼이 성사될 수 있었다.

신혼생활. 그야말로 꿀맛처럼 감미롭고 아름다운 꿈을 꾸는 것 같았다. 물론, 시부모와 함께 생활하는 신혼집이다 보니 다소 불편함도 있었지만 그보다는 미래를 향한 마음가짐은 행복하기만 했다.

시아버지의 제안으로 온 가족이 한 달에 두 번 정도는 근사한 한정식 집에서 외식을 했고, 그때마다 가끔씩 시아버지가 그녀에게 찔러주는 용돈은 더욱 그녀를 행복감에 빠지게 했다. 집안이 크게 넉넉해서가 아니었다. 시아버지는 육십 중반까지 페인트 대리점을 그런대로 잘 운영하여 노후 대책은 크게 가멸하진 않아도 얼마만큼의 여유 자금도 지니고 있는 사람이었다.

그녀의 남편은 회사에 과장이라고는 해도 그저 시답잖은 조그만 회사이고 보니 월급이라고 해 봤자 간신히 생활을 꾸려갈 정도에 불과했다. 어쨌거나 결혼 후 행복감 속에서 별 탈 없이 3년을 꿈꾸듯 보낸 그녀였다. 꿈꾸듯 보냈다는 것은 그녀 자신도 모르게 세월이 빠르게 흘러갔다는 의미일 수도 있다.

그녀는 남편의 뜨거운 사랑과 시아버지의 배려에서 우러난 사랑 속에서 생활해 왔지만 꼭 행복한 것만은 아니었다. 시어머니 고옥희 여사의 불필요한 관심의 그물 때문에 소위 말하는 시집살이를 겪어야 했다. 여자는 이래야 한다느니, 남편에게는 그리하면 안 된다느니, 밥상 차림은 이렇게 해야 된다느니, 심지어 여자가 동가슴을 너무 드러내 보이면 안 된다는 식으로 교육 아닌 교육을 시켰다. 그럴 때마다 최종미 그녀는 원래 시어머니는 그런 것이구나 하며 한 귀로 듣고 한 귀로 흘려보냈기에 그나마 결혼생활이 의수하다고 생각되었다.

그런 세월 속에서 결혼한 지 만 3년이 되던 해 첫아들 태양이를 낳게 되었다. 온 가족이 기뻐했지만 특히 시아버지는 입이 귀에 걸리도록 좋아했다.

태양이란 이름도 돌림자고 뭐고 떠나서 태양처럼 크게 빛나라고 시아버지가 직접 지어준 이름이었다. 그러나 애석하게도 시아버지는 손주가 태어난 지 달포쯤 지나서 갑자기 심장마비로 세상을 떠나고 말았다.

최종미 그녀로서는 버팀목 하나가 통째로 뽑혀 나간 그런 심정이었다. 시아버지를 떠나 인간적으로 존경했던 사람이고 보니 그 슬픔은 더 할 수밖에 없었다.

시아버지가 없다 보니 시어머니 고옥희 여사의 생활에도 변화가 오기 시작했다. 주민센터에서 개설한 노래교실을 다니질 않나, 여행 동호회 으뜸빗을 맡아 노상 주말여행을 가질 않나, 아무튼 일주일이면 하루 정도를 빼고 뻔질나게 밖으로 나돌아치는 것이었다. 따라서 쓰임새도 점차 늘어났고 그것을 충당하기 위해 아들 박순동에게 자주 손을 벌릴 수밖에 없었다.

그때마다 박순동은 아내 최종미에게 어머니 용돈 좀 넉넉히 드리라고 종용했다.

"그 정도면 충분히 드린 거예요."

최종미의 계산으로는 자신이 드리는 용돈이 어림잡아도 그만하면 충분하다는 생각으로 주었는데 시어머니로서는 그 쓰임새를 채우기에는 부족했던 모양이다. 사실 박순동의 푸달진 월급으로는 살림을 꾸려가기가 빠듯했다. 이런저런 보험료 공과금 저축 성예금 등등 이거 빼고 저거 빼다 보면 여유 있는 생활은 할 수가 없었다. 시아버지가 남긴 재산은 증여세 내고, 산소 자리 만들고, 살고 있는 아파트 융자금 갚고 뭐하고 하다 보니 남는 것이 없었다. 결국 남편 박순동이 벌어오는 것이 수입의 전부이니 아무리 가다구니하게 해도 형편이 나아지질 않았다.

그녀는 이제 이유식을 끝낸 금쪽같은 아들 태양이를 어린이집에 맡기고 맞벌이로 나섰다. 교차로던가 가로수던가 하는 생활신문을 보고 직장을 구하기 위해 며칠간 해갈을 하고 싸돌아다닌 끝에 구한 곳이 등산복을 파는 옷가게였다.

정규직으로 들어간 것이 아니고 시급제 아르바이트 자리였다. 일주일을 계속 근무할 수 없는 조건 때문이었다. 태양이를 어린이집에 맡길 수 있는 것이 월요일부터 금요일까지이므로 어쩔 수 없었다. 그러나 그렇게 한 달에 스무날 정도 근무를 해도 생활에는 큰 보탬이 되었다.

　결혼 후 세월이 흐르면서 아이를 낳고 그 아이가 점점 자라고, 시어머니는 노후를 즐긴다며 자신만의 생활에 빠지는 것 같았고, 남편은 퇴근하면 피곤기에 모든 것을 귀찮아하는 그런 현상들이 그녀의 눈에 확대되어 들어오기 시작했다. 더불어 그녀는 자신도 모르게 점차 어두운 터널 속으로 빨려 들어가는 느낌이었다. 그리고 이 늪에서 나올 수 있는 길은 애오라지 돈이 있어야 한다는 생각으로 기울게 하더니 돈을 우선시하는 사람으로 만들기 시작했다. 그 후부터 시아버지 앞으로 생명보험이라도 들어놓았더라면 하는 쓸데없는 후회까지 불러일으켰다.

"여보 이런 말 이상하게 듣지 말고 잘 생각해 봐."

　피곤에 겹쳐 잠자리에 누운 남편 박순동에게 그녀는 조용히 입을 열었다.

"뭘 생각해 하긴…."

　그저 귀찮다는 듯이 선하품을 내뿜으며 박순동은 말끝을 흐렸다.

"어머님 앞으로 생명보험 하나 들어 놓자고요."

"…생명보험은 뭐 하려고?"

　웬 뚱딴지같은 소리냐는 식으로 눈을 슴벅이며 반문하는 그의 말을 낚아채듯,

"왜요! 생명보험 든다고 어머님께 해가 되는 거라도 있어요?"

　그녀는 남편을 똑바로 바라보며 쏘아댔다.

"아니 뭐 그런 건 아니지만 갑자기 생명보험 운운하니까 그러

지."

박순동은 자신의 의견을 한발 뒤로 물렸다.

"그럼 내일이라도 제가 보험 하나 들어놓을 테니 그리 알아요."

그녀는 시어머니의 생명보험 가입 문제를 단호하게 못 박아버렸다.

이튿날, 아침상을 물리기 무섭게 그녀는 부랴부랴 서둘러 보험 회사로 향했다.

얼마간의 상담을 마친 뒤 보험에 가입했다. 정확히 말해 그녀의 시어머니 고옥희 여사가 사망하면 5억 원을 받을 수 있는 내용의 보험 가입이었다.

금세라도 5억 원의 거액이 수중에 들어온 것처럼 최종미는 나른한 환상에 빠졌다. 어찌 보면 시어머니의 사망이 그녀의 가정에 경제적으로 탄탄해질 수 있는 마지막 보루가 된 셈이었다. 그럼에도 그런 상황이 뭐 그리 달콤한 꿈이라고 그런 환상에 젖는지 모를 일이었다.

그녀가 시어머니에 대해 특별히 나쁜 감정을 지니고 있는 것은 아니었다. 다만 배려인지, 사랑인지, 간섭인지 모호하지만 지나친 잔소리가 귀찮았을 뿐이었다. 이를테면 시집살이라고 생각하면 싫었고, 가족이라고 생각하면 이해되는 그런 것이었다.

태양이가 여섯 살 되던 봄날이었다. 어린이집에서 집에 돌아온 태양이의 스케치북에 그려 놓은 온 가족을 그린 그림을 보고 할머니 고옥희 여사는 태양이가 어메스러워 잘 그렸다고 칭찬을 아끼지 않았다.
"태양이가 그렸어 아주 잘 그렸네."
둘도 없는 사랑스런 손주녀석이 고사리 같은 손으로 그림을 그린 것이 신통했음인지 고옥희 여사는 손주의 머리를 쓰다듬었다.
"할머니 우리 가족 그림이야."
"옳지 옳지."
그저 손주의 말 하나하나까지도 귀엽기만 했다.
"그런데 할머니 잘못 그린 게 있어요."
"뭘 잘못 그려, 잘 그렸구먼."
"아냐 할머니 여긴 가족이 아닌데 그냥 그린 거야."
맨 위에 할머니 고옥희 여사 그 밑에는 아빠와 엄마 그리고 그 아래는 태양이 자신을 그려 놓은 그림이었다. 그런데 태양이는 갑자기 빨간색 크레용을 손에 쥐더니 할머니 그림 아래에 밑줄을 쫙 그어 갈라놓는 것이었다. 그림에는 빨간 밑줄이 선명히 드러났다.
"아니! 이게 무슨 짓이냐?"
순간적으로 고옥희 여사는 놀라움과 애운한 마음에 더이상 말을 하지 못했다.
"할머니는 우리 가족이 아니잖아."
아무렇지도 않다는 듯이 태양이는 할머니를 초롱초롱한 눈으로 바라보았다.
"이 녀석아, 할머니가 가족이 아니라고 누가 그래 엉?"
아무리 어린아이 말이라도 할머니가 가족이 아니라는 말에는 충격을 받지 않을 수 없었다. 고옥희 여사는 온몸에 전율이 일며 가늠할 수 없는 벼랑으로 추락하는 기분이었다. 그러나 가까스로 태연을 가장하고 태양이에게 다시 한번 입을 열었다.

"태양아 누가 할머니를 가족이 아니라고 했어?"

조용한 말이었지만 그것은 지금까지 지켜온 이 가정의 제일 윗사람인 자신을 감히 그 누가 밖으로 내몰려고 하느냐는 의미심장한 물음이었다.

"어린이집 선생님이 가족은 아빠 엄마 태양이라고 그랬어."

"할머니는?"

"할머니는 얘기 안 했는데…."

"할머니 얘길 안 해서 선생님이 몰랐구나."

고옥희 여사는 그렇게라도 해서 가족 구성원인데 할머니가 빠졌다라고 생각하고 싶었다. 그러나 마음 한편은 서글픈 생각이 스멀스멀 가슴으로 차올랐다.

지난해 태양이가 다섯 살 때였다. 갑자기 이 세상에 없는 남편 생각이 나면서 남편이 그렇게도 좋아했던 태양이 생각이 났다.

태양이를 보러 길을 나섰다. 몸이 옛날 같지 않았다. 육십 중반을 넘기고 칠십을 바라보니 몸이 무겁고 원활하질 못했다. 무릎과 허리가 조금만 무리를 해도 통증이 엄습했다. 그러나 손주 태양이를 보러 간다고 생각하니 그만한 불편은 장애가 되질 못했다.

어린이집에 들어서자 태양이 또래 아이들이 바글바글 뛰어놀고 있었다. 어린이집 선생님이 태양이를 불러 주었다. 할머니에게 다가온 태양이는 할머니를 그냥 멀거니 쳐다보면서 눈망울만

굴릴 뿐 반기는 기색이 없었다.
"할머니다. 태양아"
"……."
이런 모습을 보고 어린이집 선생님은 이상하다는 듯이 고개를 갸우뚱 꺾으며 입을 열었다.
"친할머니 맞으세요?"
"그럼요, 내가 태양이 친할머니예요."
애써 친할머니임을 강조하는 고옥희 여사 자신이 우스꽝스러웠다.
"태양아 친할머니 맞아?"
"……."
채근하듯 묻는 어린이집 선생님의 말에 태양이는 말없이 고개만 끄덕였다.

태양이가 크레용으로 선명히 그어 놓은 빨간 밑줄을 다시 한 번 떠올려보니 지난해 어린이집에 찾아갔을 때 할머니를 반가워하지 않은 것이 무엇 때문인지 희미하게나마 이해가 되었다.
이제는 가족이라는 개념이 새롭게 구성되고 있다는 생각이 들었다. 고옥희 여사는 태양이가 그은 빨간 밑줄 그 위는 가족이 아니고 울타리에 불과하다는 설정이 자꾸자꾸 자신의 존재가 나락으로 끌고 가는 것만 같았다.
언제부터 시작된 변화일까. 이것이 문명이 발달해서 살기 좋은 세상은 아니지 않은가. 살기 좋은 세상은 윗대부터 아랫대가 한 가족으로 함께 웃음꽃을 피우며 사는 세상이 아니던가. 고옥희 여사는 그날 밤 밤새도록 이런 변화된 개념에 대해 아무리 생각을 굴려봐도 납득할 수가 없었다. 그 뒤부터 마음속에는 보이지 않는 장벽이 하나하나 세워지기 시작했고, 아들이나 며느리에게도 자신의 속마음을 털어놓기 싫었다. 세상이 무섭고 섬뜩하다는 것과 가족도 그러한데 남이야 오죽하랴 싶어 친목회나 동호회에 가도 속마음을 애써 감추어 버렸다. 시간이 흐르면서 세상살이가 그저 삭막하기 그지없고 어디 한구석이라도 기댈만한 곳이 없다는 생각이 들었다.

'가족도 그러한데 하물며…….'

속에서는 이런 마음이 석고상처럼 굳어 용해되지 않았다. 이런 변화는 우선적으로 며느리와도 더 큰 거리감이 생겼으며 보이지 않는 장벽도 두터워지기 시작했다. 고옥희 여사의 이런 태도는 며느리 최종미에게도 서서히 영향을 미치기 시작했다.

며느리 최종미도 가정생활에 대해 깊은 생각에 빠지기 시작했다. 우선 자신의 정체성이 무엇인지 스스로에게 물었으나 답이 나오질 않았다. 시댁을 지키기 위한 지킴이인지, 아이를 낳아 길러야 하는 종족 보존의 역할인지, 아님 지아비를 위해 내조하는 내조자인지, 이 모든 걸 위해 존재해야 하는 희생양인지, 도대체 자신의 존재는 무엇 때문에 이런 굴레에 묶여야 하는지, 자신에 대한 정체성에 의문 고리만 가슴에 드레드레할 뿐이었다. 다음은 남편과의 관계다. 동등한 인간으로서 남자와 여자의 위치와 존재가 이렇게 다른 것인지. 남자는 위에서 군림하고 여자는 아래에서 떠받드는 자리에서 눌림을 당해야 하는지 그 근본적인 이유를 아무리 생각해도 알 수가 없었다.

시계를 보니 남편이 퇴근해서 귀가할 시간이 얼마 남지 않았다. 틀니가 온 것을 남편에게 전화를 할까 말까 망설이고 있는데 핸드폰이 요란하게 울어댔다.

"어, 난데 오늘 조금 늦을 것 같은데."

남편의 말이 채 끝나기도 전에 최종미는 다급하게 말을 쏟아냈다.

"여보! 당신 빨리 집에 와야 돼. 그렇잖아도 전화하려고 했어."

"왜 그러는데…."

"어머님이 유럽 가셨잖아. 그런데 어머니는 안 오시고 틀니만 왔어."

"틀니라니? 그게 무슨 소리야."

어머니 귀국은 뭐고 틀니는 뭔지 박순동은 도대체 아내가 하는 말을 이해할 수가 없었다.

"어머니 대신 어머니 틀니만 국제 소포로 왔다고요. 무슨 사고가 난 모양이에요."

그제야 박순동은 아내가 한 말이 무슨 뜻인지 알았다.

"그래 그럼 내 바로 갈게."

전화를 끊은 박순동은 어머니에게 큰 변고가 생겼다는 생각이 들면서 이내 가슴이 뛰기 시작했다.

'어머니께 효도한답시고 보내드린 유럽여행인데….'

집에 도착할 때까지 제정신이 아닌 듯 엘리베이터 층수까지 헷갈리게 누르는 박순동이었다.

"뭐 어찌된 건지 자세히 말해봐."

현관에 들어서기가 무섭게 박순동은 아내에게 급하게 물었다.

"어머니가 내일 귀국 예정이에요. 그런데 여행사고 어디에서고 아무 연락도 없이 어머님 틀니가 국제 소포로 왔어요. 이건, 뭔가 문제가 있는 것 아니에요?"

조각 생각으로도 의문스러울 수밖에 없는 상황을 그녀는 남편에게 설명했다.

"그렇다면 여행사에 알아보지 그랬어. 그곳에선 알 거 아냐."

"여행사요. 소포 받았을 때가 오후 여섯 시가 넘었는데 여행사가 근무를 해야 하죠. 또한 국제 소포 온 곳도, 정확한 전화번호도 모르고…. 천상 내일 아침에나 알아봐야겠어요."

"그런데 어머님 틀니만 왔다는 게 이상하지 않아? 사고를 당했으면 무슨 연락이 오거나 아니면 다른 유품이라도 와야 되는 거 아냐?"

"글쎄 그러니까 저도 답답하다고요. 이런 말은 당신이 어찌 생각할지 몰라서 말하기 뭣한데 상황에 따라서는 틀니만 올 수도 있어요. 다른 유품은 옷 빼고 나면 뭐가 있어요."

"그렇긴 한데… 공연히 없는 돈 만들어 유럽에 보냈나 봐."

궁금증에서 체념으로 바뀌더니 후회로 바뀐 마음이 박순동의 한숨과 함께 입에서 토해졌다.

잠시 짧은 침묵이 흘렀다. 몇 번 군침을 삼키더니 최종미는 남편을 향해 무거운 마음으로 입을 열고 속삭이듯 나직하게 말했다.

"여보, 오해하지 말아요. 어머님 앞으로 생명보험 들어놓은 거 알지요?"

"…그런데."

박순동은 아내가 생명보험을 들어놓았다는 것이 생게망게했지만 무슨 의미인지는 느낌이 와닿았다. 별로 대답하고 싶지 않아 시큰둥하게 말을 받았다.

"그런데라니요? …만약에 어머님이 사고로 돌아가시면 우리가 보험금 5억을 받을 수 있어요. 5억…."

5억이라는 거금 앞에 최종미는 윤리적으로 쌓아놓은 벽이 허물어지는 것을 깨닫지 못하고 있었다. 어쩌면 시어머니의 상황이 5억이라는 보험금을 받을 수 있는 쪽으로 흘러가길 기대하고 있는지도 모를 일이었다.

"당신은 그래 우리 어머니 목숨하고 5억하고 바꾸는 게 좋아?"

박순동은 아내의 가슴팍에 쐐기를 박듯 아픈 화살 하나를 쏘아 버렸다.

"왜 화를 내고 그래요. 누가 좋다고 했어요. 상황이 그러하다는 이야기지…."

말꼬리를 흐리며 그녀는 한 발 물러섰다. 말이야 바른 말이지 시어머니의 존재를 놓고 확실하지도 않은 사실을 미리 예측해서 왈가왈부한다는 자체가 도리가 아니라고 생각했기 때문이다. 하지만 날이 밝으면 열 일 제쳐두고 여행사를 찾아가 내막을 알아볼 참이었다.

밤새도록 잠이 오질 않았다. 궁금증도 궁금증이지만 만약에 시어머니가 사고로 죽었다고 했을 때 돌아오는 보험금 5억은 그녀의 가정에는 아주 큰 돈이었다. 남편도 사십 중반이라 오십 줄 들어서면 명퇴를 앞둘 테니 그땐 자영업이라도 할 밑천이 있어야 했다. 그때 퇴직금이라고 해 봤자 간신히 통닭집이나 낼 수 있을까 말까 할 정도이니 걱정되지 않을 수 없었다. 그러나 보험금 5억이 있으면 노후대책에 그리 막막하진 않을 성싶었다.

어머니에겐 안 된 일이지만 그로 인해 남은 가족은 살아갈 수 있는 탄탄한 기반 조성이 될 수 있다라는 생각이 최종미 그녀의 머릿속에서 밤새도록 뜀박질을 쳤다.

밤새 잠을 설쳤는지 휑하니 들어간 눈시울을 비비며 아침 식탁에 앉은 그녀는 궁금증과 설레임 때문인지 아침밥도 들지 않고 남편과 태양이에게만 밥상을 차려 주었다.

"아침에 곧바로 알아보고 전화줘."

회사로 출근하며 박순동은 재차 아내에게 일러주었다.

"알았어요. 어서 출근이나 해요."

어린이집에 태양이를 데려다주고 출근하려는 남편을 배웅하고 외출하기 위해 화장대 앞에 앉은 그녀의 얼굴은 이상하리만큼 창백해 보였다.

'잠을 설쳐서 그런가?'

그녀 스스로도 창백한 얼굴에서 그런 것을 느꼈는지 입속말로 중얼거렸다.

화장을 마치고 시계를 보니 어느새 기억자로 구부러진 오전 아홉 시 반이 지나고 있었다. 장롱에서 계절에 맞는 외출복을 골라 입고 방에서 나오려는데 초인종이 울렸다.
"누가 아침에…."
이상하다는 생각으로 현관 쪽으로 가서 초인종이 울린 화면을 확인하는 순간, 그녀는 놀라지 않을 수 없었다. 아니 실망감과 반가움이 한꺼번에 밀려 들어왔고 이 두 개의 감정은 그녀의 가슴 속에서 으르렁거리며 다투고 있었다.
"아니? 어머님! …잘 다녀오셨어요."
여행 가방을 끌어당기며 그녀는 얼른 놀란 기색을 감추고 반갑게 시어머니를 맞아들였다.
응접 소파에 앉기가 무섭게 그녀는 입을 열었다.
"어머니 어찌된 거예요? 틀니가 왔어요."
"어 그래 벌써 왔어. 얘야, 내가 그 틀니 때문에 밥도 제대로 못 먹고 혼났단다."
틀니가 왔다는 사실을 대수롭지 않게 여기며 단숨에 냉수 한 컵을 들이킨 고옥희 여사는 틀니가 오게 된 것을 설명하기 시작했다.
유럽에 첫 도착지는 영국이었다. 외국 여행은 처음일뿐더러 열 몇 시간을 넘게 비행기를 타다 보니 정신이 하나도 없었다.
영국에서 타워브릿지와 대영박물관을 보고 프랑스를 가기 위해 국제열차에 올랐다. 모든 것이 재미가 있었지만 피곤한 것은 사실이었다. 그런 와중에 아침 식사라고 해 봤자 호텔에서 빵 쪼

가리로 때워야 했으니 속이 신통치가 않았다. 식사를 마치고 호텔방에 돌아와 양치질을 하는데 틀니이다 보니 빼서 닦을 수밖에 없었다. 틀니를 닦은 후, 출발 준비를 늦잡도리한 까닭에 서둘다 보니 그만 틀니를 세면대 위에 놓은 것을 깜빡 잊고 다음 행선지인 스위스로 가기 위해 버스에 올랐다. 두어 시간쯤 지나서였다. 가이드가 이런저런 관광지 설명 끝에 혹시 놓고 오신 물건이 없나 확인하라고 할 때서야 고옥희 여사는 호텔방 세면대에 틀니를 놓고 온 것이 생각나며 뒷근심에 조바심이 났다.

"아이고 가이드 양반. 내가 그만 틀니를 호텔에 놓고 왔어요."

버스 안은 웃음 반 걱정 반으로 분위기가 이상해졌다.

"걱정하지 마세요. 제가 지금 연락해서 찾아 드릴 테니."

가이드는 울상이 된 고옥희 여사를 안심시키고, 이내 핸드폰을 꺼내 유창한 외국말로 한참을 떠들어댔다.

"그런데 여사님, 이 사람들이 틀니라는 말을 뭐라고 해야 알아들을지 모르겠어요. 거참!"

"틀니를? 그냥 딱딱딱 해 봐요."

엉겁결에 고옥희 여사는 딱딱딱이라고 소리 나는 대로 말해주었다. 그러자 가이드는 다시 전화를 걸어 딱딱딱 하니까 알아듣더라며 키들키들 웃어댔다.

"여사님 걱정 마세요. 그쪽 호텔에서 여사님 집으로 직접 국제 소포로 보내기로 했으니 그리 아세요. 어쩌면 여사님보다 빨리 집에 도착할지도 몰라요."

시어머니 고옥희 여사의 설명을 들은 며느리 최종미는 모든 의문이 풀렸지만 뭔가 맥이 빠진 사람처럼 피식 웃어버렸다.
"어머니 얼마나 놀랐는지 아세요. 아비하고 저는 무슨 사고가 났는 줄 알고 어제 저녁내도록 잠 한숨 못 잤어요."
"그래서 눈이 십 리는 들어갔구나, 휑하니 쑥 들어갔어."
걱정이 돼서 잠 한숨 이루지 못했다는 며느리의 말이 고옥희 여사로서는 여간 대견한 것이 아니었다. 세상이 험하다 보니 윤리가 무너져 부모가 자식에게 내쫓기는 세상인데 남의 자식인 며느리의 입에서 저토록 효성스러운 말이 나온다는 것이 그저 고맙기 짝이 없는 노릇이었다.
그간 이런저런 사소한 일들로 의견이 맞지 않아 조금씩 얼굴을 붉힌 일도 있었지만 그런 것들은 오늘 며늘애의 말을 듣는 순간 눈 녹듯이 모두 사라지는 것이었다.
"얘야 밤새 잠도 못 잤다면서 어딜 가려던 참이니?"
외출 차림새를 보고 고옥희 여사가 물었다.
"아, 아니에요. 그냥…"
최종미로서는 갑작스런 질문에 말문이 막힐 수밖에 없었다. 그렇다고 여행사에 들렀다가 보험회사에 가려고 했다고 할 수는 없는 노릇이었다.
대충 짐을 풀어 놓고 한숨 돌리고 나니 손주 생각이 났다. 고옥희 여사는 태양이 방으로 들어갔다. 그런데 태양이의 침대 앞에는 태양이가 그린 그 가족 그림이 보기 좋게 액자에 넣어 벽에 붙어 있었다. 물론 아이가 그린 그림이 대견해서 붙여 놓았겠지만 고옥희 여사의 마음은 불편하기 짝이 없었다. 특히 그림 속에 있는 할머니와 분리시키기 위해 빨간 밑줄이 선명히 그어진 것을 보니 심기가 불편해지며 가슴이 먹먹해지는 것 같았다.

'도대체 요즘 가족은 어디까지야.'

혼잣말로 구시렁거리며 슬며시 태양이 방을 나온 고옥희 여사는 아무래도 가족에 대한 개념을 태양이에게 다시 교육을 시키라고 며느리에게 일러주기 위해 조용히 며느리 방으로 향했다.

며느리의 방 앞에 오니 방문이 빠끔히 열려 있어 며느리 모습이 얼핏 눈에 들어왔다. 며느리는 무슨 서류를 꺼내 열심히 보고 있었다. 방에 들어가는 것이 훼방을 놓는 것 같아 잠시 주춤하고 서 있는데 며느리가 중얼거리는 소리가 귓속으로 파고 들어왔다.

"안 오셨으면 보험금을 타는 건데…."

숨겼던 그녀의 마음속 빛깔이 드러났다.

창밖에는 어제 저녁나절처럼 무리에서 뒤처진 새 한 마리가 날개를 끄덕이며 아주 힘겹게 뒤따라가고 있었다.

허구한 날

"가능하면 빨리 수사과로 오셨으면 합니다."

비단을 찢듯 금속성 음성이 귓속으로 차갑게 전해왔다. 전화를 끊고 한동안 정신이 멍했다. 도대체 뭐가 어떻게 되어 산책길에서 시체로 발견되었다는 건지 이해가 되질 않았다.

엊그제까지만 해도 멀쩡하던 친구 순동이가 갑자기 죽었다니 마른하늘에서 벼락이 떨어져도 유분수지 믿기 어려운 사실이었다.

상장을 준다 해도 가기 싫은 곳이 경찰서인데 참고인으로 꼭 와야 한다니 아니 갈 수도 없는 노릇이고, 그보다도 친한 친구 순동이가 죽었다는데 어찌 아니 갈 수가 있겠는가.

후들거리는 걸음을 재촉해 경찰서 수사과로 향했다. 수사과 문을 밀치고 들어가자마자 먹이를 발견한 표범처럼 나를 쏘아보며 자리를 내주었다.

"죽은 순동 씨와 친구죠?"

"그렇소만…."

말끝을 흐리는 나에게 수사관은 설명을 이어갔다.

"어제 오후에 발견됐어요. 불이산 산책로 중턱에서 변사체로 발견됐어요. 주머니에 당신 연락처가 있어 오라고 한 겁니다."

"제가 뭘 어떻게…."

나로서는 죄지은 것도 더구나 순동이의 죽음에 대해 아

는 게 없는데 무얼 묻겠다는 건지 가닥을 알 수가 없어 그저 보리동지처럼 우물거릴 뿐이었다.

"아니, 망자 친구분한테 잘못됐다는 게 아니고, 이 사건이 타살인지 자살인지 확연치 않아 참고 말씀 좀 들으려고 해요."

"알겠습니다."

"죽은 순동 씨에 대해 언제부터 어떤 사이로 어떻게 지내왔는지 말씀해 주시면 죽음을 밝히는 데 도움이 되겠습니다. 조그만 뭐라도 큰 참고가 되니 숨김없이 말씀해 주십시오."

나는 감긴 실타래에서 순동이와의 인연을 서서히 풀어나갔다.

순동이와의 인연은 얼추 40년이 되었다. 군 제대 후 우연찮게 대폿집에서 막걸리를 먹다가 말을 섞다 보니 친구가 된 사이였다. 그로부터 줄창 만나다 보니 완전 죽마고우가 되었고 이제까지 그 인연을 이어온 것이다.

막걸리 집에서 처음 만났는데 그 인연 때문인지 순동이만 생각하면 술이 떠오른다. 어쩌면 그는 낮이고 밤이고 허구한 날 술을 먹기 위해 태어난 사람 같았다. 아울러 그가 술만 아니었으면 뭔가 인생이 달라질 수도 있었겠다는 생각을 가끔 해 봤다.

그가 술 때문에 실수한 것은 한두 번이 아니었다. 내 기억에 크게 남는 것만 해도 수십 가지가 넘는다. 나도 술을 먹고 몇 번 실수를 한 적은 있지만 순동이한테 비하면 실수도 아닌 셈이다. 우선 순동이가 실수한 것 중 크게 기억되는 몇 가지만 이야기해 보면 웃어야 할지 울어야 할지 종잡을 수가 없다.

그가 월남전에 참전했을 때다. 작전을 마치고 부대에 돌아왔을 때 전우 두 사람이 불행하게도 전사를 했다. 사정이 그러했는지 몰라도 이튿날까지 전사자를 막사 밖에 놓고 지켜야 하는 상황이었다. 전투에 지친 병사들로서는 그 전사자 시체를 돌아가며 순번제로 지켜야 하는데 모두 끔찍한 상황을 가까이하고 싶지가 않은 눈치였다. 선임하사가 막사에서 위로차 나온 캔 맥주를 나누어 주고 전사자를 지킬 순번을 정하려는데 순동이가 번쩍 손을 들고 나섰다.

"제가 혼자 밤새워 지킬 테니 그 나누어준 맥주나 몽땅 내게 주시겠습니까?"

불쑥 나서서 내지르듯 제안하자 모두 박수를 치며 캔 맥주를 내놓았다.

족히 열 박스가 넘는 맥주를 챙긴 순동이는 처참하게 누워 있는 전사자 곁으로 갔다. 그 시각이 해가 어스름하게 가로눕는 때였다. 서쪽 하늘을 붉게 물들이던 황혼을 끌어들인 어둠은 점점 짙어갔다.

순동은 무서움 따윈 의식하지도 않았다. 소대원들로부터 받은 맥주 캔을 비우기에 바빴다. 하늘에 떠 있는 달빛과 별빛을 받으며 맥주를 마실 뿐이었다. 그의 머릿속엔 고국에 두고 온 그리운 사람들을 생각하며 맥주 깡통을 하나하나 비워나갔다. 말이 열 박스지 허리만큼 쌓인 그 많은 캔 맥주를 비운다는 것이 제정신으론 할 수 있는 일인가 싶다. 아무리 술을 좋아한다고 해도 믿기지 않는 일이었다. 그러나 그건 사실이었다.

아침 기상나팔이 울리고 얼마 안 돼 전사자를 인수하기 위해 앰뷸런스가 부대로 들어왔다. 위생병들은 이내 순동이가 지키고 있는 곳으로 갔다.
"아니 전사자가 둘이라면서 셋은 뭐요?"
위생병이 눈을 휘둥그레 뜨며 물었다.
"아니! 이건…"
안내하던 선임하사는 놀라면서 큰 한숨을 내몰았다.
"야! 오 상병, 오순동 정신 차려."
전사자 옆에 누워 있는, 그것도 입에 거품을 물고 함께 누워 있는 순동을 향해 선임하사가 소리쳤다.
인사불성이 되어 정신을 잃고 누운 것이 아니라 들숨 날숨이 없어 보였고 아예 뻗어 있는 순동은 그제서야 약간 몸을 움찔거릴 뿐이었다.
"나 원 참, 어떤 게 전사잔지 헷갈리네."
위생병은 어이가 없다는 듯이 구시렁거리듯 말했다.
가까스로 순동이를 일으켜 세워 막사로 데려오던 선임하사가 혼잣말로 우물거렸다.
"술이 좋아도 어느 정도지 그 맥주를 다 마시다니…"
끌려가듯 업혀서 막사로 가는 순동이는 오줌인지 맥주인지 바지 아래가 다 젖어 있었고, 아직도 깨어나질 못해 알아듣지도 못하는 소릴 시부렁거렸다.
이 사건뿐이 아니었다. 월남에서 무사히 귀국하여 제대한 후, 큰 호텔에 취직을 했다. 그것도 아는 사람 배경으로 간신히 들어간 자리였다. 물론, 사무직이나 서비스맨이 아니었다. 보일러실에 취직이 된 것이었다.

　근무 시간에는 절대 술을 먹으면 안 된다는 것을 순동이가 모를 리 없었다. 그러나 밤낮 가리지 않고 술에 취해 있던 그로서는 술을 먹지 않고 버틴다는 것이 여간 고역스러운 일이 아니었다. 입이 가렵고 목젖이 당기듯 견디기가 힘들었다. 그런데 마침 기회가 생겼다. 보일러를 켜고 적정온도가 될 때까지는 적어도 반 시간 정도는 지나야 되기 때문에 보일러 곁을 지킬 필요가 없었다.

　순동이는 보일러를 켜 놓고 밖으로 나왔다. 인근에 있는 술집에서 한잔하고 오겠다는 생각이었다. 생각대로 한두 잔 하고 왔으면 아무 문제도 없었을 텐데 그게 아니었다. 목젖을 축이는 쾌감과 술이 주는 짜릿한 맛은 그를 쉽게 놓아주지 않았다. 결국 마시고 마시다 보니 얼추 한 시간 가까이 되었다. 그제서야 보일러 생각이 났고, 이크! 큰일났구나 생각하며 술집을 나왔다. 급히 보일러실로 들어갔으나 이미 위험 수위에 다다른 보일러 온도계가 위험을 알리는 신호음을 울리고 있었다.

　부랴부랴 가까스로 수습은 했지만 그런 상황은 곧바로 지배인이 알게 되었고, 결국 호텔을 그만두게 되었다. 참으로 안타까운 일이 아닐 수 없었다. 그 어렵게 취직된 자리를 술 때문에 쫓겨나다니 기막힌 노릇이었다.

　결국 직장을 잃고 빌빌대던 그는 자영업을 하게 되었다. 그런데 그 많은 자영업 중에 하필이면 사람멀미가 생길 술집을 차린 것은 이해하기 힘들었다. 그것도 상호를 '월남집'이라고 했다. 뭐 월남에 다녀온 기념도 되고 월남에 다녀온 전우들이 쉽게 찾아

오라고 그리했다는 것인데 웃음이 나기도 하고 재미있기도 했다.
 그의 예상대로 월남 다녀온 전역자들이 꽤나 찾아왔다. 또한 그 당시 월남 전쟁이 이슈가 되다 보니 상호가 주목을 끌어선지 손님들이 많이 왔다. 물론 술집이라고 해 봤자 열 평 남짓한 조그만 술집이었고, 종업원도 접대부로 젊은 여자 두 명에 순동이 처가 전부였다.
 순동이 처는 순동이가 술집에 들락날락하다 만난 접대부 출신이었다. 그러다 보니 술장사는 노하우가 있었음인지 순동이가 벗바리를 하지 않아도 잘 해냈다. 그럭저럭 반년 가까이 월남집인가 뭔가 하는 술집을 잘 해 나간다 싶었는데 예상치도 않았던 일이 벌어졌다.
 막 자정을 넘긴 시각에 그의 처가 우리집을 찾아왔다. 그것도 몰골이 엉망이 되어 찾아왔으니 나로서는 어안이 벙벙했다.
 "아니 무슨 일로…."
 헝크러진 머리에 수습되지 않은 옷차림으로 대강 짐작은 되었다. 분명 누군가와 술집에서 싸우다 순동이가 부재중이라 나에게 도움을 청하러 온 것이라고 직감되었다.
 "아니 글쎄 그이가, …난리가 났어요, 좀 말려주세요."
 숨을 몰아쉬며 자초지종을 말하는 그의 처가 안 됐다는 생각만 들었다.
 "그럼 순동이가 그랬단 말이요?"
 나도 모르게 흥분되어 반문했다. 그럴 만한 것이 술손님이 술에 취해 행패를 부렸다면 흔히 있는 일이거니 했겠지만 남의 장사 터도 아닌 제집을 때려 부순다니 말이 되지 않는 이야기였다.
"도대체 이유가 뭔데요?"
"기가 막혀 말이 안 나오네요. 우리집에 자그마한 그이 술독을 따로 묻어놓고 있는데 오늘따라 팔던 술이 떨어져 그이 술독에 술을 팔다 보니 술독이 바닥났지 뭐예요."
"그래서요."
그게 뭐 어떻다는 거야라는 식으로 반문하는 나를 그녀는 힐끗 보더니 아직도 순동이를 모르냐는 식으로 한숨을 내쉬며 말문을 이어갔다.
"그이 술독은 항상 건드리지 않고 채워놔요. 그런데 오늘 가게에 와서 술독이 비었다고 난리를 친 거예요."
"그게 뭐 난리 칠 일입니까?"
"그 모르는 소리 마세요. 매일같이 술에 취해 들어와도 반드시 그 술독을 다 비우도록 마셔야 잠자리에 드는 사람이에요."
"하! 그렇구나."
"어서 우리집에 가서 말려줘요. 난리예요. 난리… 어떤 놈이 왔길래 그 술까지 팔었느냐고 소리 지르고 때려 부수고 난리예요. 에이구 이년의 팔자가 이렇다니까…."
잰걸음으로 앞서가는 내 뒤를 따라오며 그녀는 계속 신세 한탄을 했다.
술집에 도착하니 순동이는 제풀에 떨어졌는지 탁자에 비스듬히 엎드려 늘어져 있었다.
"야 이 친구야. 정신 차려, 나야 나."

흔들어 깨우자 게슴츠레 눈을 뜨며 나를 올려다보았다.

"왜 그래, 제수씨 힘들게 이게 무슨 짓이야 엉?"

"어, 어 친구 왔어? 왜 내가 뭐래 서방 먹을 술까지 없애니까 화가 나지이…."

"알았으니까 참으라고. 이럼 못써."

그를 다독여 진정시키고 집으로 돌아오며 생각을 키웠다. 도대체 술이 얼마나 좋길래 낮이고 밤이고 늘 술에 취해 있으니 가까운 친구지만 그 속을 헤아릴 수가 없었다. 다만 짚이는 구석은 그가 가끔 내뱉던 말의 조각들을 퍼즐 맞추듯 맞추어보면 어린 시절 어머니와 헤어졌다는 점이었다.

순동이가 다섯 살 되던 해였다. 그의 어머니는 순동이 아버지에게 무슨 일인지 알 수 없지만 쫓겨나듯 헤어졌다.

순동의 기억으로도 조그만 가방 하나만 달랑 들고 어린 순동이를 마지막으로 품에 안아보고 떠난 것이었다.

그후 오랜 세월이 흐르도록 어머니와 함께할 수 없는 순동으로서는 늘 어머니가 그리웠다. 가끔 어머니가 떠나갔던 그 방향을 멀건이 바라보며 그리움을 달랠 수밖에 없었다.

그는 성인이 되며 술을 배우게 되었고, 술만 먹으면 어머니 생각이 불통가지처럼 나와 사무치게 그리웠고 가끔 술집 여자들로부터 어머니의 잔상이 그려지기도 했다. 어쩌면 그것이 순동이에게 계속 술을 먹게 했는지도 모른다.

언제인가 술에 취해 나에게 횡설수설 떠든 것이 기억난다.

"내가 왜 술집 여자를 마누라로 삼았는지 알아?"

"왜 그래, 뭔 소릴 하려고 그래?"

오히려 나는 민망해서 말꼬리를 자르려 했다. 그러나 순동이는 거침없이 자신의 치부나 다름없는 이야기를 혀가 꼬부러진 소리로 서슴없이 쏟아냈다.

"아냐 자넨 알아야 해. 마누라가 말야 술집 여자이긴 해도 나밖에 몰라. 그리고 우리 엄니랑 너무 닮았어. 우리 엄니 같아. 그래서 내가 같이 살자고 한 거야 알겠어? 그래서 그렇게 된 거야."

"잘 살면 됐지 뭘 그래."

그저 횡설수설하지만 울부짖듯 쓰린 심정으로 말하는 것 같았다. 그로부터 순동이가 어머니에 대한 그리움 때문에 술을 마신다고 막연히 생각하게 되었다. 그러나 제아무리 어머니가 그립고 그 아픔이 넘친다 해도 생활 자체가 늘상 술에 취해 있다면 문제도 보통 문제가 아닌 셈이었다.

물론, 그 자신도 그리해서는 안 된다고 생각되었는지 금주 약속을 하며 술 끊는 약도 먹고 했으나 모두 허사였다. 정말 안되는 것은 안되는 모양이었다.

"봐요. 지금 죽은 오순동 씬가 술동 씬가 하는, 아참 당신이 술, 술 하니까 나도 순동을 술동이라 했네요. 그래 그 순동 씨 이 사람이 자살할 만한 특별한 이유가 있다고 생각해요?"

의문과 짜증이 섞인 음성으로 물어왔다.

"글쎄요… 술을 엉칸 좋아하긴 해도 자살할 이유는 없는 것 같은데요. 그 뭐 유서라도 나왔나요?"

그저 궁금증에 더듬거리며 나도 반문했다.

"유서 따윈 없었고, 그 뭐냐 당신한테 쓴 쪽지랄까 편지랄까 하는 게 나왔소."

수사관이 내 앞으로 내민 종이에는 굵게 사인펜으로 삐뚤삐뚤 쓴 순동이의 글씨가 눈에 들어왔다.

친구 태수야
늘 고맙다
너는 내가 우리 어머니
그리워하는 것 알지
참 보고 싶다 우리 어머니
우리 마누라 좋은 여자야
친구야 우리 잘 살자

서툴게 쓴 순동이의 쪽지 내용으로는 유서라고 할 수도 없고 꼭 아니라고 할 수도 없는 그런 애매모호한 것이었다.

"어떻게 생각해요?"

내 의견을 묻는 수사관도 쪽지 내용만으로는 헷갈리는 모양이었다.

"글쎄 저는 순동이가 자살했다고 생각하지 않습니다. 그리고 저 쪽지 내용은 늘상 하던 말을 푸념 삼아 써 본 걸 주머니에 넣어놨던 것 같습니다."

"그래 생각돼요? 그럼 타살인데 흔적이 애매해요. 뒤통수 상처는 뒤로 넘어지면서 돌에 부딪혔던 것으로 보고 있는데 그 외 현재 육안으로는, 다른 사인이 나오질 않고 있어요."

"그럼 자살도 아니고 타살도 아닌 것 같고…."

"그래서 당신을 참고로 불러본 겁니다. 암튼, 국과수에 의뢰하면 정확한 사인이 나오겠지만 우선 수사상 협조 부탁한 거니 이해 바랍니다."

"물론이죠."

경찰서를 나와 집으로 오도록 깊은 생각에 잠기지 않을 수 없었다.

누가 뭐라 해도 술 먹는 것 빼고는 흠잡을 수 없는 사람이 순동이었다.

의리 하면 자다가도 벌떡 일어날 정도로 친구지간에도 이름이 난 친구였다. 뿐만 아니라 무슨 일이 있으면 팔을 걷어붙이고 앞장서서 나서는 적극성이 있는 친구이기도 했다. 특히 친구집에 초상이 났다 하면 삼일장을 다 치르도록 상갓집을 지켜주는 의리 또한 남다른 점이었다. 이로 인해 주변의 많은 친구로부터 인정받는 것은 물론, 괜찮은 사람이라고 입을 모았다.

언젠가 친구들과 물놀이를 갔다. 모두 가족을 동반해서 네 가구가 갔지만 아이들까지 합하면 열대여섯 명은 되었다. 점심 준비가 끝나갈 무렵, 일행 중 아이 하나가 물에 빠져 허우적거리자 누구랄 것도 없이 물로 뛰어가 아이를 건져온 것도 순동이었다.

그만큼 그는 모든 일에 적극적이고 내 일이거나 남의 일이거나 물불 가리지 않는 성격이었다.

특히 돈 문제에 있어서는 칼로 베듯 깔끔했다. 돈을 빌리면 단 한 시간도 약속 시간을 어기지 않고 갚았다. 원래 술 좋아하는 사람이 어영부영하고 흔드렁 만드렁 해서 돈 문제는 흐릿한 게 일반적인 경우인데 그는 그렇지가 않아 참으로 예외인 사람이었다. 그래서 그가 친구들에게 돈을 빌려 달라고 하면 두말 않고 빌려주었다.

이런 그가 그 죽일 놈의 술인가 뭔가만 조심하면 이 세상에서 그만한 사람이 없을 터인데 참 안타까운 노릇이었다. 하긴 이 세상에 한 가지 흠도 없는 사람이 있을까마는 어쨌거나 그는 커다란 흠 하나를 지니고 있는 것이다.

이런 흠을 지닌 친구가 둘이 더 있었다. 앞서 말한 순동이는 어머니에 대한 그리움 때문에 술을 마시게 되었고, 다른 한 친구는 주섭이라고 있는데 그는 지독한 생활고로 술을 퍼마시게 된 친구다. 책 장사, 노점상, 심지어 우유배달까지 해도 생활이 어렵기는 마찬가지였다. 역시 생활고에 지친 마음을 달래줄 수 있는 것은 술뿐이었는지 그도 노상 술에 취해 있었다. 그래도 그는 비라리를 치지 않고 누구에게 술은 얻어 마실망정 행패를 부리거나 해코지 따위는 하질 않았다. 어찌 보면 돈 버는 재주나 남에게 사기 치는 재주가 없거나 주변머리가 없는 선량함 때문에 그런 처지가 되었는지도 모른다.

또 다른 친구 양석이는 아버지가 교회 장로로 엄격한 종교적인 가풍이 싫고 청교도적인 삶의 굴레가 싫다 보니 그저 자유분방함에 빠지고 싶어 술을 가까이하고 아버지에 대한 반발심에 더욱더 술의 깊은 수렁에 빠진 친구였다. 물론 이 친구가 윤똑똑이거나 순비음하거나 남을 해롭게 하거나 사기를 치려는 도둑놈 심보는 전혀 지니고 있지 않은 사람이었다. 바꿔 말해 그저 자유롭게 자신의 의지대로 살고 싶은 친구인데 아버지의 억압된 틀이 싫고 그런 가풍에 염증을 느껴 일종의 반항적 심리에서 그렇게 된 친구였다.

이렇게 술 좋아하는 내 주변의 세 친구가 있는데 그중 순동이가 문제가 된 것이다.

순동이가 죽은 이유, 그것이 무엇이었건 나는 슬프지 않을 수 없었다. 그 슬픔 가운데는 순동이 어머니에 대해 관심의 그물을 던질 수밖에 없었다. 어머니란 존재는 누구에게나 영원히 가슴에 지닐 수밖에 없는 존재이지만 순동이에게 어머니의 존재는 남다른 의미를 지니고 있는 것 같았다.

순동이처럼 어려서 어머니와 이별한 사람이 이 세상에 하나둘이 아닐 텐데 그들이 모두 순동이 같지는 않을 것이고, 더구나 이처럼 허구한 날 술에 취해 어영부영하지는 않을 것 아닌가. 그럼 유독 순동이를 그렇게 만든 그 정체는 무엇인가 점점 궁금하기만 했다. 단순히 어머니에 대한 그리움만으로 그렇게 될 수는 없는 노릇 같았다.

점점 나 자신도 모르게 그 미로 속으로 끌려 들어갔다. 도대체 어떤 미로이길래 단순한 것 같으면서도 복잡하게 얽힌 미로인지 가늠되질 않았다.

그가 술에 취해 가끔씩 신음하듯 토하는 '어머니'라는 말과 함께 흐느끼듯 울음을 삼키는 모습에서 연민의 정을 느끼기도 했고, 어느 때는 '어머니!' 하며 버럭 괴성에 가까운 소릴 내지르기도 하는 행위에서 어머니에 대한 그리움과 미움이 가슴 깊숙이 자리하고 있다는 것을 느낄 수 있었다. 그리고 가끔은 또 히죽히죽 웃으며 어머니를 입에 올리기도 했다. 도대체 그와 40년 가까운 친구지만 명확한 이유는 아무리 탐색을 해도 찾아낼 수가 없었다. 도대체 어머니에 대한 그리움과 한이 저토록 매듭이 되어 일생 동안 따라 다닐 수 있을까 싶지만 그건 내 생각일 뿐 당사자인 순동이의 속내는 정말 알 수가 없었지만 베거리질을 하고 싶진 않았다.

언젠가 아마 월남집인가 술집인가를 개업하고 십 년쯤 지났을 때로 기억된다.

어찌어찌 연락이 되어 꿈에도 그리던 어머니를 만났다고 했다.

"어! 반가웠겠다. 그래 어떻게 했어?"

놀라움과 함께 순동이 보다도 내가 더 반가움에 감동이 전율로 다가왔다.

"뭘 어떻게 하니. 그렇지 뭐."

의외로 그는 싱겁게 말을 받으며 그저 심드렁하게 대답했다.

"아니 니가 그토록 그리워했던 어머니 아냐?"

"그건 그런데 그저 그래."

"그래 건강은 하시고?"

"건강은 모르겠고 꽤나 늙었더군. 육십을 바라본다지만 무슨 고생을 했는지 많이 늙으셨더라고."

"그래 어디서 사신데?"

"울산 어디라고 하는데 어렵게 사시는 것 같아. 더이상 캐묻지 않았어. 다만 내가 그리던 어머니는 아니었던 것 같았어."

허탈한 심정으로 말하는 그에게 더 깊이 묻는다는 것은 결례가 될 것 같아 그즈막에서 이야기를 끊어 버렸다.

어머니를 만난 그후부터 오히려 괴로워하는 것을 어떻게 이해해야 할지 갈피를 잡을 수가 없었다.

순동이 어머니가 잘못되어서 그런 것인지 아니면 매정한 어머니로 변해 있어서인지 그도 저도 아니면 함께 할 수 없는 무슨 얽힌 사연 때문인지 입을 닫고 있는 그에게 굳이 짓궂게 물어볼 수도 없는 노릇이고, 참으로 답답하기만 했다. 그러나 당사자인 순동이는 가슴이 얼마나 답답하고 깊이 맺힌 것이 있을까. 측량할 수 없는 궁금증이 계속 나를 누지를 뿐이었다. 그외 이런저런 태도를 미루어 짐작컨대 가뭄에 콩 나듯이 가끔, 아주 드물게 순동이가 어머니를 만나는 것 같은 예감이 들었다. 이것 또한 의문이 아닐 수 없었다. 나에게 터놓고 가끔 어머니를 만나는데 이런저런 일들이 있다고 하면 오랜 친구로서 아니 그를 그래도 가장 이해한다고 생각하는 나에게 말할 수도 있는 문제이건만 그는 그 문제에 관해서는 입을 꾹 다물고 있었다. 역시 사람은 제아무리 가까워도 모든 걸 터놓을 수 없다는 것을 새삼 깨닫는 계기였다.

경찰서에 다녀온 지 꼬박 하루가 지나서였다. 요란한 핸드폰 소리가 내 손을 잡아끌었다.

"네에 맞습니다. 지금 오라구요? 알겠습니다. 그런데."

내 말꼬리가 잘리며 전화가 끊겼다. 궁금하기 이를 데 없었다. 무엇을 확인하라는 것인지 몰라도 순동이에 대해 모든 걸 이야기했음에도 경찰서에서 확인할 것이 있으니 잠깐 다녀가라는 것이었다.

"확인이라 무얼 하라는 거지."

나도 모르게 중얼거리며 경찰서로 발길을 돌렸다.

순동이와 가깝게 지낸 것 외에 순동이의 죽음에 관련해서 아무런 죄를 지은 것이 없음에도 다리에 힘이 풀려 자꾸만 후들거리고 온몸이 떨려왔다. 가까스로 태연을 가장하고 수사과로 들어갔다.

"어휴! 빨리 오셨네요. 죄송합니다. 확인할 것이 있으니 이리 앉으세요."

수사관은 컴퓨터 모니터 앞에 의자를 끌어당기더니 내게 앉기를 권했다.

"자 이제부터 화면을 잘 보십시오. 저 사람이 오순동 씨죠."

"네 맞아요. 오순동이 틀림없어요."

"그러면 오순동 씨 앞으로 지나간 저 노인이 누군지 알겠어요.?"

"할머니 아닙니까."

"글쎄 그 할머니인데 누군지 알겠느냐 이 말입니다."

화면을 다시 뒤로 돌려 지나치는 그 노인을 수사관이 보여 주었지만 나로서는 모르는 사람이었다.

"저 노인이 뭐 어쨌다는 건데요.?"

"어쨌다는 건 수사상 문제니 묻지 마시고 누군지 알면 그것이나 말씀하세요."

"…아무리 생각해도 본 적이 없는 노인입니다."

"그래요. 그렇다면 혹시 추정컨대 오순동 씨 어머니가 아닐까요.?"

"연세로 봐선 그렇기도 할 것 같지만… 글쎄 모르겠습니다."

"그럼 하나만 더 물어보겠습니다."

"근래 오순동 씨가 어머니를 만난다는 소린 못 들었나요?"

머리를 갸우뚱 꺾으며 묻는 수사관의 눈빛은 면도날 같았다.

"그런 소린 못 들었으나 가끔 만나긴 하는 것 같은데 그것도 짐작이지 모르겠어요. 도통 그 문제에 대해서 말이 없었으니까요."

"대충 윤곽은 잡혔습니다. 알겠으니 돌아가십시오. 번거롭게 해서 죄송합니다."

경찰서를 빠져나와 집에 도착하도록 순동이에 대한 생각에 몰두해 있었다.

저녁밥도 뜨는 둥 마는 둥 밥상을 물리고 소파에 앉았다.

순동이는 죽었다. 무엇 때문에 죽었을까. 자살이라면 그리 쉽게 죽을 이유가 없는 친구였다. 또한 타살이라고 하면 그가 그 누구한테였건 원한을 살만한 짓거리를 할 친구도 아니었으니 그 또한 합당한 이유가 아니었다. 그렇다면 치한에게 묻지마 살인으로 당했단 말인가. 그것도 아닐 테고, 그렇다고 돈이 많아 강도에게 돈을 빼앗기지 않으려고 다투다가 당한 것도 아닐 테고, 도대체 무엇 때문에 산책로에서 변사체로 발견된 것인지 복잡한 생각이 머릿속에서 서로 얽히고설키고 있었다.

 와글대는 머리도 식힐 겸 텔레비전을 켰다. 마침 아홉 시를 알리는 시보와 함께 뉴스가 방영되기 시작했다. 얼마쯤 이런저런 뉴스가 물밀처럼 터져 나왔다.

 "… 다음은 불이산 산책로에서 발견된 오순동 씨의 사건 전말입니다."

 눈이 번쩍 뜨이면서 귀를 쫑긋했다. 내용인즉 산책로에서 술에 취한 채 정신없이 어느 노인의 뒤를 밟다 실족하는 바람에 뒤로 나자빠졌는데, 돌 모서리에 머리를 부딪쳐 뇌진탕으로 즉사했다는 것이었다.

 나는 속으로 그 노인이 순동이의 어머니였을까 하는 의구심을 갖고 멍하니 텔레비전에서 시선을 떼지 못했다.

 결국 순동이는 어머니에 대한 상처와 그리움 때문에 일생 동안 술을 먹게 되었고, 그 술이 종당에는 귀한 목숨까지 앗아갔으니 어머니라는 존재가 인생에서 차지하는 비중이 태산 같다는 걸 새삼 깨달았다. 이내 보고 있던 텔레비전을 끄고 소파에서 일어나 어둠이 물들어 있는 창밖으로 시선을 던졌다.

 맥갈없이 나는 밤하늘에 도두뜬 초승달을 바라보며 어머니에 대한 숙제를 남기고 느닷없이 떠나간 순동이와, 사람이 산다는 것이 이토록 허무한 것인가 하는 생각에 깊숙이 빠져들어 갔다.

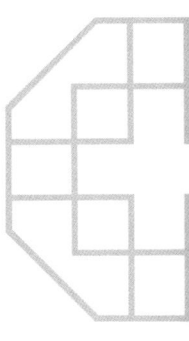
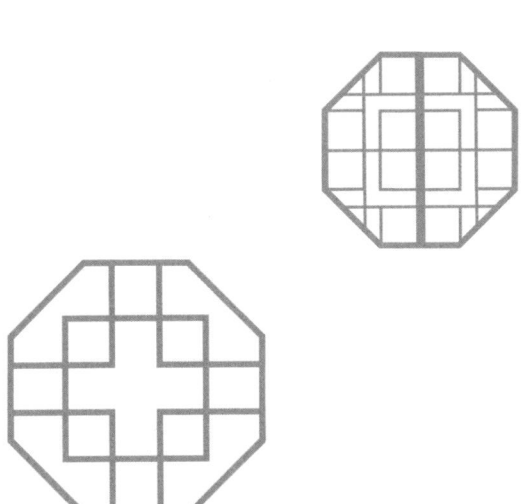

허구한 날 227

그 시간 속

불안한 마음으로 한국행 비행기에 올랐다.

오키나와 공항은 모든 비행기가 결항되다가 점심때가 지나서야 비행기 운항을 재개했다. 결항으로 승객이 밀리는 바람에 가까스로 항공권을 구입해 탑승을 했다.

태풍의 꼬리를 물고 비행기가 운항한다고 하니 불안한 마음이 가시질 않았다. 조마조마한 마음을 감추기 위해 신문을 폈다. 기사가 읽히질 않고 읽던 자리를 계속 맴돌기만 했다.

한 시간 남짓 지났을 때였다. 기내 안에 방송이 흘러나왔다.

"본 제트 이 육공일 항공기는 삼십 도선 바다 위를 지나고 있습니다. 긴급 상황이 발생했으니 비치된 구명조끼를 착용하기 바랍니다. 예상했던 태풍의 진로가 바뀌어 바다로 불시착할 수도 있으니 마음의 준비를 하시고, 바다에 불시착하면 생존 수영을 하고 있으면 한 시간 내로 구조선이 올 것입니다. 다시 한번 말씀드립니다…"

반복되는 안내 방송이 귓전에 맴돌았지만 황당한 생각만 들었다.

"아버지 어서 구명조끼 입으세요."

아들 녀석이 채근하며 구명조끼를 건네주었다.

"그럼 비행기가 바다에 떨어지는 거냐?"

"바다에 내려앉으면 비행기 밖으로 나가야 해요."

걱정스런 눈빛으로 그러나 괜찮을 거라는 믿음을 담은 눈빛을 보내왔다.

그 시간 속 229

"이 비행길 타는 게 아닌데…."
"괜찮을 거예요. 일본 기상청 예보를 받은 건데 설마하니…."
"야, 설마라니? 태풍 진로가 바뀌어서 그렇대잖아. 그 바뀌는 것까지 어떻게 알겠냐."

사실 오키나와 여행길에 오른 것은 갑작스런 일이었다. 아들 녀석이 모처럼 휴가를 냈다면서 갑자기 아버지와 함께 여행을 하고 싶다는 제안에 의해 이루어진 일이었다. 나쎄가 팔십을 넘기고 살아오는 동안 아들이 성인이 된 후 아들과 함께 여행을 해 본 적이 없었기 때문에 망설이지 않고 선뜻 응한 것이었다. 그것이 뭐 그리 대단한 일이냐고 반문한다면 딱히 뭐라 할 말은 없지만 내 경우는 남들과는 다른 사연이 있다.

아들 녀석이 네 살 되던 해 아내와 이혼을 했으니 그 녀석은 어미의 정을 모르고 살아온 셈이다. 따라서 애정결핍증이 내면에 도사리고 있다는 것을 나는 가끔 느끼곤 했다. 이제 아들 녀석도 결혼을 하고 자식까지 낳아 한 가정을 이루고 살다 보니 아버지의 처지와 입장을 이해하고 그리 여행을 제안한 것 같아 기쁜 마음으로 함께했는데 이런 급박한 상황에 처하다 보니 그저 눈앞이 캄캄하기만 했다.

비행기가 심하게 흔들렸다. 어떤 기류에 휘말리는지 자세히는 모르겠으나 태풍 속에 말려들어 가고 있다는 상상을 할 수밖에 없었고 특별한 구멍수가 없어 눈을 꾹 감았다. 아들 녀석이 내 손등에 손을 얹었다. 따스한 체온이 전해왔다.

아들 녀석이 다섯 살 되던 해, 그러니까 정확히 말해 아내와 결별한 이듬해 봄이었다. 백 원짜리 동전과 바꾼 새우깡을 다 먹고 고사리 같은 꼬막손으로 아쉬움에 빈 봉지를 어루만지는 모습이 눈에 선하게 떠올랐다. 제 어미의 젖무덤을 매만지듯 순진한 눈망울을 굴리며 빈 새우깡 봉지를 매만지다 휙 던져버리는 그 모습은 내 가슴을 비수로 찌르는 아픔으로 전해왔다.

어미의 정을 듬뿍 받고 성장했다면 지금의 아들 녀석이 더 좋은 모습으로 인생을 살았을 것이라는 추정 또한 화살이 되어 내 심장으로 파고 들어왔다.

'큰 죄를 지은 거지. 그 어떤 사정이었건 이혼은 아들에겐 큰 상처를 안겨준 것이지.'

아무리 머리를 도리질 치며 아니라고 해도 분명 이혼이 아들에게는 큰 상처를 안겨준 것은 분명했다. 어쩌면 그 죗값으로 내가 바다에 불시착하는 비행기에 탔는지도 모른다는 생각을 하니 두려움보다는 담담함이 자리하는 것 같았다. 아니, 그건 막다른 골목에 다다른 일종의 체념 비슷한 것이었다.

처음 오키나와 여행을 가자고 아들 녀석이 제안했을 때 참 흐뭇하고 아들에 대한 그간의 거리감이 좁혀지는 감동이 일었다. 그래서 이것저것 만사 제쳐놓고 아들 녀석을 따라 인천공항으로 갔다.

일기예보는 태풍이 올라오고 있다고 했으나 별로 크게 신경 쓰지 않았다. 항공사에서 끄느름한 날씨임에도 항공권을 팔 때는 비행기가 뜰 수 있기 때문이라는 생각과 또한 아들과 함께 외국 여행을 한다는 것이 기뻤기 때문이다. 여행을 하며 그 누구의 훼방도 받지 않고 아들과 함께 소통하며 그간 보이지 않던 벽도 허물 수 있는 기회라고 믿었기에 더욱 그러했다.
 인천공항에 도착해서 들뜬 마음으로 탑승 수속을 하려는데 태풍으로 비행기가 뜰 수 없다는 것이었다. 그나마 내일은 비행기를 탈 수 있다고 하니 다행이었다.
 어쩔 수 없이 집으로 갈까 하다가 영종도에서 묵고 내일 공항으로 가기로 했다.
 비행기 손님이 묵는 영종도 S호텔로 들어갔다. 태풍이 오는지 창문을 스치는 바람 소리가 꽤나 요란했다.
 침대에 누웠으나 잠이 오질 않았다.
 "아버지 오랜만에 아버지와 잠자리에 드니까 좋네요."
 "그래, 너 어렸을 때 아버지가 많이 데리고 잤는데…."
 그저 대견하다는 생각은 있었지만 내 성격상 심드렁하게 말을 받았다.
 "아버지, 저는 아버질 다 이해해요. 엄마 없이 절 키우기가 쉽지 않았다는 거 잘 알아요."
 "고맙다. 그리 생각해주니."
 아들 녀석의 입에서 그런 철이 난 소리가 나오리라고는 생각지도 못했는데 의외였다.
 "그런데 아버지, 어머니와 무슨 이유로 이혼하셨어요. 전 아직도 잘 모르겠어요."
 "글쎄다. 핑계 같지만 고부간의 갈등 때문이었지. 할머니와 네 엄마와는 너무 맞지가 않았어. 내가 중간에서 이러지도 저러지도 못했으니까 참 힘들었는데 결국 선택은 이혼이었지. 그 길만이 해결책이라 생각한 거지."

"대충 짐작은 했었어요."
"문제는 너한테 못할 짓을 한 거지 이혼 그다음에 오는 문제를 깊이 생각 못한 건데 그 당시로선 어쩔 수 없는 선택이었지."
"저 지금 건강한 생활하잖아요."
"그래, 고맙다."
슬쩍 아들 녀석 표정을 살펴보니 눈시울에 이슬이 맺혀 있었다.
"아버지, 저도 오십을 넘기니 아버지를 이해해요."
"네 나이가 벌써 그렇게 됐니."
이런저런 이야기로 밤을 새우다시피하며 긴긴 그간의 쌓였던 삶의 이야기를 풀어냈다.
이튿날 예정대로 오키나와에 도착했다. 3박 4일 여행 일정에서 하루를 그냥 까먹었으니 여행길이 바쁘지 않을 수 없었다.
오키나와 공항 부근에서 렌터카를 빌렸다. 아무래도 태풍의 영향권에 있다 보니 불안했다. 다행히도 오키나와가 태풍의 눈 속에 들어가 있어 고요하긴 했다. 그러나 불안한 마음에 순서를 바꿔 츄라우미 수족관을 먼저 보기로 했다.
세계적인 수족관답게 바닥에는 바닥살이가 있었고, 집채만 한 고래가 수족관에서 자유롭게 유영하는 모습이 놀라웠다. 그러나 정작 가슴으로 파고드는 것은 물고기들이 새끼들과 함께 줄지어 수족관을 누비는 모습이었다. 저런 하등 생명체도 새끼를 보호하는 본능은 인간과 빌밋하다는 것이 나에게는 울림을 주었다.
츄라우미 수족관을 나와 만 명이 앉을 수 있다는 코끼리 형상을 하고 있는 만좌모를 거쳐 슈리성으로 향했다. 슈리성에서 좀 떨어진 곳에 있는 사설 주차장에 차를 맡기고 슈리성을 관람했다.

아들 녀석이 이렇고 저렇고 슈리성에 대해 설명을 했지만 내 귓전에서 맴돌 뿐이었고, 그저 아들과 이렇게 함께 시간을 보낸다는 가슴 뿌듯함이 온몸을 감싸고 있을 뿐이었다.

빗방울이 간간이 떨어지기 시작했다. 아무래도 발길을 서둘러야 할 것 같았다. 이내 슈리성을 빠져나왔다. 아들 녀석이 주차한 차를 찾으러 가며 나에게 슈리성 앞 도로 갓길에서 기다리라고 했다.

얼마쯤 시간이 흘렀다. 간간이 떨어지던 빗방울이 점점 많아지기 시작했다. 차를 찾으러 간 아들 녀석이 벌써 왔어야 했는데 감감무소식이었다. 시간이 흐를수록 난감한 생각이 들기 시작했다.

'이걸 어쩐다지…'

일본말도 모를뿐더러 지리도 모르고 무얼 어떻게 해 볼 도리가 없었다. 빗방울은 점차 굵어지고, 구름이 잔뜩 낀 잿빛 하늘마저 해 질 녘이 되니 점점 어두워지는데 걱정이 밀물처럼 덮쳐왔다.

'혹시, 이 녀석이 나를 버리려고 이곳엘 데려왔나?'

의문부호의 고리가 머릿속에서 드레질하며 안 좋은 상상의 날개를 달고 있었다.

그 옛날에는 고려장이라고 해서 나이 많은 부모를 외딴 산중에 내다버리는 풍습이 있었다는 얘기가 떠올랐고, 얼마 전 신문에서 읽었던 기사가 생각났다. 부모를 모시기 싫은 자식이 외국 여행을 함께 가서 버리고 왔다는 그 기사가 자꾸 떠올랐다.

'이 녀석이 설마… 그럴 리 없어. 아냐 그럴 수도 있겠지. 나를 탐탁지 않게 여기던 며늘애가 아들 녀석을 꼬드긴데다 내가 이혼으로 인해 제 어미 정도 모르고 크게 했으니까 복합적인 이유로… 아니지 아닐 거야.'

긍정과 부정의 바람이 머릿속에서 으르렁거리며 부딪치고 있었다. 서로 공존할 수 없는 두 개의 바람은 치열한 싸움을 계속하고 있었다.

내가 편하자고 자식에게는 불행을 심어 주었다는 자책감은 평생 지울 수 없는 죄의식으로 자리했다. 아들 녀석이 초등학교 저학년 때 소풍을 간다거나 학부모가 대동해야 할 경우 여간 곤욕스러운 게 아니었다. 소풍 때면 배낭에 먹을 것을 잔뜩 넣어 주는 것으로 대신했고, 운동회 때는 마지못해 학교에 가긴 해도 머쓱해서 서성이다 돌아와야 했다. 이런 모든 것들이 어린 자식에게 큰 상처로 자리했을 것이다. 그리고 사춘기 때 미처 살피지 못해 아들 녀석이 어떤 방황을 했으며 어떻게 보냈는지 상상조차도 해 보지 않은, 아버지로서 무책임한 사람이었다는 걸 뒤늦게 깨달았다. 이런저런 지난 세월을 더듬어보면 자식에게 나로서는 할 말이 없는 사람이었다.

점점 사방이 어둠에 물들어가고 빗방울도 제법 굵어졌다. 그러나 비를 피할 곳도 마땅치 않았다. 겨우 도롯가에 설치한 큼직한 홍보 판에 기대서서 아들 녀석이 빨리 나타나길 눈이 빠지게 기다릴 수밖에 없었다.

'정말 안 오는 걸까? 그럼 이제 어쩐다지….'

입속으로 말을 삼키며 초조하게 기다릴 수밖에 달리 도리가 없었다. 그러나 머릿속에서는 자꾸자꾸 아들 녀석의 어린 시절이 생생하게 그려졌다. 그렇게도 나를 따랐고 무엇이었건 가르치는 그대로 매오로시 따라했던 아이였다. 그렇게 성장하다 사춘기 때부터 조금 몽니를 부리긴 했지만, 그렇다고 나를 멀고 먼 타국

땅에 버리고 갈 녀석은 아니라는 생각이 들어 조금은 안심이 되었다. 그러나… 그러나 만약에 그것이 아니라면 문제도 보통문제가 아닌 것이다. 설령 어찌어찌해서 집을 찾아간다 해도 그 이후 아들 녀석과의 관계는 어찌될 것이며 그 관계 속에서의 갈등으로 내가 어떻게 처신해야 하는 등 복잡한 문제가 발생할 텐데 그것도 여간 풀기 어려운 문제가 될 것은 뻔한 이치다.

'아! 나이를 먹는다는 것이 이런 것이고, 세상이 변한다는 것이 이런 것인가?'

갑자기 소름이 끼치며 오스스 떨려왔다. 그때였다. 어둠이 물든 신작로 저편에서 헤드라이트 불빛을 쏘아대며 승용차가 달려오고 있었다.

"아버지, 오래 기다리셨지요."

내 앞에 차를 멈추고 아들 녀석이 다급한 음성으로 입을 열었다.

"아니, 왜 이리 늦었냐? 난 네가 날 버리고 간 줄 알았어."

"원, 아버지도… 제가 차 맡긴 주차장을 못 찾아서 헤매다 보니 늦은 거예요. 그렇잖아도 아버지 때문에 얼마나 걱정을 했는데요."

눅진눅진한 진땀을 흘리며 말하는 모습을 보니 사실인 것 같았다.

해변가에 있는 호텔에 도착하니 추적추적 내리던 비가 세찬 비바람을 동반한 소낙비로 변해 끊임없이 내리기 시작했다. 아니, 소낙비가 아니라 양동이로 물을 퍼붓듯 비가 내렸고, 우리가 묵고 있는 2층 객실 유리창을 높은 파도가 세차게 때렸다.

아무래도 무슨 일이 벌어질 것만 같은 상황이었다. 티브이 일기예보는 태풍이 몰려왔으니 대비하라는 방송이 요란하게 떠들고 있었다.

"우리 내일 못 가는 것 아니냐?"

걱정스런 마음에 티브이에 시선을 꽂고 있는 아들 녀석을 툭 쳤다.

"글쎄요. 그럴 것 같기도 해요."

"난 괜찮은데 넌 회사 때문에 꼭 가야 된다며…."

"어쩔 수 없잖아요. 태풍 맞은 날씨가 이런 줄은 몰랐어요. 직접 겪어보니 대단하네요."

심각한 눈망울을 굴리며 고개를 갸우뚱 꺾었다.

밤새도록 창문을 두드리는 파도 소리와 천둥 번개를 동반한 비 오는 소리가 겹쳐 흡사, 전쟁터에서 밤을 보내는 것 같았다.

아침 방송에서 비행기가 취항할 수 없다고 알려왔다. 항공사로 연락하니 사실이었다. 그러나 기상상태가 호전되면 오후에는 취항할 수도 있다고 했다.

"아버지 일단 공항으로 가시죠."

"비행기가 못 뜬다는데 가면 뭐해."

"그래도 공항에 가 있다가 뜨는 비행기 있으면 가야지요."

"그래 난 잘 모르겠다."

공항에 도착했다. 비행기 결항으로 웅성거리는 사람들이 공항 로비에 가득 차 있었다.

젊은 녀석이라 그런지 몰라도 배낭에 넣고 다니는 노트북을 꺼내 놓고, 한동안 자판을 두드리더니 항공권을 구했다고 한다. 예약된 비행기가 아닌 다른 항공사의 비행기였다.

"아버지 저가 비행기인데 그나마 자리가 있으니 다행이에요.

항공사 이름이 피치항공이에요. 이렇게 피치 못할 때 타는 비행
긴가 보죠?"
 "아니, 피치고 뭐고 이 비행기는 어떻게 뜬다냐?"
 "이 비행기만 취항하는 게 아니고 오후 세 시 이후에는 모든
비행기가 운항을 한데요. 그러나 결항이 겹치다 보니 항공권을
구할 수 없는데 피치항공만 몇 좌석 남아서 구한 거예요."
 "그래서 공항 오자마자 컴퓨터를 쳤구나."
 "네에 맞아요."
 예정대로 오후 3시가 되어 피치항공 비행기에 탑승했다. 태풍
의 꼬리를 물고 비행기가 간다고 하니 살얼음판을 걷듯 조마조
마한 마음을 감출 수가 없었다. 그런데 아니나 다를까 한숨 좀
돌리고 졸음이 오는데 느닷없이 비행기가 바다로 불시착할 것
같다고 구명조끼를 입으라니 기가 막힐 노릇이었다.

 "아버지 정신줄 놓으시면 안 돼요."
 내 손등에 얹었던 따스한 아들 녀석의 손이 옥죄어왔다.
 "내가 너한테 많은 죄를 지은 것 같다."
 "무슨 말씀을 하시는 거예요."
 "아니다. 내가 왜 모르겠니. 너한테 지금 와서 무슨 말로 변명
을 하겠니 미안하구나."
 "아버지 저 그렇게 생각 안 해요. 아버지로서는 그것이 최선이
었을 거예요."
 "그리 생각하고 믿어주니 고맙다."
 나는 가슴 속으로 흘러내리는 눈물을 훔쳐내기에 바빴다.

비행기가 심하게 흔들렸다. 요동을 치듯 이리저리 아래로 위로 또는 무질서하게 흔들렸다. 그럴수록 공포감은 점점 더 쌓여갔다.

죽음이라는 것이 이렇게 다가올 수도 있겠구나. 정해져 있는 원칙에 따라오는 것이 아니고, 예상치 못한 일로 죽음을 맞이한다는 것이 바로 이런 것이구나. 그래서 사람들이 인생사 한 치 앞도 볼 수 없다고 했구나 하는 생각이 치밀어 올랐다.

기왕에 죽을 것이라면 그간 살아온 인생 가운데서 타인에게 잘못한 것이 있다면, 또는 베풀 수 있었음에도 베풀지 못한 것이 있었다면 깊이 사죄하고 싶었다. 그런 사죄의 마음은 지나온 세월의 바닥으로 깊이 들어갔다.

어린 시절 친구들과 냇가에서 멱을 감고 놀다가 장난으로 했지만, 조금 깊은 물속으로 밀어 넣고 골탕을 먹였던 일. 중학교 시절 힘없는 아이들에게 힘자랑을 했던 일. 그리고 고등학교 시절에 클럽이다 뭐다 해서 괜스레 패싸움을 벌였던 일. 뿐만 아니라 몇몇 단짝들과 어울려 다니며 부모님들의 뜻과는 전혀 다른 말썽을 피웠던 일. 참으로 생각하면 자질구레하면서도 크고 작은 잘못을 저지르며 성장했던 것이다.

군 복무 시절은 일정한 틀에 갇혀 정해진 규칙대로 생활했으니 그렇다 치자, 그러나 군 제대 후 사회생활을 시작하면서부터 얼마나 많은 부딪침을 당하거나 행하면서 살아왔던가. 그야말로 삶이라는 것이 평온하지 않고 늘 이리저리 얽히고설키며 살아온 것이다. 그 가운데는 별처럼 수많은 일이 있었지만 정말 뼈아프게 성찰할 것이 무엇인가 생각해 보았다.

난생처음 사회생활 첫걸음으로 시작한 것이 전자제품 대리점이었다. 본사로부터 지정된 곳이다 보니 이 지역에서도 단 하나뿐이라 수입이 짭짤했다. 어느 정도 세월이 흐르면 꽤 많은 돈을 벌 수 있다는 계산이 나왔다. 직원들도 서너 명이나 되었지만 그들의 급여를 주어도 충분한 수익이 보장되었으니 신바람이 날 정도였다. 그러나 그렇게 몇 년 지나자, 본사에서 또 다른 대리점을 내 사업 구역 내에 내어주는 일이 벌어졌다. 그것도 대리점 규약을 어겨가면서 억지로 구겨 넣은 단서조항으로 내 주었으니 기가 막힐 노릇이었다. 삼십만이 넘는 도시는 대리점을 추가할 수 있다는 새 규정을 적용했다고 했다. 나로서는 사업에 치명타가 아닐 수 없었다.

결국 그 문제를 놓고 법정싸움까지 벌어졌으나 갑의 위치에 있는 돈 많은 본사가 이기게 되었다.

지금 생각해 보니 대리점을 하나 더 내어줄 때 욕심을 버리지 못한 것이 다른 사람에게 큰 죄를 지은 것인가 하는 의문이 들었다.

그 후 그 사업을 접고 대입학원을 시작했다. 개강이 되자 학생들이 몰려들어 전자제품 대리점 사업보다 더욱 수입이 많았다.

학원에 오는 학생들을 다 수용하지 못해 구역을 나누어 하나 더 개설할 정도였다. 그러다 보니 이 지역 학원연합회의 회장으로 선출되었고, 그것은 지역사회에서 나의 이름 석 자를 알리는 계기가 되었다.

그러나 그것으로 인해 다른 학원에 보이지 않게 피해를 주는 것 같았다. 우리 학원은 학생이 넘쳐나는데 이웃 학원은 학생들이 적어 적자를 본다느니 학원 임대료도 못 낸다느니 하는 소리가 들리기 시작했다.

그렇다면 결국 나로 인해 다른 학원에 피해를 준 것이 아닌가. 왜 그토록 열심히 학생들을 끌어모아 타인에게 피해를 주었던가 하는 후회가 들기도 했다. 그뿐 아니라 교육청이나 관련 기관에서 주는 표창까지도 모두 우선하여 받다 보니 다른 수상 후보자에게 낙선이라는 패배를 안겨준 것이 아닌가.

양보를 했다면 그들에게 기쁨을 안겨줄 기회가 있었는데 나는 그것을 송두리째 빼앗았다는 점이 마음에 걸렸다. 이것도 죄가 된다는 것일까. 마음속에서 치밀어 오르는 갖가지 이야기들이 모두 죄가 된다는 생각으로 기울었다. 결국, 날나름주의로 살아오지 못했다는 것이다.

갑자기 몸이 옆으로 확 쏠리기 시작했다.

"아버지 놀라지 마세요. 비행기가 기류에 휘말려서 그래요."

아들 녀석의 말이 끝나기 무섭게 기내방송에서 안내 멘트가 흘러 나왔다.

"비행기가 난기류가 심해서 옆으로 쏠리며 흔들리고 있습니다. 놀라지 마시고 안전벨트와 구명조끼를 한 번 더 확인해 주시기 바랍니다. 이제 그 난기류를 피해 비행기가 하강하고 있어 앞으로 쏠리더라도 참고하시고 바랍니다."

안내방송에서 말한 대로 몸이 앞으로 쏠렸다. 창문 밖을 내다보니 바다 한가운데였다. 나는 눈자리가 나도록 시선을 꽂았다.

"이거, 바다로 들어가는 것 아냐?"

이미 내 심장은 놀라움에 벌떡거리고 있었다.

"아버지 아니에요. 너무 놀라지 마시고 침착하게 마음을 가라앉히세요."

아들 녀석이 제법 의젓하게 나를 안정시키려고 애썼다.

"……."

나는 말 없이 지그시 눈을 감았다. 눈을 감은 망막 속으로 지난날의 필름이 재생되기 시작했다.

어느 날 고등학교 동창 모임에 갔었다. 강산이 한 번 바뀐 세월에 만나니 모두 반가워하는 분위기의 동창회가 시작되었다. 이런저런 제각기 나름대로의 위치가 생겼고, 그런대로 성공했다는 이야기들이 오갔다. 대기업에 들어간 친구, 또는 공무원이 된 친구, 자영업으로 돈을 번 친구 등등 가지각색이었다. 나는 그 모든 친구들보다 더 성공했다는 쥐뿔같은 자만감이 자리하고 있었다. 그러다 보니 그 못난 자만감은 친구들의 성공을 축하하려는 마음보다 무시하려는 마음이 더 크게 자리했다. 이것도 지금 생각해 보면 얼마나 오만을 저지른 죄인가 반성하게 되었다.

이렇게 살아왔던 모든 것이 죄를 지은 것뿐이었는가 생각하면 온몸이 오싹 오므라들기만 했다.

조상을 받드는 일 또한 그랬다. 아버지는 유교사상이 투철해서인지 모르겠으나 제사나 시제 그리고 산소를 제때에 반드시 지켜 예절을 다했다. 그 영향으로 나는 그리하지 않으면 안 되는 줄 알고 마음에 내키지 않아도 흉내라도 내며 따라했지만 속마음은 그것이 번거롭게 여겨져 사실은 억지로 그 예절을 지켜온 것에 불과했다.

비행기 추락으로 죽을지도 모른다는 다급한 상황에 다다르고 보니 그런 억지로 차린 예절 또한 조상에게 큰 죄를 지었구나 생각되었다. 뿐만 아니라 내 주변에서 예수님을 믿는 사람들이 그렇게 교회에 가자고 전도를 해도 끝내 교회 근처에는 얼씬거리지도 않았던 것이 천벌을 받는가 싶었다. 더구나 예수를 믿는다고 교회에 다니는 신자들을 곱게 받아들이지 않고 빈정대었으니 하나님이 계신다면 천벌을 받고도 남을 일이었다. 결국 나는 어떤 잣대를 대고 재어봐도 천벌을 면치 못할 것만 같았다.

 사람이 산다는 것이 겨우 죄나 짓고 밥 먹고 살다가 죽음을 맞이하는 것이구나 하는 생각이 머릿속에서 소용돌이 치고 있었다. 그리고 죽는다는 것이 특별한 것이 아니고 어느 날 갑자기 이런저런 이유 없이 허망하게 사라지는 것이라고 믿어졌다.

 진작 이런 이치를 깨달았다면 그날이 언제인지 몰라도 그날의 준비, 즉 죽음의 준비를 했을 것이라는 후회가 엄습했다. 죽음의 준비 그것이 무엇일까. 그것은 죽음 앞에서도 당당할 수 있는 그런 마음가짐이었다. 그런데 나는 죽음을 앞둔 위기상황 앞에서 죽음이 두려워 온갖 지난날의 잘못을 떠올리고 뉘우치며 죽음의 공포 앞에서 벌벌 떨고 있지 않은가. 그리고 알 수 없는 절대자에게 내 목숨을 구걸하는 비겁자가 아닌가 싶었다.

 '왜 한 번뿐인 인생을 이렇게 살았을까. 다시 한번 인생이 주어진다면 아름답고 보람 있게 살아갈 텐데…'

 깊은 한숨을 길게 토하자 아들 녀석이 걱정되는 눈빛으로 나를 안정시키려는지 입을 열었다.

 "아버지 비행기 흔들림이 적은 걸 보니 기류가 안정되었나 봐요."

 "그래, 그럼 다행이지."

마음의 불안이 가신 건 아니었다. 다만 자식에게 아비의 이런 꼴을 숨기고 싶어 걱정 말라는 식으로 나직이 말을 받았다. 그러나 그 불안감은 풍선처럼 부풀어 오르며 자꾸 지난날의 잘못된 구석구석을 후벼 파고 있었다. 심지어 어린 시절 서커스 구경이 하고 싶어서 친구들과 서커스 천막을 면도칼로 찢고 구경했던 일까지 캐어내었다. 아니, 그보다 더 자질구레한 일도 후벼 팠다. 옆집 살구나무에 돌팔매질로 살구를 따먹던 일도 무슨 큰 죄가 된다고 캐어내는지 모를 일이었다. 더 웃기는 건 아버지가 막걸리를 사 오라고 심부름을 시키면 막걸리를 들고 오다 주전자 꼭지에 입을 대고 한두 모금 빨아먹은 일까지 들추어내니 내가 세상 살아오면서 죄짓지 않은 일이 없는 것 같았다.

'그래 나는 죄 많은 사람이다. 죽어야 마땅하다. 어쩌면 그래서 이 비행기를 타게 된 것인지도 모른다. 나는 그렇다 치더라도 아들 녀석은 뭔가. 이제 사회생활을 시작한 지 얼마나 되었다고 이런 천벌을 내리는가.'

이제는 꼼짝없이 죽었다는 생각에 그저 마음 편히 죽겠다는 각오가 섰다. 그래서였음인지 마음이 편안해지기 시작했다.

"아버지 괜찮으세요?"

내 속을 모르는 아들 녀석은 내가 조금 안정되었다고 생각되었는지 넌지시 물어왔다.

"괜찮다니까 그래."

평온을 되찾은 나는 담담하게 말하며 눈을 감았다. 이제 될 대로 되라는 식의 마음가짐이었다. 그리 생각하니 비행기가 흔들리든, 그러다 바다에 가라앉든 상관없다는 식이었다.

낮게 날던 비행기가 갑자기 하늘로 치솟는지 앉아 있던 의자를 뒤로 젖히는 기분이 들 정도로 몸이 뒤로 젖혀졌다. 감고 있던 눈이 스스로 번쩍 떠졌다.
"이게 뭐냐?"
놀라움에 나도 모르게 아들 녀석에게 물었다.
"낮게 날다가 위로 오르는 것 같아요. 태풍 영향을 덜 받으려고 그러나 봐요."
"너한테 일러두는데 세상 살아가면서 절대 욕심내고 죄 짓지 마라, 나중에 후회한다. 그리고 지은 죄는 모두 죗값을 치르게 되어 있어. 알겠니?"
비장한 심정으로 아들에게 일러주고 싶은 말이었다. 세상 살면서 사람들은 욕심 때문에 죄를 짓는 것이고, 결국 그 죄는 모두 자신에게 돌아온다는 것을 일깨워 주고 싶었다.
"갑자기 무슨 말씀이세요. 그리고 누가 죄 짓고 싶어 짓는 사람이 있나요. 살다 보니 그렇게 되는 것이지요."
쓸데없는 걱정을 한다는 식으로 아들 녀석은 옆으로 머리를 돌려 나를 힐끗 쳐다보았다.
하긴 지금 비행기 사고로 죽네 사네 하는 판에 점잖은 충고를 한다고 아들 녀석 귀에 들어올 리가 없었다. 나 혼자서 느끼는 감정이 넘쳐서 그런 말을 한다고 믿는 것 같았다.
얼마쯤 지나자 비행기가 수평으로 날고 있는지 앉아 있는 내 상체가 바른 자세로 돌아왔다. 물론, 그러면서도 비행기의 몸체는 심하게 흔들리고 있었다.
시선을 돌려 창밖을 보았다. 금세라도 손에 잡힐 듯 검푸른 바다가 보였다.

'저 바다로 추락한다는 건가?'

생각할수록 아찔했다. 나도 모르게 구명조끼의 끈을 조였다. 그리고 넘실거리는 그 바다를 노려보듯 바라보았다.

바다에 추락한다고 해도 구명조끼를 입고 생존 수영으로 넉넉 잡아 한 시간만 버티면 구조된다고 하니까 해 볼 만하다는 자신 감이 불끈 치솟았다. 반면 악마의 입과 같은 저 깊고 깊은 바다 에 빠지면 영락없이 죽게 될 것이라는 생각도 들었다. 이런 긍정 과 부정의 회오리바람이 윙윙거리며 내 가슴을 두드렸다.

그때였다. 기내 방송이 흘러나왔다.

"승객 여러분, 현재 시간 태풍의 진로가 갑자기 바뀌어 기상 상태가 호전되었습니다. 이에 정상적인 비행을 위해 고도를 높이 고 있으니 안심하시기 바랍니다."

방송이 끝나자 기내는 환호의 소리로 잠시 시끌벅적했다. 그와 동시에 비행기가 급히 하늘로 올라가는지 내 상체가 뒤로 심하 게 쏠렸다.

"거, 보세요. 아버지 괜찮다고 했잖아요."

"그래 천만다행이다."

긴장으로 움츠러들었던 가슴을 펴고 길게 심호흡을 하니 가슴 이 뻥 뚫린 듯 시원해졌다.

"아버지, 이제 삼십 분 정도 가면 인천공항에 도착해요. 저도 말씀은 안 드렸지만 무척 긴장했어요. 모처럼 아버지 모시고 온 여행이 불행이 될까 크게 걱정했어요."

"휴우…."

다시 안도의 한숨을 품어냈다.
비행기가 활주로에 내려앉는지 덜컹하는 소리와 함께 쏜살같이 내달리고 있었다. 속도를 제어하려는지 비행기 날개가 수직으로 곤두서며 바람을 막으려고 흔들렸다.
나도 그랬지만 승객 모두가 공포에서 벗어나긴 했어도 아직도 상기되었거나 창백한 표정이었다.
아들 녀석과 함께 입국 수속을 마치고 출구로 나오니 누굴 기다리는지 평소와는 다른 분위기였다.
카메라를 어깨에 받쳐 든 많은 사람들이 몰려있는 것을 보아 기자들 같았다. 그리고 젊은 층의 사람들이 구름처럼 몰려와 있었다.
"아버지 왜 저런지 아세요? 우리가 탄 비행기에 아이돌 그룹이 함께 타고 와서 저 난리예요."
"그래 난 또 뭔가 했네."
별반 관심 없다는 반응을 보이며 공항을 뒤로하고 공항버스를 타기 위해 스적스적 걸음을 옮겼다.
"방금 아이돌 그룹이 있어 저 난리라고 했지. 저런 인기 있는 시간도 길지 않은 것이고, 그래본들 뭐가 달라지는 게 있는 줄 아니? 다 소용없다."
"무슨 말씀이세요."
"내 말은 그런 것보다도 인생을 살면서 욕심 부리지 말고, 죄 짓지 말고 살아가는 게 중요하다는 말이다. 그러니 무얼 부러워할 것도, 무시할 것도 아니고 자신에게 주어진 길을 가는 것이 인생을 성공하는 길이란다."
"아버지 갑자기 도인이 되신 것 같아요."

비행기 사고로 죽음 직전까지 가면서 깨우친 내 마음을 아들 녀석이 파악하지 못한 것 같았다.
"녀석아, 도인이 된 것이 아니라 깊이 생각해서 한 말이야."
집으로 가는 리무진 공항버스가 큼직한 몸체를 들이밀며 탑승장으로 들어왔다. 예약된 좌석에 앉으니 그제서야 내 마음에 도사리고 있던 놀란 가슴이 완전히 진정되는 느낌이었다.
차창 밖을 보니 어느새 서쪽 하늘은 노을로 붉게 물들고 있었다.
'이제부터 나는 머지않아 다가올 그 시간이 언제일지 모르지만 준비를 해야겠다. 그 준비는 죽음에 대한 엄숙한 준비다. 무엇보다도 내가 지금껏 가슴에 움켜쥐고 있는 욕심과 못난 자존심에서 비롯된 자만심을 버리고 겸허해져야 한다. 이제부터 새롭게 태어나야 그 준비를 할 수 있고 그 준비가 있어야 내 영혼을 구제받을 수 있는 것이 아닌가. 그래, 그 방법으로 우리 가족 모두가 종교를 갖도록 해 보자.'
"아버지 다음 정거장에서 내릴 거예요."
"벌써 다 왔니?"
"그럼요. 그런데 아버지 무슨 생각을 그렇게 하세요?"
"글쎄다. 무슨 생각한 것 같아?"
"그거야 제가 모르지요."
공항버스를 버리고 여행용 가방을 끌고 아들 녀석과 함께 집으로 향했다. 드르륵 소리가 요란하게 귓전으로 파고 들어왔다.
"무슨 생각했느냐고 물었지?"
"네에."
"우리 가족도 교회 나갔으면 하는데 우선 너와 내가 먼저 나가면 어떻겠니?"

"아버지는 갑자기 교회라니요?"

"그래 교회, 그게 어때서?"

"아버지 갑자기 교회라니 그게 그렇잖아요?"

"자세한 건 나중에 설명할 테니 우선 아버지와 함께 교회 간다고 약속이나 해라."

"글쎄요, 약속이고 뭐고 생각 좀 해 볼 시간을 주세요."

"그럼 그리 알고 있으마."

나는 어떡하든 나와 같은 후회를 아들 녀석에게는 심어주지 않기 위해 그런 제안을 했다. 그러나 아직 젊은 아들 녀석의 생각에는 나의 그런 마음을 이해하지 못하는 것 같았다.

사방에 어둠이 묻히면서 바라다보이는 곳곳에 교회의 빨간 네온 십자가가 나를 반기듯이 샛별눈으로 빛나고 있었다.

김건중 연보

1947년	충북 음성 출생
1965년	서울 명지대학 국어국문학과 입학
1966년	장막희곡「폭설」단행본 출간 후 연출
1967년	명지극회 회장 피선
1977년	한국문인협회 성남지부 입회
1979년	창작집「모래성을 쌓는 아픔」으로 등단
	연극 <쾌거인생> 연출 (성남문화원)
1980년	한국소설가협회 입회
1986년	《월간문학》소설부문 신인상
1987년	한국문협 성남지부 지부장
1991년	한국예총 성남지부 부지부장
	태권도 국기원 8단 승단 (No 1000345)
1992년	한국문인협회 경기도지회 초대 부지회장
1995년	국제펜클럽한국본부 입회
	한국문인협회 제20대 감사
1996년	국제펜클럽 한국본부 특별대책위원회 위원
1997년	국제펜클럽 한국본부 제30대 선거관리위원
1998년	국제펜클럽 한국본부 이사
1999년	문인극 <양반전> 출연
2001년	한국문인협회 경기도지회 회장
	한국소설가협회 이사
	한국문협 전국 시·도 회장단 협의회 부회장
	경기도학생문예대전 심사위원장
2003년	장편소설 <무너지는 시간> MBC 느낌표에서 소개
	ABN-TV <아름다운 성남인 소설가 김건중> 방영
2004년	종합문예지 계간《문학계》창간 (대표 및 주간)
2005년	국제펜클럽 한국본부 기획위원회 위원장 선임
	'한국향토문화 전자대전'(문학부문) 집필 (한국학중앙연구원)
	제1회 묵사 류주현문학상 심사위원
	제1회 원종린문학상 심사위원
	성남아트센터 핸드프린팅
	계간 <문학계>를 <한국작가>로 제호변경(편집 및 발행인)
	(2023년 6월현재 총권76호 발행)
2006년	경기예총 40년사(경기문협 편) 집필
2007년	한국문인협회 부이사장
	한국예총 경기도연합회 부회장

	전국청소년 마로니에백일장 심사위원
	전국공무원문예대전 소설부문 심사위원
	제부도 바다시인학교 시창작 강의
	미래여성신문 주필
	한국문학심포지엄에서 주제 발표 (만해마을 / 백담사)
	일본 가나가와문화재단 연수
	전국농수산글짓기공모전 심사위원
	경기지방공사 수필공모전 심사위원장
	원로문인 전국순회문학강연 (초청강사)
2008년	한국문협 남북교류 개성방문
	병영문학상 심사위원
	중국 선양시 문화예술교류
	2008 베이징올림픽 예술인응원단 참가 (한·중 예술합동공연 참가)
2009년	전국광명신인문학상 심사위원
2010년	시 <고등어> 오병희 작곡으로 가곡 합창공연 (성남아트센터)
	논저「문단경영론」20여개 문학지 · 신문에 게재
2011년	전국 김삿갓백일장 심사위원장
	한국문협 제25대 임원선거에 이사장 후보 출마
2012년	한국작가문학상 및 낭송문학상 제정 (문학상운영위원장)
	조지훈문학제 심사위원
	둔촌청소년문학상 운영 및 심사위원장
2013년	Book-TV 출연 '저자와의 대화'
	성남시사 편찬위원 및 문학부문 집필
2014년	중국 선양 한국주 및 제3회 서탑미식문화제 참가
2015년	한국문인협회 자문위원
	뮤지컬 <꽃신> 관람기 심사위원장
2017년	한국작가협회 회장
	성남문협과 경기문협 명예회장
	《문학시대》,《에세이성남》, '한국작가동인회' 지도위원
	문협 문예대학에서 문예창작 강의
2018년	탄리문학상 제정 (상금 총2,800만원) 자문위원
	둔촌 이집문학상 제정 (상금 총1,500만원) 운영위원장
2019년	국제펜클럽 한국본부 자문위원
2020년	한국소설가협회 최고위원
2023년	탄리문학상과 둔촌 이집문학상 현재 5회까지 시상
	한국작가상 및 한국낭송문학상 현재 12회까지 시상

저서

- 장막희곡 「폭설」(문영사, 1966년)
- 장편소설 「모래성을 쌓는 아픔」(예시사랑, 1979년)
- 태권도 연작소설 「바람가르기」(불후문고, 1992년)
- 소설집 「아직도 그날은」(문협, 1994년)
- 짧은소설집 「두 번 때린 북」(큰방, 1996년)
- 장편소설 「바람은 머물지 않는다」(시대문학, 1996년)
- 장편소설 「무너지는 시간」(한누리미디어, 1998년)
- 장편소설 「사랑한다는 문제」(한누리미디어, 2000년)
- 시집 「가끔, 소설가도 시를 쓰고 싶다」(한누리미디어, 2001년)
- 산문집 「소설 밖의 깃발」(한누리미디어, 2001년)
- 편저 「성남문단사」(연인, 2002년)
- 편저 「경기도문단사」(서진각, 2003년)
- 산문집 「문학 앞에」(서진각, 2004년)
- 장편소설 「발가벗은 새벽」(지성의샘, 2006년)
- 산문집 「아름다운 생각」(지성의샘, 2008년)
- 소설집 「은행알 하나」(동행, 2009년)
- 김건중 소설선집 「태양과 그늘」(동행, 2010년)
- 꽁트집 「꼬리 잘린 웃음」(푸른숲, 2012년)
- 산문집 「문학의 존재」(동행, 2013년)
- 짧은 소설집 「뽑다」(인간과문학사, 2015년)
- 문학 50년 「김건중소설선집」〈전3권〉(지성의샘, 2017년)
- 제2시집 「바람에 날려도」(동행, 2021년)
- 제3시집 「성남의 달」(지성의샘, 2021년)
- 산문집 「문학 그 느낌」(지성의 샘, 2022년)
- 소설집 「그 시간 속」(교음사, 2023년)

수상

· 한국문협 성남지부 제정 / 제1회 성남문학상 (소설, 1980년)
· 성남시 제정 / 제1회 성남시문화상 (예술, 1993년)
· 경기예총 제정 / 제6회 경기예술대상 (문학, 1994년)
· 문화체육부 제정 / '96 문학의 해 유공자 표창 (1996년)
· 성남예총 제정 / 제9회 성남예술대상 (1996년)
· 한누리미디어 제정 / 3천만원 고료 제1회 한누리문학상 (1998년)
· 한국예총 제정 / 제14회 한국예총예술문화상 (2000년)`
· 한국문협 경기도지회 제정 / 제9회 경기문학대상 (2000년)
· 경기도 제정 / 제41회 경기도문화상 (문학, 2002년)
· 김포시 제정 / 제1회 중봉문학상 (2007년)
· 여주시 제정 / 제5회 류주현문학상 (2009년)
· 한국문협 제정 / 제2회 한국문학인상 (2016년)
· 한국소설가협회 제정 / 제42회 한국소설문학상 (2017년)

국제PEN한국본부
창립70주년기념 산문선집 05

그 시간 속

발행일 2023년 9월 1일

지은이 김건중

발행인 강병욱
발행처 도서출판 교음사

03147 서울 종로구 삼일대로 457 수운회관 1308호
Tel (02) 737—7081, 739—7879(Fax)
e—mail : gyoeum@daum.net
등록 / 제2007—000052호

* 잘못된 책은 바꿔 드립니다. 값 13,000원

ISBN 978-89-7814-936-5 03810

— 이 책 내용의 전부 또는 일부를 재사용하려면 저작권자와 교음사의 동의를 받아야
  합니다. 지은이와의 협의 하에 인지는 생략합니다.